# 师爱留给你

项正文　王云霞　著

德宏民族出版社

**图书在版编目（ＣＩＰ）数据**

师爱留给你 / 项正文，王云霞著. -- 芒市 : 德宏民族出版社，2017.12

ISBN 978-7-5558-0910-4

Ⅰ.①师… Ⅱ.①项… ②王… Ⅲ.①教育工作－文集 Ⅳ.①G4-53

中国版本图书馆CIP数据核字（2017）第326883号

| 书　　名： | 师爱留给你 | | |
|---|---|---|---|
| 作　　者： | 项正文　王云霞　著 | | |
| 出版·发行 | 德宏民族出版社 | 责任编辑 | 胡兰英 |
| 社　　址 | 云南省德宏州芒市勇罕街1号 | 责任校对 | 封履仁　么　批 |
| 邮　　编 | 678400 | 封面设计 | 吴奇骏 |
| 总编室电话 | 0692-2124877 | 发行部电话 | 0692-2112886 |
| 汉文编室 | 0692-2111881 | 民编部 | 0692-2113131 |
| 电子邮箱 | dmpress@163.com | 网　　址 | www.dmpress.cn |
| 印　刷　厂 | 昆明龙昇印务有限公司 | 装帧设计 | 昆明珏氏文化传媒有限公司 |
| 开　　本 | 889mm×1194mm　1/32 | 版　　次 | 2017年12月第1版 |
| 印　　张 | 7.3 | 印　　次 | 2017年12月第1次 |
| 字　　数 | 231千字 | 印　　数 | 1-1000 |
| 书　　号 | ISBN 978-7-5558-0910-4 | 定　　价 | 32.60元 |

如出现印刷、装订错误，请与承印厂联系调换事宜。印刷厂联系电话：0871—64140918

# 前　　言

　　《师爱留给你》这本散文集，是我和我的夫人王云霞合著的。在这本集子里，我俩付出了艰辛的汗水，花了近一年的时间进行收集、编校才得以完成。集子里面的大多数文章，主要是我撰写的。三分之二以上的文章，曾在不同级别的报刊发表过。

　　这本集子，为什么取名为《师爱留给你》呢？这是有原因的。因为这本集子里面所写的文章，基本上都与教师有关，与教育教学有关，并且多数篇章充满了师爱。如果读者阅读里面的文章，便能感悟和体会到教师对教育的敬业、乐业和爱，对教育中遇到的一些问题知道如何解决等方面的知识与问题。掌握了这些知识与问题，能受用一生，就好似老师在身边，灵魂得以重生。

　　这本集子，分为散文编、学校编、心得编、策略编四个部分。散文编，是反映教师教育生活、赞颂教师精神、作者本人先进事迹的文章和民族团结教育征文与节俭征文方面的文章。学校编，主要集中反映作者写的关于麻栗坡县民族职业高级中学、麻栗坡民族中学、文山州第一中学发展纪实方面的文章和涉及文山州第一中学钟子俊校长著的《王金战解密文山州一中》的读后感及文山州一中党政办、团委主办的刊物《南天星辰》读后感的文章。心得编，是反映教师教育学生、教师如何教家长教育孩子的一些心得体会方面的文章。策略编，全是教师如何教育学生、家长如何教育孩子和社会怎样关心教育孩子的问题策略。

　　这本集子的文章语言朴实无华，内容通俗易懂。全书内容融写人、记事、抒情、议论于一体。但是，我和我的夫人明白，这本集子，不用别人来评说，自己也知道集子里的文章的文笔还十分稚嫩，技巧也不够娴熟，但是每一篇文章都是我和我的夫人用最真实的文字表达出来的心情、心声和感受。

　　法国大作家司汤达墓碑上刻着"活过、爱过、写过"这样的话。我和我的夫人都是人民教师，在平常工作中，不甘于寂寞，不甘于平凡，对事业有着崇高的追求。因此，我和我的夫人不可能白白地一生来到这世上，普普通通地过完这一生而什么没留下就悄悄地走了。因此，我和我的夫人把多年写下来并积累的文章收集编成这个集子，把它当作永久的记忆，留存下来。

这本集子里面的文章，都比较接地气，是写我和我的夫人生活过的这块土地上的人、事、物。习近平总书记在中国作协九大开幕式上讲话时强调："只有扎根脚下这块生于斯、长于斯的土地，文艺才能接住地气、增加底气、灌注生气……"我和我的夫人的这本集子，就是立足于现实生活，贴近生活实际，紧跟时代步伐，用心从生活中发掘无尽真实写作素材，很接地气的表达心声、心情和感受的文章。

一直以来，我和我的夫人在文学创作上，总认为经历了什么，就能写出什么，生活有什么，文字里就有什么。所以，这本集子，大多文章都是我俩所经历过的。

在写作上，我和我的夫人认为，只要拿出为生命负责，精神不倒的激情，无论是谁，都一定会写出东西来的。我俩这样认为，也这样做了，才有了这本集子。

最后，我和我的夫人想说的是，如果这本集子里的文字，或多或少能给读者带来一些启示、感动、思考和感悟，能有所指导、参考和借鉴，那就是给予我和我的夫人最大的快慰。这也许是过高的期许，但这一直也是我和我的夫人共同努力的方向。我和我的夫人会一直努力下去，朝着这个方向，奋勇前进。

项正文　王云霞
2017 年 12 月 18 日于云南省文山绿色家园

# 目　　录

## 散文编

1

## 学校编

## 心得编

## 策略编

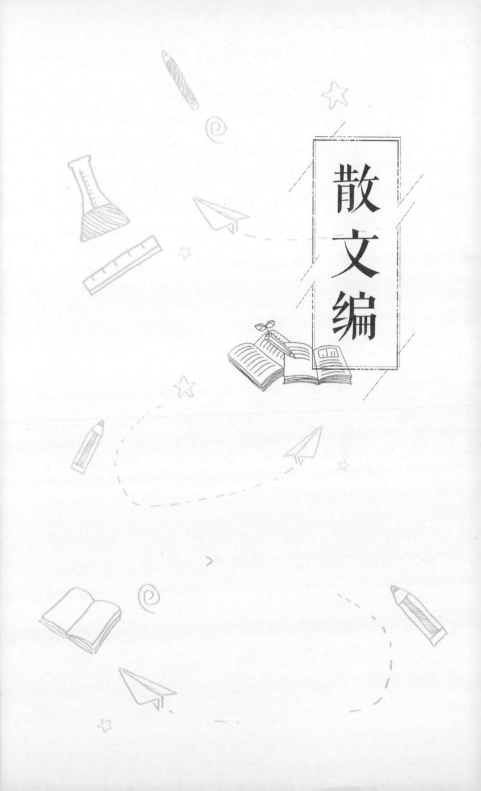

散文编

# 好大一棵树

"风是你的歌,云是你脚步,撒给大地多少绿荫,那是爱的音符……"深情、热烈的歌声,犹如一池吹皱的湖水,泛起层层白色浪花。

## 一

她不顾亲人的阻拦,朋友的反对,毅然离开了县城,来到了一所很偏远的农村山区小学校。

在村长的带领下,她踏着晨辉,沿着长满荆棘的羊肠小道,走近了这所的确较小、房屋破旧、年久失修的山村小学校。到时,乡亲们齐刷刷地站在校门口等着她。望着乡亲们一双双企盼热切的眼睛,孩子们一道道充满渴望的眼神,她万分感动。

## 二

她轻轻叩开教室的门,映入她眼帘的情景,无不叫她心寒:一块用三角板支起的木制小黑板,二三十张破烂不堪的课桌椅,一只已经布满灰尘并转不动的地球仪,一架掉了半多珠子的算盘……

几十双小手在热烈的鼓掌。天真的目光中,凝聚着万般期待。那是对知识的渴求,对明天美好的向往。

站在三尺土讲台,她讲述着一个个春天的故事,像流水淙淙,可孩子们却全然不知,一脸茫然。但她仍旧微笑着,不恼也不怒。

## 三

一场暴雨下了整整一夜。第二天上课时,她发现离校较远的五位孩子未到校。她想："这些孩子是否离家了，是否在半路上受阻了？"心里越想越不放心，便顺手抓过一只斗笠，转身消失在雨雾之中。

她跑遍了五位孩子的家，悬挂着的一颗心才落了下来。

"师者，所以传道授业解惑也。"可她付出的岂止这些呢？

## 四

她的脚扭伤了，住进了卫生院。

清晨，阳光透过窗口，照进病房，她静静地躺在床上，看着手中的书。突然，门开了，水一般地涌进一群属于她的学生。

红而甜的枣儿，白花花的鸡蛋，残留着泥土气息的花生，顿时在她面前堆成一座小山。

孩子们肃立无言，嘴唇翕动着，泪珠儿直在眼眶里打转。她也默默地看着，整个病房的空气霎时像凝滞了的一般。

"孩子们，回去吧！老师没事的。"她激动地说，止不住的泪水也无声地滑了下来。

## 五

光阴荏苒，一个霜叶红于二月花的早晨。

他来了，带着满脸的恳求说："跟我回去吧！何必在这个交通非常闭塞、偏远落后、拉屎都不生蛆的地方受苦呢？""谢谢你来看我，我不想离开我脚下的这土地，不想放下我肩头的这责任，更不想离开那一张张可爱的笑脸。你走吧！"

他走了，头也不回，只留下一个让她心碎的身影，留下一个个不眠的夜。

## 六

冬去春来，她依旧踏着四季的节拍，滋润着株株幼苗。那洁白的粉笔之魂，轻轻落在梨花的脸蛋上；那一举一动，一言一语，如片片幸福凝重的云朵，飘向孩子们的心灵深处；那轻捷灵活的身姿手势，在勾画着明天的太阳。

# 为民桥

赵为民刚从师范院校毕业，就被分配到了一个距县城 100 多公里的边远小山村教书。这是一个贫困落后的小山村，这是一个三分之二是茅草房的小山村，这是一个没有通电、没有通公路的小山村——西岭村。

进入学校，首先映入赵为民眼中的是三间危房，周围的一切都和一个学校显得格格不入。唯有那面飘着的红旗代表这是一个学校。本该是开学的日子，却不见一个学生。老村长告诉他，由于地方穷，所以没有老师愿来这里教书。从老村长的眼神中知道，他是怕赵为民像其他老师一样在这里待不住。赵为民看出了老村长的忧虑，于是毅然叫他放心：今生这里就是他赵为民的家。就这样，赵为民成了这小山村里唯一的老师。

这里的条件的确差，但赵为民都一一克服了。但唯有一件事困扰着他，那就是在上学的途中，学生必须经过一条很宽的河流，因为没有桥，只能从水中走过，但这很危险，一不小心就会被汹涌的河水冲走，特别是涨水季节，学生更是不敢来上学。为此，他曾向县上反映，希望能拨一笔款来建一座桥，但一直没有答复。后来，他怕学生出事，就每天到河边把学生一个一个背过河，二十多个学生，每天来回就是四十多转，日日不断。

这一背就是十年，他在这里娶妻生子，他也记不清自己背过多少人过河，背了几万次，反正在这十年里，他苍老了许多，但他认为这是值得的。他母亲给他取名为赵为民，就是让他多为人民做事。

在他还想再为这个小山村做事时，无情的病魔向他伸出了无情的双手，把他带到了死亡的边缘。在他昏迷不醒时，口里还反复念到桥，老村长知道他是放心不下学生们自己过河。于是对他说："放心吧！我们一定想办法建一座桥。"他听到这话，露出了久违的笑容。

终于，他走了，走得很安静。他走的那天，学校的红旗飘得从未如此雄伟。

后来，省上、州上、县上的相关领导知道赵为民的事后，拨款建了一座桥，取名为"为民桥"。在桥的旁边，有一尊雕像，一个人背着一座桥。

# 老师，我们永远怀念您

吴王本是一位从小在边远农村长大，后随父母到县城里居住读初中，然后随父母工作调动到大城市读高中和念大学的人。

吴王本读的大学，是省城一所重点师范大学。即将毕业时，吴王本积极响应中央支援西部建设的号召，毅然决然地放弃了在省城中学里教书的优越条件，报名参加了支边。

大学时，吴王本是班里的学霸，每学年都拿到奖学金。同学和老师都特别喜欢他。他父母和老师都积极为他联系和推荐在省城重点中学教书。还未毕业，省城里的一所重点中学就找他签约，有意接收他到那所中学教书，但被他拒绝了。他决定到那个边远县城的乡下小学教书。

离开省城时，他的亲朋好友都劝他不要到那个边远县城的乡下教书，都劝他留在省城算了。可是他就一根筋，认定了的就必须得去做。所以他不听亲朋好友的劝阻，离开了省城。

走时，亲朋好友都来为他送行。不少亲朋好友都说他是不是发烧了？他笑眯眯地说："我的体温正常得很。"

他坐着班车，经过一天一夜的颠簸，终于到达了他要去的那个小县城。到站，他下车一看，这个小县城在夹皮山沟里，两岸都是高高的山，望不出去，确实小得可怜，但他并不心寒。因为他决定来了，就不觉得后悔。

分配会上，县教育局的领导宣布他分到了中越边境线上的一所小学。那所小学，听说离县城100多公里，距离中越边界线直线距离只有1公里。

他乘上班车，车在蜿蜒曲折的山路上行驶。他向窗外看去，一路沟壑纵横，山高坡陡的景致。看到这种景致，对一般人来说，会发出感叹。但对他来说，并不悲观，吟出了"江山如此多娇，引无数英雄竞折腰"的诗句。他说这些地方的风景太美了，真是让人流连忘返。他发誓要把自己的一生奉献给这个最美好的地方。

两个多小时，车到达了他要去的乡镇。下车一看，这个小镇小得如他在省城里的一条小巷。但他还是那么乐观。他认为这里，就是他以后一辈子要奉献的地方。

下车后，他找到了镇中心校。学校安排了他一个晚上的住宿。第二天，他要去的那所小学的校长来接他了。

他拎着大包小包，和校长坐上微型车，向学校方向驶去。在车上，校长向他讲述了学校的情况，说学校很偏远，交通不便，少数民族多，条件艰苦等等。校长也说，听说他是省城重点师范大学毕业的学生，怎不留在省城中学好好教书，怎会跑到这种很边远、落后、艰苦、"屙屎都不生蛆"的地方来呢？

他只是微微地笑了笑说："这些地方虽然边远，但风景很好，民风很纯朴；虽然很落后，但孩子们应是多么渴望知识……"

一个小时后，他和校长到达了学校。村长带着群众和孩子来欢迎他。他看到孩子们穿得很破旧，有的孩子还赤着脚，男孩子齐刷刷地是平头，女孩子一致地羊角辫。看到这些，他是无比地怜悯和感动。

他放眼望去，小学校真的显得很小。欢迎会上，校长说，现在加上他，小学共有三个老师了。群众向他投来了羡慕的眼光。他看到学校只有三栋低矮的房屋：一栋有三间教室，一栋有四间学生宿舍，一栋是老师和学生的厨房。

学校在山坳里，没有手机信号。和外界联系的唯一方式，就是办公室里的那部电话。如果一定要用手机，就要走一公里的山路，到通往学校入口处的那山垭口上才有信号。

之后，他来到了教室，看到课桌椅破旧，一块小得可怜的黑板，教室墙上什么也没有，但他不心寒。他发誓，他要把班上的文化建设搞起来，让每一处的墙壁都会说话，让学校和教室的每一处都是学生学习知识的好地方。

开学了。课堂上，他讲着流利的普通话，写着漂亮的粉笔字，讲着孩子们渴望学到的知识。但那里由于是少数民族地区，孩子们听不懂汉话，听不懂老师在讲什么，一个个一脸的茫然。但他不恼也不怒，还是那么耐心细致地教好每一个学生。

一个月后，他请了个假，突然回到了省城。亲朋好友见到他，都说是不是那个地方特难在，待不住了，想回来了。他微微地笑着说："不是想回来。其实那地方的确难在，但自己还想在。这次回来是想叫大家帮忙，想办法捐点钱、衣物、图书和电脑，好让自己带回去给那里的孩子用、穿、学。因为那里的孩子真的太可怜了，那地方真的太边远太落后了……"

通过亲朋好友的帮助，他最后得到了帮助。得了几万元钱，几百件衣物，上千册图书，十几台电脑。他带着这些东西，匆匆赶回了学校。

回到学校，他把自己叫亲朋好友捐助的东西——一分发给孩子们，孩子们非常高兴，个个乐得像春天绽放的花。

课余时间，他积极教孩子们学电脑，从最基本的操作开始。通过学习电脑，孩子们初步掌握了电脑的基本操作，孩子们开阔了眼界。

白天，他努力教好书，管好孩子。晚饭后，他经常深入学生家中做家访，了解学生家庭情况，帮助学生和学生家长解决一些力所能及的困难和问题。

日复一日，他在这所小学一待，就是两年的时间。

两年后，和他一起分工的不少老师，辞职的辞职，调动的调动，可他还是很安心地呆在那所小学教好他的书。

三年后，他又突然回到了省城。这次回来，他是来检查病的。检查结果：癌症晚期。医生告诉他，剩下的时间不多了，建议住院治疗。他想了想，拒绝了医生的建议。他告别家人，重新踏上了回学校的路。他说他要把最短暂的生命献给那所边远的山村小学校的孩子们。

他父母从小是从农村走出来的。看到儿子病重如此还要坚持到学校去，不是担心，而是自豪。他父母说："我家儿呀，他是从山里农村走出来的，这一生，他没有忘本，没有忘本呀！"

他乘上班车，又是一天一夜，回到了学校。他依然站在讲台上，尽情地把知识传授给台下那些渴望知识的孩子们。

半年后，那所学校的背后有了一座新坟。坟上堆满了鲜花扎成的小花圈。那是孩子们亲自上山采摘的野花，亲手编成的。每一个小花圈上，都写着："老师，我们永远怀念您！"

# 无声的课堂

上课铃声和着杂乱急促的脚步声飘荡在走廊里，又是一节语文课。刘老师已经病了两天，班主任老师说，医生严厉警告刘老师必须休息一个星期。也许是作为小学生的我们不懂事，倒没觉得有什么，可家长们却很着急："怎么刘老师在这个时候病了呢？马上就要升学考试了，即便有个代课老师，又哪比得上刘老师呢？"

一个熟悉的身影出现在讲台上，教室里安静下来。刘老师脸上冒着豆大的汗珠，眼球泛着轻微的血丝。他将课本轻轻地放在桌上，向我们点点头，示意上课了。我们习惯性地起立，大声喊"老师好！"他再次点头向我们示意"坐下。"

老师的嗓子怎么了？只见这时，他的嘴唇开始微微颤动，我想他要说话了。是的，我猜对了。可是，我只猜到了开始没有猜到结果。一个嘶哑的声音忽然传入我们的耳朵，我吃了一惊，这是什么声音？我们都抬起头来看着刘老师，期待着那个洪亮悦耳的声音。可是，那个嘶哑的声音一发不可收。看得出，刘老师极力让自己的声音变得正常一些，但接下来的声音完全不像是从嗓子里发出来的，甚至令人感到可怕。

我们惊讶又感动，齐声对老师说："老师，您休息吧！"不知道是谁，将自己的水瓶递给了老师。我们注视着他，他无奈地胸腔里发出一声叹息，面带微笑地看着我们，用那令人伤感的嘶哑的声音说出了两个字，我们从嘴形上看出，他说的是"谢谢"。

老师还是试图"讲"下去，他的脸憋得通红，眼球里的血丝变得触目。在一通激烈地咳嗽声之后，他不得不放弃了讲话的努力。他转过身去，拈起一根粉笔，开始快速而刚劲地写板书。我看到，老师背后的衣服全湿透了，衬衣贴在他的身上。整整一节课，老师都在板书，不光写课本上的知识，还提醒个别同学应该注意的问题。教室里安静极了，只听见粉笔画在黑板上的声音，还有老师难受的咳嗽声。等到下课铃声响起，老师转过身来，出现在我们面前的是一张汗淋淋的苍白的面孔。

我们一笔一画地记下这和着血汗的知识，我听见教室里有轻微地哭泣声。我们那时由于还小，说不出更多的感受来，只觉得被一种精神震撼着。等到了我上中学以后，读到"春蚕到死丝方尽，蜡炬成灰泪始干"这诗句，看到无私奉献这样的字眼，那一堂无声的课又清晰地浮现在我眼前。

多少年过去了，那堂课的情景还时常在脑海里闪过，像电影里的蒙太奇镜头。每每想起，都让我有新的体会。这堂无声的课，成为我漫漫人生之路上一个永恒的路标。

# 拿什么拯救你

我和玲儿是同班同学。

中考过后，我俩将各奔东西。

但九月金秋开学的那天，我俩又不约而同地来到了同一所学校报到。

缘分吧！我俩进了同一个班，成了同桌。这和几个月前是多么的相似，这种感觉又多么的熟悉。在向旁人介绍时，我总喜欢紧紧挽着玲儿的手臂，大声而骄傲地宣布，这是我的老乡加同桌。玲儿也总是不好意思地点头承认。我俩总形影不离地在校园里穿梭，在操场上嬉戏。在新的班级上，我俩成绩不拔尖，但由于不"作奸犯科"，平时又很听话，因而被老师列入好学生的行列。俗话说："好花不常开，好景不常在"。一年后，玲儿发生了翻天覆地的变化。

由于受社会风气和环境的影响，玲儿开始向往社会的追"风"，沉迷于网吧，偷玩手机游戏，看黄色电子书等。

玲儿常常学着大街上的那些"新新人类"，把那我一直羡慕不已的黑亮秀发剪得参差不齐，烫成个"菊花盆顶"歪歪地束在头顶侧。耳朵打了好几个窟窿，一个个比钥匙扣还大的银圈圈挂在上面，一晃一晃的。原本粉红可爱的朱唇涂上了紫红色的唇彩，活像蒲松龄先生笔下那些刚吸完血的狐狸精。水汪汪的两眼四周抹上了浓重的眼影，阳光照到时直闪金光。可我怎么左看右看，就是一个熊猫眼。玲儿还说我不懂时髦，是个土包子。还有那怪里怪气的衣服，放着一身清纯典雅的学生装不穿，偏把自己弄成个外星人。有时又穿成只"花蝴蝶"，在校园里"飞来飞去"。我好多次劝玲儿不要再穿这些奇装异服，可玲儿就是不听。看，老师正请玲儿在办公室"喝茶"，"谈心"呢！可玲儿还一脸无所谓，真搞不懂玲儿脑袋是不是进水了。

下了一个星期的雨，天终于晴了。阳光暖暖的照在身上，很舒服。晚自习，班主任吩咐大家自己复习。接着又叫我陪着玲儿到了办公室。

老师问玲儿："最近上的课还听得懂吗？如果不懂，要赶快补上。数学题，难的不明白，就先找前面上过的简单题型做一做，考试时基础的占多数。还可以问问同学，像小葵和阿美，她们会讲给你听的。背的科目容易忘记，就多写一写，背熟后再默写一遍，这样会记得牢些。在宿舍里和同学要好好相处，你心直口快的个性也要改一改，有时即使自己是对的也要少说几句，多做点也不会少块肉，凡事要先思而后行。双休日少去街上逛，那网吧以后也尽量不要去了，在教室里多看些书，少偷玩手机。高一结束就要选专业了，你看你成绩总是平平淡淡的，要多加把劲努力追上去才行。平时有事尽管找我，不回家就到我那坐坐，看看电视……"那晚，老师说了好多好多，玲儿好像一点没听进去。

不到一个星期，玲儿又偷偷逃课，去上网聊天、玩游戏，那款游戏有个好听的名字叫"传奇"。据上过网吧的同学说，游戏里面有很多老玩家，玩起来让人陷入昏天黑地的冲级、厮杀中，很过瘾。玲儿一有时间，就迫不及待地走进网吧，冲向电脑，点开熟悉的界面，熟练地输入 ID，而后如鱼得水地游弋其间，玩兴有增无减，那少得可怜的课余时间已远远不能满足玲儿的需求。最后，还是想到逃课，也这么做了。听说，玲儿还网恋了，也不知那人的来头，就和人家黏在一起了，经常在一块玩。我真的很担心玲儿，怕有个万一，那可怎么办呢？

今天，终于见玲儿来上课了。不过，玲儿根本就没认认真真听。不是低着头玩刚新买的手机，就是用小镜子把阳光反射到在转身写字的老师身上。玩累了，就趴在桌子上睡觉。老师把玲儿叫醒，玲儿说老师打扰她的睡眠。老师批评玲儿，玲儿居然嬉皮笑脸地说："打是心疼骂是爱，请继续狠狠地骂，不要客气。"查看学生证的同学问玲儿，为什么不把学生证戴好。玲儿不耐烦地冲着人家吼道："本姑奶奶戴不戴关你屁事，BC（白痴），再在这瞎嚷嚷，小心我 K 你……"对于玲儿的种种恶习，老师忍无可忍，只好交给学校来处理。

校会上，玲儿被叫到主席台上点名批评，并给予处分。玲儿非但没有悔改羞怯之心，而且还像张韶涵开歌友会时和 Fans 见面打招呼一样，笑容一个比一个灿烂，一个比一个迷人，仿佛要将全校人迷倒在她石榴裙下。老师摇头叹：朽木不可雕也！

一个风和日丽的中午，玲儿的妈来学校看玲儿了，可玲儿不在。玲儿妈对我说："玲儿好长时间没回家了，家里人都很挂念她，怕她在学校吃不好，穿不暖……"一些同学跟她妈说起玲儿在学校的情况，让玲儿妈感到心碎，难过。阵阵心酸涌上心头，布满血丝的眼睛黯然地浸在泪水中。玲儿妈拉过我的手，握在她温暖的手心里，给我讲起玲儿小时候的事。"小时候，玲儿是个勤劳体贴父母，乖巧听话的丫头。玲儿的聪明伶俐使得一大堆邻居把她当个宝，只要有好吃的都会送些给她。她接过别人的东西，常小心地捧着，等父母一起吃，玲儿小时，就学会帮大人做事。伙伴们都出去玩，她往往在家里教妹妹写作业，做家务。下田干活，玲儿也是不甘落后，干得两颊通红，大汗淋漓还犟嘴说不累，其实，是她自己想多干点，让我两少累点。家里虽穷，可日子过得还算开心。如今，家里越来越富了，可听你们说玲儿……哎！……"玲儿妈说着，又一颗泪水从苍老的面颊上滑落下来。

玲儿妈等了半天，也没见玲儿回来，只好失望而又依依不舍地走了。临走前，玲儿妈从怀里掏出了伍拾、贰拾、壹拾不等面值的一叠票子，让我交给玲儿，要我转告玲儿在学校要好好听话，好好学习。再三叮嘱我，要劝玲儿回头，因为玲儿是她的骄傲。她自己一个农民，不懂啥大道理，我与玲儿是同学，什么事一点就通，我握着带有玲儿妈体温的160元钱，看着玲儿妈渐渐缩小的背影，我眼睛湿润了。可怜天下父母心哪！

第二天，玲儿回来了，我把钱给了她，并劝她为了父母、亲人、老师、同学、朋友……为了那些关心她爱护她的人，不要再执迷不悟，自甘堕落了。否则这样下去，会成为人渣的。可玲儿马上反驳，那没有温度的声音一响起，就刺痛了我每一根耳神经。"是，我是人渣，我愿怎么着就怎么着。你想跟我说教，还嫩了点。你以为你是哪根葱，哪棵蒜。我告诉你，从现在开始，你最好封好嘴，不然我连你一起K。你的好朋友我受之不起。走你的阳光道去，我的事你永远不要插手，让我自生自灭吧！要想甩开我，也不必找这么多冠冕堂皇的词……"

玲儿依然我行我素，那些缺点一点也没有改变。无视校纪校规，扰乱课堂秩序，不尊重老师，穿奇装异服，还谈什么恋爱，留恋不健康网站成瘾。只要是违反《中学生日常行为规范》的事，每次玲儿都几乎要占一份。想着玲儿堕落，我无能为力，想着玲儿失去温度的眼神，冰冷的液体从我脸颊上不断滚落下来。

我与玲儿的距离，似乎随着时间一点一点地拉长。但我还在努力地大声呼唤，希望玲儿同以前一样，是我的同学，是我的朋友。可不管我怎么声嘶力竭地呼唤，好像对玲儿一点也不起作用。

　　如今，我只有看着浩渺的星空，渴望传说中能帮人实现愿望的流星会出现，期盼着奇迹降临在玲儿与我之间。不过，那只是个可望而不可即的梦。

　　时间并没有因为谁的一时糊涂而停留下来等她清醒。期末考试依然如约而至，而我只能眼睁睁地看着玲儿，不把学习、复习和考试当一回事，依然沉沦下去。

　　玲儿，我请求你告诉我，我到底要拿什么拯救你？

# 幼学纪事

这是我生活中的一个小插曲，在此，以我的手，写我的口，以我的口，表达我的心声。

——题记

## 一

我出生于 70 年代初一个完全没有文化的农民家庭，跟着姐妹兄弟一起长大。父母是一字不识的人，不要说什么文化，就连名字叫啥，怎么写，都不知道。那时小孩子就只有乳名，老人只有寿名。听妈妈说，当时爷爷的汉语名字还不知叫什么，祖爷、祖辈的就更不用问了。没有文化的农村人，生活是很艰难的。我的两个大姐姐都只上了两三年的学，就回家帮助忙家务了。当时，我们几兄弟还很小很小，薄弱的劳动力是维持不了生活的。这样，姐姐相继辍学了，我就是在姐姐辍学后，每天由三姐领着在家，那时已五岁多，整天在家里，打打闹闹，无意中翻出姐姐俩放在楼上的小学语文、数学课本，看到书里有很多漂亮的好看的画面，还有一些密密麻麻的，显得很小很小的东西，整整齐齐的印在纸上，当时我还不知道，这就是我们祖国的语言文字——汉字。从此以后，我就把姐姐们的几本旧课本拿出来，整天看里面的画。晚上等姐俩劳动回来，就唠叨着拿去问姐姐，说里面的那些小东西是什么。姐姐俩一本正经地对我说："小弟，这是汉字，等你长大后，再去好好学，到时你就会知道。"听姐姐这样一说，晚上我就要姐姐教我读里面的小东西。姐姐俩由于整天劳动，晚饭后很疲倦，只教两三句，就昏昏欲睡了，当时我是多么想学啊！

六年过去了，我开始渴求文化，当面向父母亲诉说："我要读书，送我上学吧！"就这样，我开始走进学校大门，进入了当时很简陋的没有几个教师的猛硐小学，每天来回大约3公里的山路。我上学了，姐姐的负担更重了，她们不仅劳动，而且早出晚归，早上还要起早煮饭给我吃，偶尔还送我上学。现在想着这一切，父母、姐姐的辛劳都化为汗水，洒满了大山的每一寸土地上，即刻化为乌有，而我呢？也很不安心了，但我始终没有忘却上学学文化的想法。

## 二

家庭的熏陶，环境的影响，使我对学文化有了更深刻的了解。我进入学校，班主任是何有福老师，他高高的个儿，很温和，从不打骂学生，也很亲近学生，因此，我对学文化信心倍增。一晃一两年过去，我又长大了一点。放学回家，开始帮家里拾一点柴火，割一点马草，在家里，我从父母、姐姐那里学到许多在学校里学不到的知识，但仅就读书而言，那是不能说是学文化的。那时读书一个学期完了，也没收到立竿见影的效果，考试还考了一个大大的"鸭蛋"。老师训了我一顿，还在班上的四五十个学生面前点我的名。当时，老师根本不理解我们农村孩子读书的心情，放学路上，几个同学抢了我的试卷"戏弄"了我一顿，我急得哭了。回到家，他们还向我父母、姐姐告状，以为我父母会赏赐给他们什么东西，教训、打我一顿给他们开心。但是，我父母、姐姐没有这样做，她们只是说："没考好，算不了什么，以后慢慢学，一定会考好的。"这样，我经历了一次是非的耻辱。

从此之后，我开始努力学习了。姐姐俩虽只念了两三年的书，但在家里，她俩不仅教给我农活、独立生活的知识，还经常指导我的学习，我信心百倍，我想我一定要挣回第一次耻辱丢的面子。这样一来，从二年级到五年级，我各方面都很好，成绩每每优秀，以前戏弄过我的同乡，对我尊敬了，并且经常询问我，怎样学习才好，我耐心地教给他们，从不斤斤计较，不久我跳级，离开我所在的班级了。

## 三

生活本来就很复杂。但我呢，是个幸运者。升入初中一年级至三年级。我扩大了知识面，对知识更渴求了，整天去跟老师借书看。但我也不放松课本的学习，使我在初中学习成绩也很优秀。同学们不得不佩服我，老师们对我更是实行重点培养。

但是，那时生活很贫苦，有时还得跑回家去吃饭，这样一来，父母、姐姐怕会影响我的学习，尽量想办法解决我的生活。哎！想想这一切如烟如梦，好心酸啊！如今，再回味，真是眼泪盈眶。

这时，我比以前更懂事了，小弟弟也上学了，家里的负担也更重了，特别是经济上，有时简直交不起学费。记得一次，我跑回家吃午饭。只有妈妈在家，她语重心长地说："孩子，我们的生活不好，今天妈妈没带好你们，没有好的给你们吃，致使你们兄弟姐妹的身体很虚弱。我家生活以后要好，就看你们几兄弟读书，能不能改变了。""现在你还小，你必须努力读书，用你青少年这短暂的时间去换取你青年、中年、老年这长长的幸福生活。如果你现在不努力读书，那你的青年、中年、老年那长长的时间就会过得很艰苦了。"

听着、听着，我的眼泪流了出来。是的，父母、姐姐为了我们读书，操尽了心思，也尽了最大的努力。生活不好，岂能怨天尤人？现实是严峻的，要面对严峻现实，坚强地走好自己的路。

我的父母亲，是一点文化也没有的朴实的农民，但他们的心灵深处，对知识是何等渴求，何等希望实现愿望。父母在旧社会长大，心地善良。现在我才懂得父母的心思，为何姐姐都不能上学，只有我们兄弟！那时，我们还很小，是衣来伸手，饭来张口的小顽童。生活的贫困，姐姐的辍学，是迫不得已的。母亲说："当时，你姐姐俩也想好好读书，将来有个出息，可就是……"母亲没说完话，泪水也盈满了眼眶。母亲没说的话，不说，我也知道是什么。最后，母亲说："孩子，我们没有什么文化，但已经度过了自己的大半生，你们现在，如果没有文化，是无法生活和生存下去的。要好好学习，听妈妈的话啊！"

吃完午饭，我走在宁静的山路上，似乎母亲在催我奋进。我加快了脚步，沿着那没有尽头的山间小道匆匆赶路。

# 童年的我

童年的我，很傻很傻。有时，针对一个小小的问题，常与伙伴争论不休，我总不相信，地球会是圆的，而且像个球，我总在想，地球上有山、有水、有人，明明是平的，怎会像球，怎会在运动。上学了，待我去问老师，可我总是听不懂，老师无奈地说，待你长大了，会明白的。我也无奈，只有等我长大了。

童年的我，很傻很傻。每当流星横飞，月朗星稀的时候，我好孤独，只有俯卧在草地上手托着下巴，仰视天空。每当小流星飞过，我总会说，那是星星"屙屎"；看着圆圆的月亮，我总会记起奶奶说的，月亮上有棵大树，树下有仙女嫦娥在乘凉，还有只小白兔。多想看看嫦娥、小白兔，多想飞上天去，自由自在地玩耍。

童年的我，很傻很傻，总是玩泥人，打泥架。下河沐浴，下水捉鱼，是我最大的乐趣。玩得整天不归家，害得家人到处寻。梦幻，多么浪漫，童年，多么迷人。

我随着岁月，一天天长大了，该上学了，父母开始管教我了，我不得不背上书包，跨入了学堂，带着求知欲进入了学校。我奋力去求索，算我幸运，每次考试，总能捧回一张奖状，父母笑了，我也笑了。

从此，我又下定了决心，我不仅要读完小学，还要上中学，念大学，去研究我小时候疑惑不解，想不通的一切梦幻。

带着童年的梦幻进入了成年，可我觉得自己还很傻很傻，至今依然一无所获。

# 我那无悔的选择哟

常听人们说，教师的工作是最单调最刻板最枯燥最乏味的工作，循环着备课——上课——改作业。还说教师的见识最短浅，活动范围最狭窄，从星期一到星期五只会看着学生，双休日也只会守着学校。看那样子，呆头呆脑，呆劲十足。

记得上小学时，学到《为人民服务》，老师问我："长大后，想干什么？"我站起来，不假思索地回答："当老师"。晃眼间，高中毕业高考了，我依然在第一到第三志愿栏上都填上了高等师范院校，毫不犹豫地选择了教师这一神圣的职业。四年的师范院校后，我走上了三尺讲台，开始用"三寸不烂之舌，三寸粉笔"憧憬我美好的人生。

二十多年来，我有几次改行离开教师这职业的机会，但我都没有去选择。因为我通过教学体验，发现了为师的乐趣。烦恼时、苦闷时、忧愁时……只要走近学生，这些就都会立即烟消云散。课中，回荡的是师生间的问答声或琅琅的读书声，课后，飘逸的是师生的欢歌与笑语……

虽然教师生活清贫，工作也很辛苦，在现实生活中，往往被人们所看不起，但我很喜欢这个职业。现在，我看到自己呵护的花蕾成长，看到颗颗纯洁的心灵又走上讲台，我感到非常的欣慰和自豪。

如果说以前我未读懂"太阳底下最光辉的职业"的意思，未唱懂《长大后我就成了你》的含义。那么，如今，经过这二十多年的教育教学工作生涯，我也读懂唱懂了这一切。

教师职业，我无悔的选择哟！

# 比我幸福

"请你一定要比我幸福，才不枉费我狼狈退出，再痛也不说苦，爱不用抱歉来弥补，至少能成全你的追逐……"

灰色的天，熟悉的旋律，让我想起与你相遇的那个秋天。那天，我与你在晓园中邂逅。我俩有一个共同的爱好：都喜欢陈晓东的歌。因为这，我俩相识、相知，并很快成了好朋友。文静的你喜欢笑，每每微笑时，都会露出两排洁白的牙齿，还有两个甜甜的酒窝。看到你的笑容，总是能让我从忧郁中走出来，觉得你的一个微笑是一座天堂，一波眼神是一个春天。奔逐在记忆里的你，宛如天使的翅膀，绽开着纯真的芬芳。我喜欢把一切心事全部向你倾诉，更喜欢像小孩那样依偎在你身旁。我说："我俩永远都是好朋友。"你温柔地笑了，"嗯"地应了一声。

今年开学，你在去年我俩相遇的那个秋天，也是那个地点，告诉我，说你要转学了。当时，我还以为是我听错了。可是，后来，也不知是为了什么，你终究还是转学了。在走之前，你叫我到晓园中，用冰冷的话语对我说："我俩不再适合做朋友了！"之后，你便转身而去，只留下目瞪口呆的我……

又是一个秋天，我来到晓园中，风依旧，秋天的雨跟随着，晓园也依旧，却已物是人非。我习惯性地漫步在青石铺就的小路上，回忆着你我的相遇、相知，思索着你离我而去的原因，思绪凌乱不堪。我以为自己只是做了一个噩梦。可是，我再也看不到你了，再也没有机会和你在晓园中漫步，再也没有机会和你一起听我俩喜欢的《比我幸福》了。

尽管此时面对熟悉的晓园，面对满心的思念与祈祷，我早已泪流满；可是我只能守在这晓园中，守着我们的回忆，仰望着你离去的方向，祝福你："请记得你要比我幸福，才值得我对自己残酷，我默默地倒数，最后再把你看清楚，看你眼里的我好模糊，慢慢被放逐，放心去追逐你的幸福，别管我愿不愿孤不孤独，都别在乎……"

# 老师是多么爱你们

亲爱的同学们，今天看到你们语文测试下来后，那一脸的沮丧，老师就知道了你们不愉快。其实，作为学生，你们这样的情绪和表现，老师是很理解的。老师认为，无论如何，做什么事，你们都要充满信心。

还记得吗？平时，老师叫你们课堂上专心听讲，思想不要开小差，不要东张西望，不要讲小话，不要玩小东西，"感觉"要跟着老师走。可你们就是不听老师说的，课堂上把老师的话当成耳边风，不记也不背，动这玩那的。特别是有少部分同学最爱玩手机，课堂上，把手机当老师，书箱当黑板。老师提醒不要玩手机了，不但不收敛，还肆无忌惮顶撞老师，说学习是自己的事，惹得老师生气。老师点名批评你们，你们有的还回嘴顶撞老师，说老师跟你们过不去。这样的结果，影响了课堂纪律，影响了教学进度，更重要的是影响了一些专心听讲的同学的思维。老师叫你们要积极主动地回答问题，可是，当老师叫你们起来时，你们多数表现为一问三不知，让老师气都生不出来。要么老师说大家一起来回答，你们在下面"哇啦哇啦"一大片乱叫乱说起来，说得牛头不对马嘴。老师说你们要思考后才能回答，你们又说老师不尊重你们的发言权，不尊重你们的见解。其实，你们部分同学是想趁这个时候捣蛋或是戏弄老师。因此，老师一生气或是一发火，又是训斥你们一顿，你们又认为老师跟你们过意不去。

不但这样，老师布置作业给你们做，你们不但没有按时按质按量完成，还拿出"克隆"本领，千人一面，万人一腔，错都错在一处。老师说你们抄作业，希望你们以后自己做，你们却把老师的话当作耳边风。老师叫你们课后要背记一些知识，并且给予了你们不少时间，可是你们把老师的话当作耳边风。老师叫你们课后要背记一些知识，当老师来抽查背记情况时，你们部分同学站起来就是说背不得，个个像木薯棍。老师又骂你们了，说你们了，又给你们讲方法了，讲道理了……可是你们又不领老师的这份情，也不会体谅老师的良苦用心。还说老师是老古董，还要求你们背什么古诗文。老师对你们背记不出来的知识，想方设法让你们记住，唯一的方法，就是叫你们抄写。想不到，你们是多数抗议，是十万个不愿意，又说老师变相体罚你们了。

你们的仪表仪容，说真的，有一些是一点都不符合《中学生守则》和《中学生日常行为规范》规定的条款。特别是少数男生的头发，男不男，女不女的；女生袒胸露腹的也不少。你们是学生，模仿性强，这是老师肯定的。但你们想过没有，你们还是学生，就要处处有学生的样子。虽然你们思想前卫，可只能是思想，不能表现在各个方面。因此，老师叫你们不要染发、烫发，理怪发型，不要穿耳戴耳环，不要穿奇装异服等等。你们就说老师思想落后，跟不上时代，不与时俱进，甚至有的还与老师论理，发生口角。

校园里、教室里、宿舍里，随时可见你们吃完东西后，随手乱扔乱丢的果皮纸屑。老师见了，叫你们捡，你们要么说不是自己丢的，为何要捡，要么就猛跑，装着没听见老师叫你们捡似的。有时候，你们违纪了，老师罚你们扫一下地，算是教育惩戒你们。可是你们还不服气，有的当面或是背后骂老师，不但这样，还骂老师的爹和娘。老师叫你们去做什么，要多叫几次，你们才动。老师跟你们说，要这样这样，你们却那样那样，始终跟老师反着。老师实在没办法了，把你们交到分部交到德育处，接受教育。你们又说老师太不给你们面子，跟你们过不去了……

可是你们知道吗？亲爱的同学们，老师跟你们说这么多，是为什么呢？那是老师希望你们个个学好，以后个个成才。即便以后你们不能个个成才，老师也希望你们个个成人，成为社会各方面有用的人。老师对你们说了这么多话，你们知道老师多么爱你们了吗？但愿你们每一个学生都体会得到。

# 写给老师

"老师是人类灵魂的工程师""老师是太阳底下最光辉的职业",这是人们对老师的夸赞。

老师是每个人一生中最不能缺少的人。因为老师是教人识字读书、传授知识和道理的人。

老师每天重复着相同的动作和工作,每年看着一届又一届学生走来又走过。

老师启迪学生领会大自然的恩惠,让学生读懂每一片绿叶,每一朵彩云,每一朵浪花……

老师对多么顽皮而又不懂事的学生,都循循善诱。老师的教诲,似和煦的阳光,照在学生的心田里,暖洋洋。

每个人一路上有老师的引导,才不会迷失方向;一路上有老师的关注,才会健康苗壮成长。

老师给了每个学生一杆生活的尺,让学生天天去丈量;给了每个学生一面模范行为的镜子,让学生处处有学习的榜样。

加减乘除,算不尽老师做出的奉献;诗词歌赋,颂不完对老师的崇敬。老师用知识甘露,浇开学生理想的花朵;老师用心灵清泉,滋润学生情操的美果。

老师是摩天大楼的粒粒基石,是跨江越河的座座桥墩,是祖国建设的中流砥柱。

老师把人生的春天奉献给了芬芳的桃李,给自己留下了冬的干净、雪的洁白、冰的清纯。

老师用人类最崇高的感情——爱,播种理想,播种希望。把精魂给了学生,把柔情给了学生,把父母般的爱给了学生。

老师的爱,唤醒了多少迷惘,哺育了多少自信,点燃了多少青春,催发了多少征帆。

老师的爱，太阳一般温暖，春风一般和煦，清泉一般甘甜。老师的爱，比父爱更严峻，比母爱更细腻，比友爱更纯洁。老师的爱，天下最伟大最高洁。

老师教会学生做人，告诉学生道理，把青春化作了对学生的关爱……用粉笔谱写了一生的荣光，那布满道道印记的黑板记录着老师的沧桑。

老师对学生严格要求，并以自己的行动为榜样。在每个学生心目中，老师是最严厉的父亲，又是最慈祥的母亲。

老师是一支粉笔两袖清风，三尺讲台四季晴雨，滴滴汗水，育天下桃李。

课上，老师轻柔的一句表扬，让学生心花怒放；老师一句亲切的鼓励，让学生鼓足勇气。

教室里，总能看见老师一丝不苟讲课的情景；办公室里，总能看见老师认真批改作业的身影……粉笔染白了老师的头发，从未听到老师哼一声累，叫一声苦。

老师因学生而老。学生走入社会，都会记得曾教过自己的老师的容颜。老师那熟悉的板书、熟悉的声音，都会萦绕在学生的心间。

也许每个人毕业后，在漫长的岁月里，只要仔细品味，教过自己的每个老师的声音，常在耳畔响起；老师的身影，常在眼前浮现；老师的教诲，常驻在心田……

老师谆谆的教诲，化作学生脑中的智慧。学生成人成才，都会有发自肺腑的感言，感谢老师对自己的栽培。

老师的教导，使学生认识了美丽的世界，老师的心血，使学生感悟到多彩的人生。

老师是蜡烛，点亮了学生，燃烧了自己；老师是钥匙，为学生开启知识的大门；老师是小舟，渡学生驶向成功的彼岸……

老师握着如犁的粉笔，开垦出许多草原；播散的智慧种子，长成擎天的大树，老师使不出色的学生，成为最闪耀的星星。

多少人，从开始学枯燥的拼音字母到能进行复杂的演算，不知老师操碎了多少心。

老师的思想，老师的话语，充满着诗意，蕴含着哲理，又显得那么神奇。老师不是演员，却吸引着学生饥渴的目光；老师不是音乐家，却把知识的清泉叮咚作响。

老师是园丁，花园里的每一朵花上，少不了老师辛勤的汗水。老师讲课，非富多彩，每一个章节都仿佛在每个学生面前打开了一扇窗户，让每个学生看到了一个斑斓的新世界……

老师的岗位永不调换，老师的足迹却遍布四方。老师是祖国的栋梁，支撑起一代代人的脊梁。老师像一支红烛，为后辈献出了所有的热和光。

这个社会，就因为有了老师，花园才这般绚烂，大地才这般盎然。

如果把老师比作蚌，那么学生便是蚌里的砂粒；老师用爱去舐它，磨它，浸它，洗它……经年累月，砂粒便成了一颗颗珍珠，光彩夺目。

老师是火种，点燃了学生的心灵之火；老师是石级，承受着学生一步步踏实地向上攀登。

如果没有老师思想的滋润，怎么会绽开那么多美好的灵魂之花？

老师传播知识，就是播种希望，播种力量。

老师为花的盛开，果的成熟忙碌着，默默地垂着叶的绿荫，这就是老师的精神。

# 歌颂教师

不需用华丽的辞藻把教师的辛勤苦恼说写得漂亮，不需用夸张的手法赞颂教师的幸福喜悦梦想，只需用最平实的语言最真挚的感情去叙说教师日常生活中的一些平凡，就足以表达我对教师诉说的衷肠。

教师是崇高的，伟大的，永远生活在校园里，滋润学子成长，追求理想坚强勇敢，指引学子前进的方向，铸就人生的辉煌，让学子志在四方充满希望。教师，从古至今，多么受人尊敬，多么令人向往。

教师，把自己的一生奉献在了教育岗位上。教师，是每个人获取知识和引导每个人成长的标航。教师，用辛勤汗水培育出优秀学子，是沐浴在职业里带来的荣光。

教师，被人们喊得响亮，穿越时空古今激情回荡。从东海之滨到雪域西藏，从南国宝岛到塞外边疆，从三尺讲台到知识殿堂，多少教师无时无刻不沉浸在教书育人的海洋。

平日里，"老师辛苦了！"一声声真诚问候，浓缩了所有的期望；课堂上，"老师好！"一句句深情祝福，蕴涵了无数的吉祥。

时代的强音，不断撞击着教师传道授业解惑的心房，尊师重教已成为时尚，科教兴国绽放清香，教师就像耕耘的老农挑起了箩筐，沉甸甸的收获虽然压弯了脊梁，却把幸福写在多少人微笑的脸上。

有人说，教师是烛光，燃烧自己释放光芒；有人说，教师是翅膀，能让学子在太空翱翔……可我认为，教师是推动社会进步的精神巨匠，用柔弱的双肩承载着民族腾飞的希望，传播着社会进步积蓄的能量。

教师，为了桃李芬芳，呕心沥血、牵肠挂肚；教师，为了培育栋梁，废寝忘食、执着顽强。从风华正茂到双鬓染霜，从慷慨激昂到退休还乡，有多少个夜晚挑灯到天亮，有多少汗水播洒在课堂，引领学子披荆斩棘攀登书山殿堂、乘风破浪泛舟知识海洋。

从黎民百姓到文臣武将，从一招一式到驰骋疆场赛场，从蹒跚学步到凌空翱翔，从咿呀学语到放声歌唱，从点撇竖横到文采飞扬，从加减乘除到运算流畅，谁没有感悟到教师的滋养，谁没有体验到教师的衷肠，谁没有品味到教师的"佳酿"。

教师有海纳百川的胸膛，教师有取之不尽的宝藏，从儒家思想到素质引航，从粉尘飞扬到上网浏览，从"臭老九"到"教书匠"，教师走过的路坎坷艰难、泥泞漫长，却愈战愈勇、愈挫愈强，一代一代源远流长。因为教师传递的是正能量，是接力巨棒，留下的是精神食粮，注入的是拼搏刚强，才使华夏子孙昂首挺立于世界的东方。

教师是时代的模范、社会的榜样，社会的每一个人都应为教师纵情歌唱。因为教师能使沙漠不再荒凉，孕育绿洲溪水流淌。教师有灵丹妙方，能让愚笨变得富有智商。即使倾长江之墨，也画不全教师的荣光，纵然让大地作纸，也写不完教师的华章。

一滴水可以折射出太阳的光芒，无数滴灵感的水则汇聚成智慧的海洋。教师总是从一点一滴开始，用心血和汗水托起明天的太阳。

每一个人，应对教师说："谢谢老师对我的培养，平时我做错了的地方，希望老师能够原谅。我将以一个新的形象，为老师赢得鼓掌。多少次的失败，是老师把我叫到身旁指点迷津，让我找到了迷失的方向……"

教师的爱，像一缕缕阳光，温暖每个学生的心房；教师的爱，又像漫天的繁星，照亮每个学生前行的方向……如冬天里晒太阳一般温暖，如夏天里享受凉风一般舒畅。

看着教师在黑板上留下一串串的字迹，整齐而漂亮，不能掂量出多少奥妙和辛勤的汗水在这中间蕴藏；听着教师在讲台上讲出的每一个字每一个音长，不能计算出有多少的知识从远方飞驰而来走进我们智慧大脑的驿站。

教师是天上最亮的北斗星，能让学生在红尘中不迷失方向，学生只要一看见教师耀眼的光芒，就能找回读书、学习、做人、处世的理想，知道如何行为示范。教师，对学生的违犯，总是那么的"宽宏大量"，让多少学生感到无比的愧惭。

教师，总是默默地一生奉献，为了学生，为了使命，甘愿做绿叶也不愿做红花，想用自己的能力擦亮这世间的曙光，让莘莘学子的梦想得到飞翔。

每一个人的成长，多少教师令多少学生难忘，多少学生工作多年后还对教师留下最深的印象，有的还成为一生的念想。学生一茬又一茬，教师却保持着自己的和蔼慈祥，永远显得那么的普通平凡。

教师，永远是最让人尊敬的行当。学春蚕吐丝丝丝不断，做蜡烛照路路路通明。千百年来，多少人把教师比作蜡烛、春蚕，在教师的呕心沥血、无私奉献中，又有多少祖国的花朵成为九州华夏的栋梁。谁又能知道，这其中包含着教师多少的汗水与泪浆，也许教师那丝丝白发，斑斑皱纹也诉说不完。

教师和蔼的微笑，温和的话语，就像快活的音符一样奏出美妙的乐章，让学生痴狂。教师，培养着祖国的栋梁，支撑起一代又一代人的脊梁。

教师，讲课，是那样文采飞扬，每一个章节，都仿佛打开了一扇扇窗，让学生看到了新世界的斑斓……

教师，能让花园艳丽灿烂，使大地春意盎然。教师，快推开窗看看，满园桃李，满园春色，时刻都在向教师敬礼欢唱。没有教师思想的滋养，多美好的灵魂之花怎会绽放？教师，人类灵魂的工程师，有谁不赞扬？传播知识，就是播种希望。

教师是美的耕耘者，美的播种者。教师，用美的阳光普照，用美的雨露滋润，学生的心田才绿草如茵。教师，为花的盛开，果的成熟，一生忙碌。

教师，用人类最崇高的感情——爱，播种春天，播种理想，播种力量……用语言播种，用粉笔耕耘，用汗水浇灌，用心血滋润，这就是教师崇高劳动的全部体现。

教师，工作在今朝，却建设着祖国的明天；教学在课堂，成就却在祖国的四面八方。

教师的生涯，有无数的骄傲和幸福的回忆，但多数把它在心底珍藏，只是注视着辛勤培育园地里每一朵花的争奇怒放。

教师像一支蜡烛，虽然细弱，但有一分热，发一分光，照亮了别人，耗尽了自己。这无私的奉献，令人永志不忘。教师讲课的语言，悦耳像叮咚的山泉，亲切似潺潺的小溪流淌，激越如奔泻的黄河长江……

是谁把雨露撒遍大地？是谁把幼苗辛勤哺育成长？是教师。教师，是伟大的园丁。看这遍地鲜花怒放，哪一朵上没有教师的心血，哪一朵上没有教师的笑影，哪一朵上没有教师的荣光。教师，你是我诉说的对象，是我表达不完的衷肠。

假如我是诗人，我将以满腔的热情写下诗篇，赞美教师的无私奉献、拼搏顽强，把它献给胸怀博大，知识精深的教师永远珍藏。

# 老师颂歌

## 一

我不是一位多情的诗人，不会用春唱秋吟的诗句来讴歌老师；我不是一位睿智的哲人，不会用深邃的哲理来述说老师人生的价值。在此，我只想用深深的思索和凝重的情感来歌颂老师教书育人清淡平凡的琐事。

## 二

老师属于学校，属于那些没有长大或在继续长大的孩子。人们说老师是人类灵魂的工程师，教书育人，便成了老师的天职。老师的日历排满学生，老师的生活离不开学生，老师的美梦编织着一个个学生美好的未来。通宵达旦属于老师，循循善诱属于老师，苦口婆心属于老师……老师是辛勤的园丁，每天要辛勤耕耘，老师是保姆，每天要耐心呵护，老师是法官，每天要摆平许多是非……老师是文明的传播者，塑造着学生的灵魂，老师的一生，饱含着酸甜苦辣，交织着成败得失。

## 三

每当老师走进校园，校园便让老师有了自己的尊严。登上讲台，讲台便是老师的天地。电铃声是开场锣鼓。教室里学生"唰"地肃然起立，那阵容、气势就像部队首长阅兵。行过注目礼，学生肃然就座。那一双双纯洁明亮的眼睛充满着求知的欲望。老师的知识与灵感的大门一下子打开。文化知识在教室里传播，知识的火花在教室里迸发，科学文化在教室里升华，文明在教室里诞生。只有那时，老师才真正体会到了自己的价值，自己的事业，自己的存在，自己的快乐。

## 四

老师的心，纯洁如水。若学生迟到，老师不让学生喊"报告"，而是让学生悄悄走进，赶紧坐好。那是怕打断其他同学的思路，也怕学生在众目睽睽之下难堪。

授课时，你发现老师说请同学们翻开课本第几页而不说第几节或是第几课？那是老师怕同学们一时翻不到而心焦。

你留心过老师如何面对回答不出问题的学生吗？"别紧张，慢慢想，一定能答出来……"实在答不出，老师会和蔼地说"请坐下"。那是一种尽在不言中的呵护与激励。

你注意到老师拂去讲桌上粉笔灰的方向吗？不是拂向讲桌前的学生，而是拂向讲桌后的自己，难道老师对粉笔灰情有独钟？

你留心过老师为何常弯腰捡地上的粉笔头吗？那是怕大家踩碎了，值日的同学不好扫地。

……

## 五

在你的人生中，你关注过老师的一言一行吗？你在意过老师的生活琐事了吗？

你一定在意作业本上密密麻麻的红批语，而未必在意老师眼中的红血丝。

你一定欣赏老师讲课时的神采飞扬、妙语连珠，而未必知晓老师家里的烦恼。

作为老师，无论家里事情多么不顺心，心情多么不好，只要一站到讲台上，就只有一种表情——微笑，一种目光——期待。绿叶、园丁、人梯，都无法用来形容老师爱之深沉，柔之细腻。

# 六

老师生活平淡清苦，事业平凡艰辛，但老师却感到无尽的充实。当老师引领着混沌的孩子走向人类文明的宫殿，去吮吸知识的琼浆，去咀嚼文明的精华时，当老师帮助一个个后进生树立学习、生活的信心，使丑小鸭变成白天鹅时……老师有什么快乐能比这种心境心情更幸福充实？那是一种无与伦比的不能用语言表达的幸福。

每当老师听说自己的同学当官了、发财了时，老师往往自叹不如。但老师又何必同他们比地位比金钱呢？俗话说：人比人，气死人。老师，既然选择了教书育人，就要干好本职工作，人生才会真正充满乐趣。

老师的职业，是高雅的、博大的、神圣的。它传承的是五千年灿烂的文化，它是知识经济腾飞的使者，是修身养性、呼唤爱心的一方沃土。作为老师，选择了这一职业，就应感到终身无怨无悔。

# 七

为了同一个目标，为了共同的事业。最后，谨录诗人汪国真《热爱生命》中的诗句与所有的老师共勉："我不去想是否能够成功／既然选择了远方／便只顾风雨兼程"

# 高三，我们一起挥汗如雨

送走了一届高三，又迎来了新一届的高中学生。回想在高三一年的日子里，老师们和学生们一起挥汗如雨。

高三，老师们和学生们一路风雨，一路奔波，在人生路上，一起书写着共同的高三生活。

高三开学初，老师们和学生们都对高三生活怀着各自不同的心情。老师们往往会说，同学们要努力学习。关于学习，关键在学习态度。知识是没有谁能教会给你们的。要真正掌握知识，将知识变成自己的财富，只能靠自己。老师们的作用、书的作用只是将你们领到一桌丰盛的宴席旁，告诉你们这个菜如何吃，如何有营养，但吃不吃最终还在你们自己，正如学不学最终还得靠自个。你们都这么大了，应该明白。要学会自己寻找快乐，在快乐中不忘记学习。

高三的学习，是繁忙的。课程排得满满的，教学和学习任务也很重。第一轮复习的资料还没翻一半，有时候就宣布说要开始第二轮复习了。还没几天，便是白花花的卷子铺天盖地而来。试卷多了，不少学生就似乎不在乎了。一些学生困了就睡，经常是看着数学老师闭上双眼，再睁开就变成英语老师了，一眨眼发现英语老师长高了，挺起腰来发现物理老师正在讲物理题。有时，突然被同桌推醒，抬头就看见班主任大踏步走上讲台。饿了，就剥个鸡蛋，啃个馍，管他上面是讲的 lesson12 还是动量定理。

高三的生活，有苦也有甜。刚开学一个星期，老师们和学生们便发了不少高三的复习资料，一本比一本厚。学生的，堆在桌子上，让人看了惊心。老师们加紧备课、上课、讲解习题，学生们努力地听讲、记笔记、背诵、做作业，终日埋头于各学科的教学与复习之中。

高三的作业，总做不完。不少学生说，高三跟高一高二真的不同，不同的就是高三作业变多了，随时抓住笔，一路写下去，总也写不完。

玩的时间也特别的少，只能咬着牙，一鼓作气，努力地挺过去。

高三的考试，最为频繁。上学期，一个月考一次，下学期，一个星期考一次。每考一次，老师们都努力地抓住时间改试卷，改完后，又马不停蹄地讲试卷，分析重点，突破难点，查缺补漏。有时，老师们讲得汗流浃背，学生们有的听得目瞪口呆，有的听得昏昏欲睡。有些学生觉得考试频繁了，就厌烦了，不把考试当回事，考得多少，不在乎。有的学生，总鼓励自己，攥紧拳头，给自己一些力量，说再什么样的考试也不会漫长恐怖得像白垩纪，只要努力，什么都会过去。

高三，生活是有规律的。每天早上六点十分起床；上午六点五十分至七点二十早读；七点三十开始正式上课，一直到中午十一点五十分吃午饭；下午两点半上课，上到五点下课吃饭；六点十分又开始上晚自习，上到十一点十分。每天的时间很紧迫，放松、吃饭，基本上是跑着进行的。洗澡、洗衣，只有在晚上十一点后快速去做。十二点以后才基本上可以睡觉，为明天做好准备。

高三，充满困惑与感伤。长时间的努力复习，使不少学生感到疲劳，好像上一秒已经全副武装，但下一秒又会因为疲惫而松懈。高三，时常听学生说，自己唯一能敬仰的不是老师，不是同学，不是家长，而是心中那个最真挚的梦想——大学。但时时想起自己的成绩，要想实现自己的梦想，好像就是坐在地狱里看天堂。

高三，就是高山。每一位学生，都要付出百倍千倍的努力去攀登。高三学生，如果没有努力、辛苦、艰辛的一段经历，是人生的一大遗憾。老师们看着学生们对梦想的执着，心中自然会为他们而高兴。但老师们又会想，这样不停地教学、复习、讲解、考试，学生们究竟能不能顺利地走完高中生活中最重要的高三，老师们的心中充满了疑惑，充满着期待。

高三，兴奋与努力交织。高三考试，很频繁，三天一小考，五天一大考。有时候，考得学生喊爹叫娘，但是老师们也没有办法。学校的安排，领导的意图，老师们只好去执行。每次考完试，老师们都要抓紧时间，非常辛苦地把学生的成绩进行排序，根据上年高考分数线，给学生们划定分数。老师们看到，通过自己的努力教学、复习、讲解、指导，学生们在每次考试中都有所提高，每次都有所进步，心里感到特别的高兴。不少老师兴奋地感叹：辛勤地付出，终于有了进步，有了成绩，值得高兴。但老师们也看到了有些学生成绩虽然一直不理想，但依旧在努力着，在不断地总结着自己的学习方法与经验教训。他们首先有想法，其次是有办法，然后就是等待机会。在他们身上，老师们慢慢地发现，他们学会安静了。他们在安静中升华自己，在安静中努力地实现自己的梦想。

高三，知识与心理亟待成熟的阶段。面对即将到来的高考，老师们看到每个学生都希望自己的十年寒窗苦读，在高考这样一个日子里金榜题名。所以，在不断地积累知识的同时，他们心理上也会因为一次次地考试而波动。有的学生因一次考试考不好而泄气，有的学生因一科考不好而大哭不止，有的学生因成绩总是提不上去而灰心丧气，失去自信。学生们存在的这些问题，老师们都会不厌其烦地找他们谈心，和他们交流最近的复习情况和最近的心理压力，适时地对他们进行调适、提醒。高考，不仅仅是一次知识的检测，更重要的是一个人心理承受能力的测试。因为老师们知道，倾诉，是让学生们宣泄的最好渠道，倾听，是对学生们最有效的理解方式。老师们理解了学生，学生们也会理解老师。师生之间，互相学会了理解。

高三，是值得回忆的。老师们前三个月，抓紧时间进行好专题教学，后面几个月，进行好综合训练和模拟考。高三，当老师们重新回看这条路时，少了一些埋怨，多了一份理解。学生的调皮已经忘记，而只记住了他们的善良。他们的面庞在老师们面前一一闪现，他们是那么的鲜活，充满着激情。而学生们，正在一步步走近自己的梦想，将迈出高中的母校。

六月的高考，是老师们的最大期盼，也是学生们梦想实现的最关键时刻。高考的那天，高三的老师们，都会穿上红色衣服来看学生们高考，希望给学生们带来好运气。在学生们参加第一场考试前，老师们会带着学生们进行考前宣誓。老师们看到了每一个学生眼中的泪花，他们马上就要奔赴"战场"，参加人生中最为关键的一场"战役"了，也许，他们的内心波涛汹涌，有着说不出的感受。但是老师们为他们送去了一个个美丽的微笑，一声声美好的祝福，目送他们走到了他们各自的考场，这或许能让学生们内心能平静些吧！

高三的老师们，就是在不停地与高三的学生们一起挥汗如雨，不断地目送着一批又一批的学生走进考场，走出学校，走进社会。

# 高三，我们努力拼搏

人生就是一个拼搏的过程。人生没有彩排，每天都是现场直播。生命在于付出，理想不抛弃苦心追求的人，只要不停止追求，就会沐浴在理想的光辉之中。

高三是痛苦的。"几个月黑暗下的苦工，一个月阳光下的歌唱。"用这句话来给高三生活做注解，的确是非常恰当的。比起以前的快乐日子，高三的确有点黑暗，而且是孕育着光明的黎明前的黑暗。高三的生活就是奋斗的生活，拼搏是高三生活的主旋律。

沧海横流，才显出英雄本色。高三便是一个沧海横流的时期。十几年苦读的效果在此检验，未来生活的帷幕在此拉开。给过去画上一个圆满的句号，给未来绘制一幅美好的蓝图。重要的抉择，尽在高考中。不苦读，不拼搏，辉煌从何而来？理想在哪儿实现？成功不是唾手可得，不付出艰辛的劳动，不洒下足够的汗水，成功之花会向你开放吗？俗话说："吃得苦中苦，方为人上人。"为拼得一个光明的未来，吃苦、拼搏必不可少。"

青春应该是一个不畏挑战的时期，应该是一个坚韧不拔的时期，应该是一个知难而进的时期。十八岁是个走向成熟的年龄，高三学生是个走向成熟的群体，可是苦读、拼搏会延续这种成熟吗？恰恰相反，艰苦的学习生活磨炼了他们的意志，枯燥的读写增长了他们的耐力，对知识的熟知造就了他们对未来的自信。短短一年的拼搏会让他们更迅速地走向成熟。经历了一年拼搏的他们能更好地面对充满竞争的社会。

人生，能有几回搏呢？何况是为了摘取那颗闪亮的星星。高三，是手与高山雪莲间的咫尺，目可见而犹不能及，虽咫尺而天涯；高三，是载着你驶向成功彼岸的航船，不进则退；高三的我们，更应是待飞的雄鹰，此时不飞，更待何时？

高三虽苦，但我相信，如果脚踏实地地走完这条弯曲的小路，你将无怨无悔。

　　错过了高三，就失去了一次拼搏的机会，永不再来。错过了高三，就如同花瓣失去了色彩，童年失去了秋千，留下诸多遗憾，却只能叹息"逝者如斯夫！"把握了高三，就积累了一颗夺目的珍珠，就越过了人生的一个转折点，就多了一把衡量人生的尺子。人生，也只有把握住这一个高三，才是完整的人生、无憾的人生。

　　人的生命似洪水在奔流，不遇着岛屿与暗礁，难以激起美丽的浪花。人生没有返程票，开弓没有回头箭，再多的苦，再多的累，只要不放弃，目的地就会越来越近，世界将为你打开大门。为了我们的人生更精彩，让我们的理想变为现实，让我们的未来更美好，让我们努力拼搏，不断追求，在生命中激起雪白的浪花。高三，让我们努力拼搏吧！

# 读书让生活更美好

　　小时候，我对闪烁的星空充满幻想，常对父亲提出一些稀奇古怪的问题。终于，有一天，父亲给我找来了一本书，说："你问的问题，答案全在里面。"从此，我就每天早晚跟在父亲前后，听他讲书中的知识和故事。从那个时候开始，我的生活中就出现了一个新的朋友——书。

　　上小学时，我一直沉浸在童话的世界里。读到白雪公主被赶走后就紧攥拳头，对王后极其不满；读到可怜的丑小鸭冲破重重阻碍变成美丽的白天鹅时，我就高兴得一晚上睡不着觉……小学时候很多童话的书里，叙述了令人陶醉的神奇世界，描绘了新生活的美好图景……小学，因为有了这些童话书，让我在学习、生活中未感到孤独寂寞，让我感到了学习、生活的充实、丰富。

　　到了中学时，童话已不能满足我读书的欲望。小说、诗歌、散文和戏剧进入了我的读书范围。我遨游于唐诗宋词，浏览明清小说。和鲁迅一起谈论《朝花夕拾》，跟巴金一起回《家》，并度过《春》《秋》，与曹禺共同倾听《雷雨》，和钱钟书共闯《围城》，跟路遥一起欣赏《平凡的世界》，与余秋雨一起去走《文化苦旅》……

　　进入了大学，我更喜爱读书了。我不但读中国的，还认真去读世界的文学名著。曾几何时，我与但丁谈《神曲》，同雨果诉《悲惨世界》，跟托尔斯泰论《战争与和平》，与海明威叙述《老人与海》的故事……这些书，每一本都在我面前打开了一扇窗，让我看到了一个世界。我发现中国文学乃至世界文学，真是源远流长，读书真的让我的生活变得好充实，使我的生活变成了一首轻快而优美的诗。我看的每一本书就像一艘船，载着我从狭隘的水泊驶向无限宽广的海洋。它们又是我最好的朋友，每当我在学习、工作、生活中遇到困惑时，向它们求助，从未遭到过拒绝。

　　读书，使我受益匪浅，生活更加美好。在我看来，读书一点不苦，我觉得读书是一道道可口的美味佳肴，或咸甜适宜，或浓淡皆宜，不管风味如何，都给予了我丰富的营养。我读着一些好书，就像和一些品行高尚的人在谈话，思想上得到高度的感染和熏陶。

书读多了，认识也多了，我得到的教益也不少。我喜欢司马迁《史记》的纵纵横捭阖、文气浩荡；喜欢苏东坡的雄奇伟岸、豪迈豁达；喜欢欧阳修的平易舒畅……喜欢冰心漂亮、缜密、紧凑文字中流溢出的博爱温柔；喜欢鲁迅"匕首投枪"式的锋利语言；喜欢朱自清清新流畅的美文语言，喜欢余秋雨散文的多背景展示……喜欢雨果浪漫主义与现实主义的完美结合；喜欢泰戈尔诗歌语言的高度凝练……它们虽然风格各异，但是都兼备神采风骨，读来如行云流水、自然汪洋、令人浮想联翩、荡气回肠。从古今中外、诸子百家的千古文学名篇里，从它们蘸着本性、真情、心血、生命的文学中，我读懂了、了解了它们的性格，领略到了它们的气度。

读书，让我神游于古今中外的文学精品，让我感到了美在生活中的种种体现。每当我在生活中感受到欢快喜悦，我总会欣喜地坐下来，用我那热情、鲜活、敏感的文字，尽情抒发我的心灵。每当我在滚滚红尘中受到伤害，我总是用读书来消解，请善良的李白帮我熨平惊悸的魂魄，找侠肝义胆的辛弃疾替我包扎伤口，让多愁善感的李清照吮舐我带血的羽毛……

高尔基说过："书和人一样，也是有生命的一种现象，它是活的，会说话的东西。"没有错，书的意义不仅在于书本身，它还有生命，有影响人的思想和行动的活力。它是过去时光的核心，是对人们工作和其他行为的解释，是人的生命的精华，它把逝去的岁月连成一体，使一个人和许许多多的人相识。我就是从读到别人坎坷的一生，明白自己的人生路上同样布满荆棘。同时，读书也让我在生活中有了更多的希望。

我爱读书，它不仅是我的精神食粮，而且是我生活中一座永不熄灭的灯塔，它给了我光明，给了我知识，给了我力量，给了我在人生道路上前进的勇气，给了我更美好的生活，包括过去、现在和将来。

# 让廉政之花永远绽放

古人云："吏不畏吾严，而畏吾廉；民不服吾能，而服吾公；公则民不敢慢，廉则吏不敢欺。公生明，廉生威。"

廉政如松，在万物凋零的冬日，依然挺拔翠绿；廉政如云，无论凝成水结成冰，依然净洁晶莹；廉政如花，永远绽放枝头，摇曳心间。

廉政是一种美德，更是一种境界，它使人威严，使人崇高。它使不正之风却步，使腐败分子丧胆；它无私无畏，无坚不摧；它高风亮节，一身正气。它是民族精神的一种传承，它是政治文明的一种理念。

中华文明史，廉政遍布史册。孔子笃信："不降其志，不辱其身。"孟子箴言："富贵不能淫，贫贱不能移，威武不能屈。""穷则独善其身，达则兼善天下。"周敦颐良言："出淤泥而不染，濯清涟而不妖。"郑燮坚信："咬定青山不放松，立根原在破岩中。"李世民豪言："疾风知劲草，板荡识诚臣。"无数事实，说明中华历史是一部充满廉政的历史。

现实中，有多少清正廉洁、务实为民的清官廉吏受到百姓的崇敬与爱戴，他们的形象深入人心，他们的故事让人久久传颂。一代清吏包公故事热映荧屏，久演不衰；人民公仆焦裕禄、孔繁森、牛玉儒、任长霞等事迹震撼人心，影响甚广。无论历史如何变迁，时代怎样发展，廉政永远是时代的呼唤，永远是人民的期盼，永远是大家心中的歌。

当今时代，只要形成人人以廉为荣，以贪为耻的良好社会风气，国家才可以繁盛下去，人民才可安居乐业。古代，人们就知道提倡廉政了。如终身为官清廉的海瑞，就是历史上永垂不朽的廉政丰碑。他一生为百姓服务，官府的俸禄全部捐献给穷苦的老百姓。他曾说过："宁做清官甘苦一生，不当贪官遗臭万年！"以至于他穷得连死后的棺材，也是家人向他人借钱买的。可想而知，他有多么正直的廉政风格！中华人民共和国成立之初，陈毅任上海市市长，其妹让他帮助解决升学问题。陈毅不帮这个忙，对妹妹说："你自己凭本事去考，考不上回家种田。我是党的干部，人民的市长，绝不搞裙带关系。"看看这些人，他们是如何的廉政啊！

心有廉政的人，廉政会化作饰物，让你时时光彩，处处如意；抛弃廉政的人，廉政会化作镣铐，等待你的，将会是法律无情的制裁。白居易曾说："临官莫如平，临财莫如廉。"明朝名臣于谦居官清廉。一次，朝廷派他巡察河南。返京时，人们买些当地的绢帕、蘑菇、线香等土特产回京分送朝贵，他没有接受。同时还写了一首诗表明心迹："绢帕蘑菇与线香，本资民用反为殃。清风两袖朝天去，免得闾阎话短长。"

一九九六年初，湖南省委书记王茂林带省委调查组到花垣县进行调查时，随身带着一份自定菜单：一荤一素一汤。每到一地，他就亲手将菜单交给负责同志，反复叮嘱按菜单备餐，就连元宵节那天，也不例外。他的这一举动，极大地鞭策和鼓舞了当地的干部讲廉政。这些人，用自己的廉政行动激励了我们，让我们看到了希望，看到了力量。

同时，廉政又是一面镜子。对镜自照，令人深思。廉政告诉我们：反抗诱惑吧，那样你才有更多的机会做出高尚的行为来。左丘明说过："不贪为宝。"但有的人偏爱顶风作浪，视党纪国法于不顾，终免不了银铛入狱的下场。当成克杰手握200万元"分红"时，他激动了，激动得跃进了"诱惑"的泥坑；当王怀中索贿时，他疯狂了，疯狂得不知何为党纪国法；当胡长清怀抱美女时，他痴迷了，痴迷得不认识自己了……人啊人，请认真对镜自照，以此为鉴，好好反思，这样，你才不会走弯路，走险路，你的一生才会走得保险。

当然，廉政是一支五颜六色的画笔。作为学校里面的老师，要拿着它描绘美好的校园，要让廉政之花开满校园。廉政从教，是教师职业道德中的一个显著特点，是社会主义市场经济对教师提出的具体要求，也是人民教师的崇高风尚。老师不能要求学生对自己付出的劳动从物质利益上作出回报，也不能利用工作之便向学生或家长索取额外报酬。老师自身要抵制不良风气和腐朽思想的侵蚀，加强自律，摒弃非正当利益的诱惑。从小事做起，不取一点一滴的不义之财，不索一针一线的非法之物。

老师对学生要以身示范，在学生幼小的心灵里播下廉政的种子，一方面要教育学生认识腐败之丑恶和危害性，另一方面要教育学生将来要做一个清正廉洁之士，为构建和谐社会奠定良好基础。同时，老师还要用自己的廉政形象来教育、影响、感化社会中的成员，使腐败不廉分子感到可耻，为反腐倡廉树立榜样，这样才有助于社会不正风气的匡正。

老师是最具备辨析是非能力的人，他们有顽强的抵制能力，是一定能保护自己廉政从教的道德行为，教育好学生从小树立廉政的意识的。罗曼·罗兰说："人生的大海上，风高浪急，你须自恃扁舟，方能到达彼岸。"德国诗人海涅说过："生命不可能从谎言中开出灿烂的鲜花。"知晓廉政，做到廉政，这是中华民族的传统美德。路漫漫其修远兮，让文明拨开浮云，把廉政放在前方，在人生与风浪的洗礼中，用最阳光的心情歌唱它，让它如花永远绽放！

# 起　点

　　如果说，我现在工作干的得心应手，业余练笔小有实绩，那起点应归功于图书馆。我喜爱读书看报，喜爱写作，都源自于我魂牵梦绕的图书馆。是图书馆，引导我走向爱读书看报、爱写写画画这个丰富多彩的业余生活天地。

　　图书馆是我获取知识的一个起点。二十多年前，我在读大学时，就喜欢上了泡图书馆。我的大学生活，大多时间就是在图书馆中度过的。那时，我从图书馆中摘录或复印了很多资料，用来作为我获取知识的重要手段，更重要的是它充实了我的大学生活，也为我后来参加工作奠定了良好的基础。工作后，分配到了乡下。乡下没有图书馆，工作当中遇到难题，没有资料帮助解决，便想到了在大学时摘录或复印的资料，那些资料便派上了用场，使我在工作上感到不为难。直到现在，我从图书馆摘录或复印的资料，对今天的我来说，仍发挥着重要的作用，还真是使我受益匪浅，以至于我在工作各方面，都取得了显著的成绩。

　　图书馆是我了解天下事的一个起点。无论图书馆大小，它都有存在的理由。它在存储知识方面，是其他手段不可替代的。它里面，知识含量大，只要你用心去读，便可了解全国乃至全世界的信息和知识。我是个喜欢读书看报、了解天下事的人，时刻关注报刊。我自己没钱订，因此，图书馆便成了我的好去处。我从各种报刊中，了解了天下事，掌握了最新的动态信息和知识。所以，我认为图书馆是了解社会的一个大窗口，它能使读者看到大世界、新天地。同时，图书馆也可以满足不同类型读者的需求，开阔大众读者的视野。在此，我提议，不管你是图书馆的新朋，还是老友，只要你从今天起，努力去图书馆，都不算晚。只要你真正用心去图书馆，一定会有所收获的。因为它是我们了解天下事的一个重要窗口。

　　图书馆是我培养良好个性的一个起点。以前，我是一个性子急躁、不爱给别人面子、没有多少耐心的人。但后来，我通过到图书馆读书看报，从书报中学到了很多为人处世的原则，便使自己养成了细心、耐心、诚心的良好个性，陶冶了我自己的良好性情。特别值得学习和受到感染的是图书馆工作人员的服务态度，对我的熏陶更是深刻。她们不管有多忙，或者有多少不顺心的事，都真心诚心地服务好每一位读者。在任何情况下，都未表现出暴躁、不热情的态度，而是认真、耐心地帮助读者查找所需报刊或资料。我与他们打交道多了，自己的性格也就有所改变了，也好多了。所以经常到图书馆去读书，可以培养一个人的良好个性。我个人良好的个性，有部分起点就是在图书馆读书影响下和图书馆工作人员的身上学来的。

图书馆，无论从哪一个方面来说，你都是我工作、学习、生活、个性的一个良好的起点。我心存感激，永远感激你——图书馆。

# 图书馆伴我成长

图书馆是贮藏知识的殿堂。在我的成长路上，我获取的知识，除了在课堂上接受老师传授的外，另一条途径就是得益于图书馆了。图书馆，她是一位知识的母亲，我从她那里，获得了很多很多知识，并让我受益匪浅。

认识"图书馆"这个名词，是我在麻栗坡县第一中学读高一时，班主任宋新老师为了拓宽我们学生语文知识面，叫我们要多去读书，多去图书馆读书时才认识的。当时的麻栗坡县图书馆，显得很小，藏书也少。但是为了增加知识量，拓宽视野，我常常利用课余时间去图书馆读书看报，了解信息。这样，我一直坚持了三年，直至毕业。通过读书，我的语文知识面得到了不同程度的提高，视野得到了开阔，也丰富了我的课余生活。高考时我的语文取得了优异的成绩。

高中毕业后，我考取了师范院校。到师范院校读书时，由于学校每天只上早上的课，下午全是自习。加之任课老师周天恒、李茂山、李丛玉三位老师对我的厚爱，经常鼓励我一定要多读书，读好书，要求我要时常到图书馆读书看报，借阅各类书籍，充实知识量，不要用课余时间去玩耍。我很是听从三位恩师的教导，基本上每天都去图书馆读书看报，或是借阅书刊。三年的时间，我通过读书看报或借阅书刊，视野更加开阔了，知识量更加丰富了，知识底蕴更加厚实了。通过图书馆，我渐渐地爱上了写作。课余时间，我常常提笔写写画画，以至我在学生时代就偶有"小豆腐块"见诸报端。

后来，我又到云南师范大学进修，我的老师骆小所教授在课堂上，也多次强调说读大学，要想混张文凭，也不难，但是要想真正学到知识，那还必须认真下苦功夫去图书馆。因为，图书馆里贮藏着很多学也学不完的知识。因此，他要求我们每个学员都要坚持去图书馆。通过读书，可以从中学到很多知识，同时也可以借鉴别人写文章的一些方法和经验，进而搞好自己的教育教学研究工作。为此，我牢记恩师的教导，在云南师范大学进修的三年时间里，我也是常常出入图书馆，努力去图书馆汲取那些取之不尽，用之不竭的科学知识。

现在，我早已走上了教育工作岗位，但是我每个星期的星期六和星期天，都不忘去县图书馆读书看报，以充实自己的知识。俗话说："活到老，学到老。"现在我尚且未老，就应多学知识，多到图书馆去读书看报，以不断丰富自己的业余生活。同时，我常用我在图书馆里读书看报学到的知识传授给我的学生。每当我的学生看到我的知识面很广时，都为我叫好，大为惊叹和佩服。这一切，全都源自我对图书馆的钟爱，是图书馆给予我知识的结果。

可以自豪地说，在我的成长路上，图书馆是我真正的良师益友。我愿他伴我一直成长，今生今世，直到永远。

# 徒步的力量

　　如果只就徒步而言，一次徒步旅行可能意味着一次艰苦的挑战或是一段难忘的旅程。而当徒步和公益结合起来时，徒步就有了更深刻的内涵，它意味着一笔爱心善款，一批家庭贫困的孩子会得到帮助。2013年1月1日至3日，"云南'1对1'助学，情暖麻栗坡"徒步老山公益筹款活动在麻栗坡县举行。汇聚全国100余名志愿者通过徒步老山，直接或间接为麻栗坡县3万余名寄宿制贫困中小学生筹集了40万元的善款以及物资。

　　这次活动是由云南省青基会，麻栗坡县委、县政府，团州委，州希望工程办公室特别发起，主题为"缅怀英烈、公益筹款、爱洒边关"，通过活动，帮助麻栗坡的山里孩子。活动从麻栗坡县城开始沿国境线（老山段）徒步80公里，登顶1477米的老山主峰，最后到响水兴边富民小学与138名瑶族孩子开展"感恩希望行"筹款献爱心活动。

　　2013年1月1日清晨8点，来自湖北、广东、湖南、广西、江西和云南省内的100多名志愿者齐聚麻栗坡县城大王岸广场参加徒步老山公益筹款出征仪式大会。志愿者们庄严地宣誓并承诺：尽己所能，不计报酬，帮助他人，服务社会，践行志愿精神，为美好社会贡献力量。

　　出征仪式上，麻栗坡县委常委、宣传部长王富光表示，为让更多的孩子有一个良好的读书环境，为了帮助更多的贫困家庭，希望通过举办这次活动，共同把扶贫开发、支持希望工程作为己任，与贫困山区家庭心连心，共同帮助贫困村寨的孩子健康成长。共青团云南省委副书记、云南省青基会副会长任远征说："站在2013年元旦新的起点上，我怀着感恩、激动的心情，对各位志愿者的到来表示感谢。""我希望这份爱的力量将为麻栗坡教育事业的发展增添新的生机和活力。"出征仪式后，志愿者们怀揣着爱心，向着同一个目的地——老山出发了。

　　弯弯山路，一支身着红色背心的队伍抖擞前行。徒步老山的志愿者中，最引人注目的是 6 名小志愿者。他们这次跟着父母一起来徒步老山，他们说："一定要亲自去看看老山，一定要到学校去看看小同学，去给他们送温暖。"

来自文山市 7 岁的戴子维是这次志愿者行动中最小的一位。他说："我已经长大了，能走好多路，而且我要献爱心，自己就跟着妈妈来老山参加徒步了。"戴子维的母亲说，她希望孩子能从小懂得爱他人，爱社会，懂得奉献和帮助人。这是她带孩子来徒步的目的。在徒步过程中，戴子维的感想真多："肚子实在太疼了，捂着肚子走，等肚子好了，继续走，就走到山顶了。"他还得出了一个经验："王梁屿走出了水泡，是因她又跑又跳，我选平路走，所以脚上没起水泡。"戴子维虽然这样说，还是拍着自己的腿，"疼得很，骨头都在疼啊。"在响水兴边富民小学与小朋友们结对子时，戴子维拿出自己的 100 元压岁钱捐给了那里的小朋友，"我们徒步，是为了过来看小同学，给他们温暖。"

8 岁的陈俊铭小朋友已经是一个"老志愿者"了。这次是他父亲带着他从宣威过来的。2012 年 10 月，陈俊铭小朋友一个人跟随老兵沈敬福行走史迪威公路，走了 100 多公里，被志愿者叔叔阿姨们称作"小老志愿者"。陈俊铭小朋友几乎不说话，一个人默默地行走，一个人悄悄地吃方便面，又一起和老爸搭帐篷。"脚疼吗？""疼。""有问题吗？""没有！"语气很坚定、很大人。"他很勇敢，没有叫过苦和累，行走史迪威公路时，志愿者跟他说故事讲历史，他很高兴。所以这次知道要徒步老山，他就吵着一定要来。"陈俊铭的父亲陈先生如是说。走了 3 公里，陈先生发现自己都有点跟不上儿子陈俊铭了。

王梁屿，8 岁半，小女孩，在徒步中，双脚走出了两个大水泡。大水泡又在路途中被磨破。"疼，很疼，我都走瘸了！但我还是坚持自己走上了老山主峰，牛吧？"小女孩很自豪。王梁屿是第一次参加徒步，但她也很高兴。当志愿者们登顶老山时，王梁屿骄傲地说："我们小志愿者现在都是小勇士了。"

雷昌洋，9 岁半，小女孩，第一次来参加徒步，第一次来到乡下，也是第一次哭得稀里哗啦。她最喜欢跳绳，"每天都跳十分钟，没起水泡嘛，我身体好。"在响水兴边富民小学，小女孩瘸着脚，仍一跳一跳地跑去找小朋友，"妈妈说我要结对子，结了对子后就有更多的好朋友啦。"

……

志愿者中的 6 个孩子，最大的 12 岁，最小的只有 7 岁，3 天时间，他们一步一步，登顶老山。笔者问孩子们："下次还会来走吗？""一定来走！"所有孩子都斩钉截铁地答道。

整个徒步过程中，最令人期待的就是与老山脚下的响水兴边富民小学的 138 名瑶族小学生开展爱心捐赠助学活动了。长途跋涉带来的疲劳没有阻止志愿者奉献爱心的热情。不管是五彩缤纷的小气球，还是一些小小的学习用品等，都是一份纯真的心意。孩子们拿着礼物，兴奋的心情溢于言表。

捐赠仪式上，各位领导及志愿者们为孩子们亲手送上了棉被和装有字典、书籍的爱心书包，学生们为现场所有人员佩戴了鲜艳的红领巾，以此来表达对各位爱心人士的崇高敬意。志愿者们和学生们手拉手做起了游戏，整个校园顿时充满了欢声笑语。"长大后我要考一个好的大学，我要成为一名医生，我要成为一名老师，我要成为一名飞行员……"孩子们稚嫩而有力的回答，深深震撼着志愿者们的心。"孩子们太可爱了，我们不能只是学校的过客，而要成为孩子们成长的伙伴。"

捐赠仪式上，活动组织者漆光伟说，志愿者为山区的孩子共筹集了 40 万元的善款以及物资，爱心志愿者还为该校学生捐赠了 60 床棉絮、130 多个书包及一批字典。社会各爱心企业、爱心人士捐赠 10 万元用于该校爱心书屋建设；现场捐款 4800 元给贫困学生；现场结成"1 对 1"助学 13 对，捐助者每人每年捐赠结对学生 500 元助学金。

捐赠仪式上，响水兴边富民小学校长盘云发对志愿者们表示热烈地感谢："志愿者们用一颗爱心和一份真情温暖了全校学生的心。"盘云发说，"你们的到来让老山脚下的孩子们有了信心和希望。我们将把大家的情与爱化为动力并付诸行动，以优异的成绩报答各位志愿者的无私爱心。"

响水兴边富民小学墙壁上写着这么一句话："不求人人成功，但求人人幸福。"在短短的一天时间里，志愿者们就从这样一所质朴的学校里，收获了最可贵的幸福。"叔叔阿姨们再见！""孩子们，我们还会再来的！"长长的送别队伍里，是彼此依依不舍的深情，是延续爱心的承诺。

"一路上的欢歌笑语、感动难忘，实现了志愿者为孩子们献爱心的愿望，也倡导了云南省青基会'人人公益，快乐公益'的公益理念。"活动组织者漆光伟如是说。

"徒步和助学结合起来，有一种心有所属的感觉。让你真切感受到在浮躁的社会中，依然有这么一群纯粹的人，不求任何回报，就在这里踏踏实实地做这样一件事，在这里奉献爱心，在这里收获快乐，他们是最可爱的人，也是最幸福的人！"这是志愿者沈敬福的真诚告白。

"云南'1对1'助学，情暖麻栗坡"徒步老山公益筹款活动，向社会传递了一种全新的公益理念，增强了民众的公益助学意识。

这是一次爱心之旅，心与心的交流中，爱和爱在融合。

这是一次艰苦跋涉之旅，徒步志愿者中的"童子军"，既是这次徒步老山队伍中娇弱的，更是志愿者队伍中坚强的。

生命因为有爱而幸福，因为有爱而圆满。

# 为梦想插上腾飞的翅膀

## ——香港中文大学黄炽森博士麻栗坡捐资助学纪实

"真是太谢谢黄博士您了，是您始终如一给予我经济上的支持帮助，把我从辍学边缘拉了回来，让我对自己的学业生涯充满了信心，对未来充满了希望……"这是笔者 2014 年 6 月 25 日下午，在云南省麻栗坡县教育局学生资助中心办公室，看到现就读于昆明理工大学大二学生张永才给黄炽森博士写的感谢信中的心灵话语。翻阅那一沓沓受助困难学生的感谢信，无不流露出无比的感激之情和奋发向上之心……

黄炽森博士祖籍广东，1962 年出生于香港，1989 年毕业于美国普渡大学 (Purdue University)，获博士学位。目前是香港中文大学管理学系教授，为全球知名的人力资源管理与组织行为学教授，也是一位非常有爱心的学者。十四年来，黄博士作为一名普通的博士，一位平凡的教授，在麻栗坡县这片土地上，做出了不平凡的业绩。他用爱心关注未来，用真情捐资助学，点燃了麻栗坡县 2600 多个孩子心中的希望，为他们的梦想插上了腾飞的翅膀。该县教育局局长郑元福告诉笔者："自 2001 年开始，黄博士就一直为我县的少数民族贫困学生捐钱，并牵头发起'一师爱心一校'活动，他本人及其朋友为我县捐资助学资金已达 412.05 万元，全县 11 个乡镇 21 所学校的 2622 人次学生受到资助，同时援建 6 所小学，3000 余人次师生和 2.5 万余名群众受益。"

走近黄博士，你会不由自主地屏住呼吸。因为，那一份份爱心，那一种种无私奉献精神的震撼将重重向你袭来……

# 初见黄博士，给人亲切之感像个学生

很早以前，就听说黄博士在麻栗坡县捐资助学的感人事迹，只是一直没有机会见面，始终想一睹黄博士的容颜，与他面对面交谈。终于，这一天到来了。2014年6月24日晚11时许，笔者接到麻栗坡县委常委、副县长王荣聪的电话说："明天下午黄博士到麻栗坡来开展捐资助学活动，要求随行采访宣传报道他十多年来在麻栗坡捐资助学的感人事迹。"接到通知后，笔者兴奋不已，激动得一宿未眠，一个多年一直魂牵梦萦的愿望要实现了。

黄博士6月25日上午从昆明乘飞机到文山，后坐班车来麻栗坡。下午2:30，笔者早早就赶到教育局学生资助中心办公室等候黄博士。资助中心主任沈江涛告诉笔者，黄博士要3:00才到办公室。

3:00整时，黄博士准时到了。高高的个头，留着髭须，身着休闲夏装，脚蹬旅游鞋，背着旅行包，朴素大方，笑着走进办公室。"我又来麻烦你们了，先把这次捐助的钱，2014—2015学年的助学金给你们。"

笔者连忙起身让座。黄博士刚坐下来，便掏出笔和纸，将这次捐助的人的名字和捐资数额一一写在一张纸上。写好后，对资助中心沈主任说："这些现金和上次的汇票，一共31.05万元人民币，你先点点这些现金，一共39500元人民币，看看够不够？"接着掏出现金交给沈主任点数。

在办公室里，大家一起谈论捐资助学的情况。他对大家说，这次来，除了带钱来以外，还有两个事情，一是要去看看荒田小学学校，二是要到民族中学与受助学生座谈交流。沈主任把两沓厚厚的受助学生的感谢信和一些相关档案交给黄博士后，沈主任和黄博士便去建设银行存钱。笔者正好回办公室，同路，跟着他们一起走。一边走一边交谈，谈得很投缘很开心。从谈话中，笔者看出黄博士平易近人，随和大方，朴实节俭，说话幽默风趣，坦率谦和，给人亲切之感像个学生。

## "给他们一个学习机会，是我助学的缘起"

26日上午8:30，笔者与黄博士一道乘坐县教育局的车前往八布乡荒田村，去实地查看 2012 年黄博士及朋友捐资建盖的荒田小学综合楼。车往下金厂乡走。在麻栗坡时天气很好，阳光灿烂。进入下金厂乡山区后，天气很差，雾特别大，能见度很低，驾驶员把车开得很慢。

在车上，大家谈论着。黄博士很随和，什么都谈。当问及他在麻栗坡实施捐资助学计划的缘起时，他说："真正萌生资助麻栗坡县少数民族地区贫困生读书的念头，源于 2001 年。"说起当年作出这个决定，现已时隔 10 多年了，但黄博士还记忆深刻。他说："2001 年 4 月，香港的传媒广泛报道了国家西部大开发政策，一些电视新闻报道了在西部贫困山区，特别是少数民族聚居的贫困山区里，一所小学每年的开支仅为两三千块钱，但还是无法负担。看到这些报道后，一次，我和段樵、伍凤仪、陈缵扬三位老师一起吃午饭时提到这事，大家都有一个心愿去资助这些学校。当时，制定的计划是我们每人最少资助一所学校，而且都希望是较长时间的，不是只资助一年，这样才可确保学校长期运作，学生最少可完成小学学业。"

黄博士说："在我们正要找传媒的朋友，希望能与一些有需要帮助的学校联络时，香港大公报记者余楚明先生刚好要访问段樵老师，在接受余先生的访问后，我们把想法告诉他。原来，余先生也曾到西部不同的地方探访，他介绍了云南省的麻栗坡县，是全国最贫穷的一百个县之一，并说对当地的政府和教育局的公务员有信心，是做实事的人。2001年 8 月，余先生恰巧要随团到麻栗坡采访，并带着我到麻栗坡县实地考察。那是我第一次到麻栗坡县，也就对麻栗坡有了简单的了解——麻栗坡县是我国西南部中越边境上一个国家级贫困县，当时人口 26 万左右，其中约 3 万小学生。由于地处边远，交通闭塞，农村经济发展缓慢，导致教育滞后，特别是边境少数民族家庭很贫穷，不少人家居住在茅草房里，孩子上不起学是常事。一些小学校破旧失修，基本难以运营。"

"当时，我看到麻栗坡边境不少小学校条件太差，学生在危房里面上课。老百姓穷，怎么个穷呢？问了不少老百姓，都说付不起钱供子女上学，我觉得这个就是我该帮助的，不要因为他们交不出一点点钱，子女就没有书读。那时候，小学生一年每人只交 150 块。但由于贫穷，不少老百姓还是交不出。并且还有不少老师为学生垫支，特别是当地一些代课教师，他们一个月薪水才 176 块钱，挺辛苦的。当时，记得就是

2001 年 8 月 29 日，我捐助了第一笔钱 22000 元人民币，为边远偏僻的少数民族贫困地区 16 所小学 220 名困难学生设置了助学金，按照一人每年 100 元标准设立，余下不够的部分由家长负担，这样家长才重视孩子的教育。通过实地考察后，我回去把这些情况跟我的老师们谈，他们也觉得我们最应该做的，就是直接帮麻栗坡县边境地区的少数民族小孩子交钱和建一些学校，让他们能有学上，能有舒适的学习场所。鉴于这些方面的原因，我们便决定资助麻栗坡县特别是少数民族贫困山区的学生和教育。我们资源也不太多，选定麻栗坡县这一个地方，长期的做，尽力帮助这些地方的贫困学生，他们在学习上需要的钱我们尽量帮助。"

他接着说："到目前为止，我们已执行的项目有 4 个：第一个是助学金项目，即由开始的小学生，替他们交三分之二的费用，到后来国家把小学费用全免及有生活补助后，变成现在初中、高中和大学生的补助，主要形式是设立固定名额，让受助学生在初中、高中及大学期间，每年可以领取一定数额的补助；第二个是印刷和购买课外书项目，即为全县小学生印刷及购买了十种课外书，以解决学生缺少课外书看的问题；第三个是重建学校项目，到现在已协助重建了 6 所小学；第四个是特别资助一些初中和高中学生，给他们一个学习的机会，只要他们继续升学，就会资助他们到大学毕业。"

## "帮助困难学生能有学上，我很自豪"

"帮助他们有学上，我认为这是我及朋友这辈子做得最有意义的事。每次到麻栗坡，我深入捐资助学的中小学校看看，与我资助的学生座谈交流，看到他们能快乐地在学校生活，看到捐资修建的学校落成投入使用，我感到很自豪。"谈起这些事，黄博士总是满脸自豪的表情。

"如果就是因为一点点钱的原因，失去读书的机会，我觉得蛮可惜的嘛。""我小时候家里穷，自小学起一直获学费津贴，未被贫穷剥夺受教育权利，令我明白社会必须对教育有所承担，现在我身为教育工作者，更应回馈社会。"

黄博士说："一开始，我及朋友主要资助的是小学生，到后来，国家实行小学教育全免费，小学贫困生不需要资助了，我们就到初中、国家实施九年义务教育了，初中全免费了，又不需要了，我们就到高中和大学。现在，我们资助的主要是高中生和大学生。"

"您资助这么多贫困学生，您关不关心他们的学习成绩？希望他们个个成才吗？""他们的成绩不是我关心的重点，学习好与不好，不能决定一个学生的未来。我资助他们，只是给他们一个学习机会。学习好不能决定学生的前途就好。现实当中，不少学习好的学生的前途还不如读书时学习差的学生。因此，我资助学生，并不注重强调其学习成绩，只要他们有书读，有学上，在学校里面读书，我就资助了。所以，我一直都不挑成绩最好的来资助，我主要看他们哪些经济有困难，我就资助，希望给他们一个读书的机会。至于他们今后成什么人才，能做什么，与资助无关。不能说拿了资助，就要让他们有个很大的压力，拿了钱就一定要读得很好。我希望他们尽力读就行了。读书这个东西很难说，有天生的因素和天赋的能力。好像我自己，读书比不上我的一些同学努力，但是我的成绩就比他们好。因为我听一遍，就记得了，就会了，考试就会考了，考出高分了。我的有些同学很努力，可是他们可能要听几遍，读几遍，都比不上我听一遍。所以，不能说，他们这样子了，这么差了，就不给他们这个机会了。也不能要求他们，一定读得比我好。人有些能力也要针对学科，如我有一些学科特别的好，也有些学科很差的。所以，我就是希望给他们一个读书的机会。该读书的时候，不要因为没钱的原因，就决定不读了，失去了这个机会。给他机会读书是我唯一的目的，所以我一直都不追踪到头来他们最终做了什么。他们的成绩怎样，我都不追踪。我只要求，只要他们继续在读，我就给钱，不是一次性给，一定要在学校读书，我才会给。他们的今后我不能帮他们规划，帮助他们能有学上，给他们一个读书机会，就是我最大的希望，也是我一直以来努力做好的事。做好这样的事，我感到很自豪。"

"您的资助有没有什么要求限制呢？"黄博士说："从一开始，我及朋友就为这个计划定了一些原则，虽然这些年来很多事情都变了，但直到现在为止我及朋友还是坚持遵守这些简单的原则。一是我及朋友唯一目的就是协助当地困难学生接受教育的工作；二是以个人的名誉实施捐资助学活动；三是资金来源是自己掏腰包，保持个人资助意愿上的纯洁性；四是资助的主要对象是少数民族地区贫困学生；五是资助尽量做到长期性；六是由当地教育干部具体执行资助计划，除非出现贪污舞弊情形，否则尊重当地教育干部决定受助学校和学生的名单；七是学生非特殊情况，不能全帮助，这样才能让家长和学生珍惜。"

## "我的孩子很多，他们都在麻栗坡"

黄博士把他资助的学生当作自己的亲生孩子给予关心帮助，希望他们好好读书，好好学习文化知识，给他们提供经济支持和帮助。

冷现美是麻栗坡县麻栗镇潘家坝村委会人，家里有爷奶、爸妈、妹共6人。2002年就读潘家坝二叮岩小学时，就得到了黄博士的资助，每月250元的生活补助费以及每个学期的书本费、文具费、服装费等。小学五年级时，黄博士为她带去了新书包，冷现美说这是她第一次背这样好的书包。由于贫穷，平时上学背的都是那种用碎布拼接成的书包，这次黄博士给她的书包能让她用到小学毕业。后来她读了初中，进了高中，入了大学，一直得到黄博士的资助。

"社会多一份关爱，孩子就多一份信心，我们的未来就多一分希望。"这是黄博士经常说的一句话。当时刚到麻栗坡县一些边远的小学校，黄博士看见七八十个学生都是背的那种碎布拼接的书包，有的孩子连文具盒都没有，即便是如此艰苦的环境，还是没有阻挡住孩子们求学的脚步，黄博士被这些孩子那一双双求知若渴的眼神给打动了。所以当即就决定要给这些孩子们添置一些必备的学习用品和新书包。他这样说了，也这样做了。

来自八布乡荒田村委会荒田村小组的苗族学生陶红方是麻栗坡民族中学的学生。他曾经因为家里贫困而辍学，在黄博士的帮助下，又回到学校继续读书，现考上了西北民族大学，黄博士一直资助着。

家住董干镇普弄村委会小弄村小组的苗族女孩王艳家境十分贫寒，一家6口人，奶奶年岁已高，姐姐在上大学，弟弟在读小学，母亲体弱多病，全家人只能依靠父亲打工维持生计，家庭经济十分拮据。黄博士了解她及家庭情况后，为她设立了助学金，使她得以继续读高中，今年以理科516分好成绩上了二本线。拿到高考分数后，王艳说："家庭太穷了，是黄博士在经济上支持我，我才有机会上高中，才有机会参加高考，真的太谢谢他了。"

现就读于云南师范大学大一的瑶族女生盘玉新说："她会永远记住黄炽森博士的名字，让黄炽森博士的名字和自己的成长永远紧密地联系在一起。"

类似这样的人和事，实在太多了，已写不完写不清那么多了。

十四年来，黄博士除了 2003 年因为非典没来外，每年 6 月他都到麻栗坡一趟，与麻栗坡教育干部跟进助学情况，顺道探访学生。对黄博士而言，助学是一件简单低调的事。他很务实，扣除交通时间，每年与当地干部、受助学生接触的时间只有一两天，在与受助学生座谈交流时，学生都爱围着黄博士要他讲故事。当然，他更多的是为受助学生讲与学知识重要性有关的故事。

十多年来，黄博士在麻栗坡的助学善举，他已编著成了一本书出版，书名就叫作《我的孩子在麻栗坡》。书中记录了他在麻栗坡捐资助学的点点滴滴，抒发了对麻栗坡教育的深情厚谊。近几年来，当一些新相识的人问黄博士有几个孩子时，他都会说："有很多，他们都在麻栗坡。"

## "因为感动，捐资助学不会画上句号"

一路欢笑，一路颠簸，9:50，到达了荒田小学。荒田小学距离中越边界 1 公里，是八布乡最边远的一所小学，那里居住的群众全是苗族。学校有 8 名教师，146 名学生全是苗族。

到达荒田小学，紧锁在村头的云雾渐渐散去，学生们正在操场上做课间操。黄博士看到他们捐资建设的荒田小学综合楼已建成投入使用时，他很高兴，连忙拿出相机，从全景到局部，从楼下到楼上，从不同的角度，都拍了照片。他说："我要把照片带回去给捐助的朋友看，这里的干部办事实在，我们很放心。"就在学校操场上，黄博士询问了几位老师关于学生的食宿等问题。老师们都说："非常感谢黄博士，综合楼的建成使用，为教师和学生改善了学习生活条件。"

因为下午还要到民族中学与受助学生举行座谈交流。10:30，开始回县城。在回县城路上，大家继续交流谈论。当问及黄博士一如既往资助了 14 年，途中有没有产生过退出的念头时，黄博士不假思索地回答：

"这完全没有。打从14年前我到麻栗坡开展捐资助学计划起，我就没打算画上句号。"他说："头五六年的确很辛苦，到乡下更辛苦。那时路不好，去了乡下还回不了县城，住在乡下，我住过六河、新寨、铁厂、董干、杨万等很多乡镇。那时条件很差，很艰苦。但我是可以吃苦的，有时在露天睡也没事，只要不冷就可以了。现在，全县的路都算好了一点了，下乡都能回到县城住了。这是麻栗坡县近年来发展比较好的一个方面。"

十四年的时间里，黄博士前后共资助了2622名学生。除此之外，黄博士还一直在帮助麻栗坡县边境各小学不断完善教学基础设施。据统计，黄博士及其父母和好友共捐资90万元人民币，援建6所小学，其中2005年捐资15万元人民币援建金厂乡苦竹林小学；2006年捐资15万元人民币援建金厂乡料子山小学；2007年捐资15万元人民币援建六河乡祖恩小学；2008年捐资45万元人民币援建六河乡森霖小学、八布乡坪子小学、荒田小学。2010年黄博士引进资金28万元人民币，帮助修建六河乡营盘山小学，2012年引资50万元人民币为八布荒田小学重建综合楼。

更难能可贵的是，黄博士做这些事，都是默默地在奉献。黄博士认为，单凭他自己的力量实在是太小了。他说："我只是一名普通的博士、教授，只能在能力范围之内帮助别人，但我在麻栗坡的资助是永远不会停止的，即使我退休后，没有了工资收入，我也要动员更多的人，到麻栗坡来帮助更多的学生。"他说："当别人遇到困难的时候，伸出手帮帮他们。一个有爱的人生才是最有意义的人生！一个有爱的社会才是最有希望的社会！"这是黄博士对奉献和爱心的理解。

"资助学生，有没有压力？""要说到压力，以前到现在都是没有的。因为我有工作，有收入，且收入远远大于支出。但可能我退休后，一笔领了退休金，每个月就没有收入了，这就有点麻烦了。但我已做好了准备，现在已存有了一点钱了。所以在我退休之后，也会够支持15年甚至更长的了。到那时，如果实在不行，我就去找点工打或者去找在香港比较有钱的我的那些学生，请他们经常性的每年都帮捐助一点。要知道，办法总是会有的，事情一定要做的。"

"14年的资助，你有什么感动？"黄博士说："一是战争。从一些文献，了解到麻栗是我国现代战争时间较长的地区。在这里，经常听到老百姓说还有地雷，每年还有受害者。这一种感觉很不一样。真的希望不再有这种事发生；二是县委、县政府和教育局以及乡镇的领导干部和资助点的中小学校长，他们是真正的基层干部，他们很努力地做了很多的事情。他们默默奉献，是令我非常感动的；三是麻栗坡在不断地向前发展，一步一步地往前走，各方面都一直在不断改善。通过矿产资源整合开发，边境经济合作区建设，加大道路交通和教育基础设施建设投入力度，道路改善，校舍整合集中办学，茅草屋已消失，乡村旧貌换新颜，农村钢混小洋楼随处可见，虽说跟大城市比相差很远，但都一步一个脚印往前在不断发展，特别是现在县委、县政府提出了打造'英雄老山圣地·中国祖母绿都'两张文化名片，凭借本地独特优势资源，着力促进产业转型升级，麻栗坡的发展形势会越来越好，我对这里很有信心；四是看到我捐助的学校得到慢慢地改善，看到我资助的这些孩子读书，读大学，要看到他们毕业了，我非常高兴，也非常感动，这些感动正是推动我每年都要来继续捐助的原因。"

## "做个好人，其实很简单"

常年的默默奉献，黄博士也带动了一些亲朋好友参与到帮助别人的行列中来。到如今，黄博士带动了40个朋友加入到资助贫困生的行列。

在经济不发达的麻栗坡县，每年都会有一些贫困家庭的学生，高考被大学录取后，面临着交不起学费的窘境和不能继续深造的无奈。黄博士知道后，建立了贫困生资助专项助学资金，保证了部分受资助的贫困学生能顺利地入学和完成学业，没有一名寒门学子因经济困难而丧失深造机会。

麻栗坡县委书记刘扬说："黄博士捐资助学活动，带动全社会关注教育、关心贫困学生，保证全县每一个贫困家庭的孩子都能顺利入学，都能顺利完成学业。全县人民真是太感谢他了。"

一位伟人说过："一个人做点好事并不难，难的是一辈子做好事而不做坏事。"黄博士鼎力资助麻栗坡县边境少数民族贫困学生的义举到目前虽然尚未达到一辈子，但他这些年来所做的好事是很多人一辈子也做不到的。也许有人会说，如今全国农村有成千上万的孩子读不起书，资助几千个孩子能解决多大的问题？可黄博士不这么想。他认为，个人的力量固然有限，但自己出一份力就能为贫困家庭减轻一分负担，资助一个孩子上学社会上就少一个失学儿童，资助一个学生读完大学，社会就多一个知识分子，哪怕这份力量小到可以忽略不计。十四年来，黄博士是这样想的，也是这样做的。

十四年来，黄博士用爱心在平凡的岁月中谱写了人生的绚丽华章，圆了麻栗坡县边境少数民族贫困学生的上学梦。

"您对麻栗坡县捐资助学有何意见和建议呢？"黄博士说："一是继续维持现在资助的现状，主要以高中和大学困难学生为主，让他们能完成学业；二是积极探索关注留守儿童工程问题。初步设想是把退休的公务员、退休的教师和一些农村妇女等，安排每周去请留守儿童吃顿饭，关心他们一下。这种不是钱的问题，但要有人，有愿意去做的人，有心的人。其实需要的资源不多，就是每周五到学校请他们吃顿饭，和他们谈谈心，交流交流，让他们感到自己父母不在身边，也一样快乐；三是计划买一些英语卡通动画片送给乡下的小学校，在学校课余时间时，可以播放一下，让那些有兴趣的小孩可以去听听，学学，这些卡通动画形象生动直接，对提高农村孩子学英语的能力有帮助；四是计划在中学举办作文比赛活动，我出奖金，分初、高中组，每组评出10多个奖次，给各等次奖，奖给一定的奖金，我希望这件事能做好；五是我还将尽力带动更多的朋友来关心帮助麻栗坡的教育。"

"这样做，您觉得快乐幸福吗？""我觉得很快乐。我的快乐来源于我正在实践我的人生价值。我的人生价值就是为了让读不起书的穷孩子能读得起书、上得起学。所以我心里感到幸福，所以我快乐！"

"您希望能从您资助的学生当中得到回报吗？""我资助他们，从来就没有想要什么回报，只希望他们能好好在学校读书，多学习文化知识，将来有能力也关注困难群体。"

下午4:00，黄博士到民族中学阶梯教室与42名受助学生座谈交流。在座谈交流上，黄博士与学生进行了友好互动。他向学生讲了在知识科技竞争的时代，学习科学文化知识的重要性和必要性，勉励受助学生们要倍加珍惜读书机会，多学习一些文化知识，多掌握一些实用技能，将来在激烈的竞争中才能有自己的一席之地。同时，要他们不要带着压力学习，不要以为受了资助，就一定要把书读好，只要珍惜机会，尽力读就可以了。学生向黄博士提出了不少问题，黄博士都一一回答。受助学生韦美靓热泪盈眶说："得到黄博士资助，我很高兴，太感谢黄博士从香港来看望我们，与我们座谈交流。我一定好好学习，努力考取好的大学，不辜负黄博士对我的资助，对我献的爱心。"

"您真是个大好人，资助这么多贫困学生，太了不起了。"麻栗坡民族中学党委书记熊德明对黄博士如是说。黄博士答道："做得还不够，还很少，是在尽自己的绵薄之力帮助贫困学生。要说做个好人，其实很简单，就是做一些自己力所能及的事而已。"

自 2001 年 8 月黄博士开始资助麻栗坡县边境少数民族贫困学生并帮助乡镇小学校完善教学设施，这条捐资助学之路，一走就是 14 年，而且现在还会一直走下去。

十四年来，黄博士一直资助麻栗坡县边境边远地区贫困学生，一次又一次地向麻栗坡县贫困学生奉献爱心，传递正能量。"黄博士以最简单的方式，为麻栗坡县边疆教育做出了贡献，在帮助别人的同时，也收获了精神上最大的快乐！"麻栗坡县教育局党委书记何家宽如是说。

6 月 27 日，黄博士从麻栗坡乘班车回昆明转飞机回香港了。明年 6 月，黄博士还来……

（本文写于 2014 年 6 月）

# 我与《文山日报》情深缘浓

　　翻开每年聚集起来的剪报本，细数一下发表的稿件，还是在《文山日报》发表的数量最多。每翻一次，我似乎又想起投稿后的一次次"冲动"和"感动"。自 1997 年 9 月，我开始认真向《文山日报》写稿并投稿，到现在算起来，已经 15 年了。在这 15 年当中，我在《文山日报》上发表了 200 余篇稿件，有近 100 篇是有关教育方面的。可以说，每一篇，都是一个小故事，其中的酸酸甜甜，令人回味。

　　《宽容——带我走进学生的心灵》一文，发表于 2003 年 1 月 16 日第 3 版"教育大观"。这篇文章写的是老师们对待学生的错误，不能用惩罚的手段，而应采取宽容的态度，让学生知错改错，使学生心灵得到自我净化，从而达到认识水平提高的目的。文章里讲了两个小故事，一个是一次我去上课，有个女生拿粉笔向我扔来，我没有向她发怒，而是宽恕了她，让她知道了错，并教会她怎样做人。后来她吸取教训改正错误，成为一个好学生。另一个故事是一次我去上晚自习，发现有个男生染了黄头发，我反感之余没有批评他，而是委婉地给他讲道理摆事实，用慈善的言语教育他，第二天他便把头发染成黑色了。从此，这个学生把我当成知心朋友，有什么事都跟我谈，有什么话都向我表露。宽容学生，让我走进学生心灵，使我对学生更具吸引力和感召力。

　　《张春丽：与鲜花相伴的苗家女孩》一文，发表于 2008 年 1 月 8 日第 3 版《花季雨季》栏目。文章讲的是麻栗坡县猛硐中学一位品学兼优的苗族女生张春丽，她用自己在艺术和写作方面的特长，诠释了一个普通学生对生活无限的热爱和对学习勤奋执着的精神。文章发表后，引起了麻栗坡民族中学不少学生的热烈反响。不少学生读到这篇文章，都被张春丽的才艺深深感动，都给了不少学生学习和精神上的鼓励，为她取得的优异成绩肃然起敬。

　　《热爱学生要常怀"四心"》一文，发表于 2012 年 5 月 11 日。这篇文章是我发现一些老师在教育教学过程当中，不热爱学生，对学生经常责骂、挖苦、讽刺，对学生犯错，不是关心，而更多的是责问学生、批评学生。在这篇文章里面，我阐述了作为一个老师，要学会热爱学生，要常怀愧疚之心、敬畏之心、不舍之心、感恩之心这"四心"，要对学生充满爱。因为爱，可以弥补一切；因为爱，老师不烦恼，才会给学生以快乐。

《倾听每朵花开的声音》一文，发表于 2012 年 11 月 4 日"教育"专栏。当时我取的题目是《学生的可爱当用心品味》，发表时，编辑帮改成了《倾听每朵花开的声音》。这一改，题深意远，改得意味深长。文章针对现在学生不知礼数，张狂随意、装酷扮靓、荒疏学业等存在的问题展开，列举了不少令人感动的例子，让人读后心动。要求老师要以良好的心境，宽广的胸怀，去发现学生的美，感受学生的可爱，用独特的爱呵护每一朵鲜花，尽情展现老师为人师者的闪亮风采。

2013 年，是《文山日报》创刊 60 周年。《文山日报》的 60 年，见证了文山大地的发展，见证了我在教育战线上的成长。这些年来，写稿、投稿，我得到了《文山日报》编辑老师们的不少帮助指导，和他们结下了深情厚谊，我将一如既往地写稿、投稿，更加加深我与《文山日报》的情谊。

（本文写于 2012 年 3 月）

# 《云南教育》助我成长

2007年9月，我从职高调到普高。掐指算来，已有三年多的时间了。在这三年多的普高语文教学中，我觉得自己以前教学时积累的教学经验、教学理念已经捉襟见肘了，导致了我的语文教学工作有点力不从心。为此，我便想找几本教育刊物来读一读，充实一下自己，学习一下别人的教育思想、教育理念、教学设计、教学方法等。当时，正好学校订有《云南教育　视界》和《云南教育　中学教师》，每个年级组办公室每期各有一本。于是，我搜集了2007年以来出版的《云南教育　视界》和《云南教育　中学教师》，开始细细研读，认真反思。确实，《云南教育》让我受益匪浅。

开阔了我的理论视野。在《云南教育》的一些栏目中，我读到了不少名师的教育教学理论。我从他们的教育教学理论中，汲取了一些好的理论智慧，让我站在了一个新的高度重新审视问题、思考问题、分析问题，在教学中遇到的许多百思不得其解的教学问题迎刃而解。如《校园内外》栏目，让我见识了不少教育家对教育观点的评析和表达的见解；《教育论坛》栏目，让我学到了不少的教育教学理论，充实了我的教育理论知识库，了解了不少的新课程理念和先进的教育教学理论与方法；《视阈》栏目，让我认识了一些与教育有关的具有代表性的教育理论现象与教育事例。

提升了我的教育理念。《教学方圆》栏目让我学到了不少名师好的教学设计、教学经验等；《学法指导》栏目让我懂得了如何指导学生学习的方法，如何找寻适合不同学生的不同学法，如何使学生掌握学法的技巧等；《名师讲坛》栏目让我结识了不少省内名师的教育心得、教学经验及课堂实录、教学片断、教学案例评析等。我通过研读这些栏目中的优秀文章，名师们的先进理念使我明白了如何转变教育教学观念，如何进行教学设计，如何选择恰当的教学方法与学法等，这对我在教学中灵活运用各种方法具有重要的指导和借鉴意义。

激发了我的教研欲望。每当我拿到《云南教育》，读到里面一篇篇优秀文章时，我就在心里想，什么时候我也能像他们一样，将自己的教育教学经验与其他教师一起交流呢？我曾经长时间找不到努力的方向，是《云南教育》唤醒了我的教研欲望，让我再次拿起了早已生疏了的笔，开始记录教学工作中的问题、心得体会与反思。虽然至今我的文章未在《云南教育》发表过，但是我从《云南教育》里的每一篇文章中学到了不少写论文的方法，借鉴到了名师们的先进教育教学理念，这也是一笔不可缺少的财富。我想，通过我的努力写作，《云南教育》一定会给我一个发表文章的机会。因此，我对教学研究充满了激情。

我很钟爱《云南教育》，那是因为它里面的文章贴近教学实际，指导性、前瞻性、实用性强，还有它与我们一线教师水乳交融的零距离。真的很感谢《云南教育》，它让广大一线教师感受到了先进的教育教学理念，学到了写论文的不少方法，找到了教师们专业成长的突破口。

（本文写于 2011 年 4 月）

# 《云南教育　中学教师》不是老师胜似老师

　　2007年3月，我结识了《云南教育　中学教师》。从那时开始，我就与《云南教育　中学教师》有了不解之缘。随着时间的推移，我与《云南教育　中学教师》的感情就越深。每期《云南教育　中学教师》，我都仔细研读，认真反思。近年来，《云南教育　中学教师》对我的语文教学和高考备考复习，起到了积极的促进作用。《云南教育　中学教师》虽不是老师，只是一本杂志，但它里面涉及的高中语文方面的知识，对我来说，胜似老师。现在，它里面的语文教育理论、语文教学方法技巧以及语文备考复习等方面的知识让我受益匪浅，它已成为我在教学和复习道路上的良师益友。

　　自从认识《云南教育　中学教师》后，我不但自己积极阅读，还曾经订阅过几年，并积极推荐给身边当老师的好友们订阅。我告诉好友们，教学课余时间，多读《云南教育　中学教师》里面的一些教育教学理论文章，自然会从中汲取到一些好的教育教学理论智慧，帮助自己站在一个新的高度重新审视问题、思考问题、分析问题。通过阅读，可以从中学到不少名师的教学设计、教学经验；懂得如何指导学生学习的方法，如何寻找适合不同学生的学习方法，如何使学生掌握学法的技巧；如何进行教学设计，如何选择恰当的教学方法与学法等。我读《云南教育　中学教师》，不管是哪个学科的文章全读。我不计较是否读懂，而是看人家是怎么写文章的。我学习的是写作方法，而不是学习某一学科文章里面所讲到的知识。我通过读人家写的文章，用以指导我的教学科研。现在，我的教学科研有了量的积累，质的飞跃，都得力于我一直以来好好地读《云南教育　中学教师》，好好学习人家的写法所带来的结果。

　　高考备考复习方面，《云南教育　中学教师》给了我更大的帮助。

它好似一个老师，指引着我带领学生前进。有时候，我在指导学生高考备考复习或是我正教着未毕业的学生需要了解刚考过的全国相关的高考试题以及全国各省的作文题时，是《云南教育 中学教师》给了我这一方面的极大帮助和便利。我记得2015年6月高考刚过，9月我接手高一年级，为了让我所教的学生了解一下全国各省2015年的高考作文题，我怎么搜集，都还是不完整。正愁之时，收到了《云南教育 中学教师》2015年第9期，里面正好有一篇文章叫《2015年全国各地高考语文作文荟萃》，这篇文章里面，罗列了全国各省2015年6月的作文题。我看到之后，就拿着杂志到学校的复印部，一下子印了420份，分发给我们分部的学生每人一份，让学生了解了2015年全国各地高考作文题。看了作文题后，一些学生悟出了高考作文题主要偏重什么，出题者出题的意图是什么，学生能略知一二，说出一二。不但这样，我还积极用好《云南教育 中学教师》里面的论文资料来进行教学。记得我教学《归园田居（其一）》时，我便把自己写的发表于2015年第11期的《〈归园田居（其一）〉创新设计与教学反思》的教学设计印发给我的学生，让他们通过我写的教学设计，自学课文，学生凭借我的教学设计，很快掌握了课文的知识。本来需要两节课才上完的内容，学生一节自学课就学完了，并且掌握得很好。我为了让高一入学新生了解高考题型、赋分，我给学生复印我与唐明林老师发表的论文《高考语文全国新课标卷近三年试题分析与2015年备考策略》给学生自己看，让学生自学了解高考题的情况。我读《云南教育 中学教师》过程中，只要看到有关高中语文学科，特别是有关高考方面各种题的解题方法和技巧以及作文方面有用的知识，我就逐步地积累起来，等到积累多了，我就一把剪刀或尺子、一瓶糨糊、一张白纸，一下子拼凑出了一张集各种知识于一体的知识卷，印发给学生，要求学生利用课余时间认真读或学习里面讲到的方法和技巧。有时候，我直接把拼凑的知识卷当作教材，在课堂上进行教学，让学生好好地掌握。多年来，学生通过我搜集复印的这些资料，学到了不少的语文知识和高考备考复习知识，从中获益匪浅。

总体来说，我的高中语文教学，《云南教育 中学教师》给了我极大的便利和帮助。它虽不是老师，但我从它那里学到的知识，胜似老师。

　　在此，我代表我和我的学生真诚感谢《云南教育　中学教师》给了我以及我的学生在教学和复习中提供的极大便利和帮助，真心感谢《云南教育　中学教师》道路越走越宽，越来越受到读者的青睐。

（本文写于 2016 年 9 月）

# 老师难当

当了二十多年的老师，用一句话来概括这二十多年的感受，那我只想说一句：老师难当。因为现在的老师工作千头万绪，包罗万象。就拿平常来说，备课、教学、批改作业、管教、学生的成绩考评、升学率、上级的检查、督导，家长、学生以及新课程改革理念、新教学方法、手段的运用等的压力，使老师思想负担加大，精神张弛失度，特别是对学生的思想教育工作和教育教学研究工作难度大，要求高，让老师更是苦不堪言。同时，学生傲慢的学习态度等方面，更是让老师在工作上"喘不过气"，在社会上"抬不起头"。总之一句话，我认为现在就是老师难当。

以前，人们说"老师是太阳底下最光辉的事业"。现在，我经常听到的是，不少老师在说："如果还有一次机会要我选择，我绝对不会选择老师这个职业。""因为现在的老师太难当，学生太难教了。""多在学校一天，可能寿命就要缩短几年。"还有，"老师的地位太低下了，老师没有什么好当的……"从这些老师的话语中，可见，老师太难当了。

的确，老师难当。你看，老师每天都要备课、上课、批改作业，还得批评教育违纪学生，组织开展各种文体活动。有时，还要参加这样那样的培训，参加这种那种的考试，写这些那些的材料，还得出色完成学校交给的临时任务。一个星期要开一两次会，要完成会上交给的各项任务。每天早上六点多钟就得起床，晚上十一点多钟后才能睡觉。每天身影都围绕着学生，神经每天都是一直紧紧地绷着，一日三餐也都是匆匆忙忙。日复一日，年复一年，像一架永不停息的机器在运转。从这方面来说，老师难当啊！

不用说老师的工作难当。老师教育学生，也真难。现在，独生子女多，个性较强，也比较任性。如果学生违纪，你说少了不顶事，说多了，说你多管闲事，说重了，学生哭哭啼啼，寻死觅活，说轻了，学生当成耳边风，听不见。还有一些家长，对孩子溺爱有加，干预和干扰教育教学现象，纵容孩子错误，导致有法难依。《中小学生守则》《中小学生日常行为规范》张贴在墙上，好像都只是摆设。课堂上，学生不学习，又影响老师讲课和其他学生听课。一些学生不学，他们想说话就说话，想玩就玩，想听就随便听，不想听就全然不顾"师道尊严"，也不顾学生自我尊严，气得老师瞪红了眼睛，学生也不收敛。老师脖子吼哑了，也还是那个样。电话向家长投诉，你批评其轻了则家长不听，重了则会引起法律纠纷，还说什么要告你这告你那的。现在，学生的法律意识也真是特别强，说什么现在老师不得体罚学生，弄得老师对学生的境况管也不是，不管也不是，肺都气炸了，心都冷了，任你操碎了心，操白了头，也无济于事，只能"无能为力，听之任之""人前强咽伤心泪，忍气吞声度教坛"。因为现在不少学生不知礼数，张狂随意、装酷扮靓、荒疏学业等，真是一无是处，留在老师心中的除了满肚子的恨铁不成钢的郁闷，真的难以找到多少好的词汇去形容学生。有时候，老师上课回来，就怨声连天，每上完一节课，心情都糟透了。

我近年来总觉得老师真是难当。我根据自己的情况和观察了解到的老师的生活情况，我对我们老师总结出来这样的一段话：老师比牛苦得还累，比马驮得还重，比鸡起得还早，比猫睡得还晚，担当的责任比天还大，领的工资比叫花子还少。

说句实话，老师是人，不是神，各方面给老师带来的压力，让老师真的无以承受，让老师疲惫不堪。但无论如何，好像每个老师都必须拼命地挺起腰杆，承受着压力。老师，真的难当啊！

虽然我这样写这样说老师难当，但我还是希望各位同仁必须当好老师，并且要努力当好，当成优秀教师。当然我说难当也要当，因为自己只有当老师的命。无论如何，老师们，大家都要拼命地挺起腰杆，承受着各种各样的压力和负担。这样，才无愧于"老师"这个光荣的称号。

# 春风有意催桃李　红烛无私放光芒

我是麻栗坡民族中学一名普通而平凡的语文老师。近年来，我曾7次获县委、县政府表彰为"优秀教师"；1次获县委、县政府表彰为"全县民族团结进步模范个人"荣誉称号；2013年12月被文山州委、州政府表彰为"文山州第三届道德模范（助人为乐模范）提名奖"并被教育部语言文字应用管理司、国家语言文字工作委员会、语言文字报刊社评为"第三届全国'最美语文教师'"。

我获得这么多荣誉，除了我的教育教学成绩突出显著以外，最重要的一点就是我对自己的学生充满了爱心。

我生于麻栗坡县猛硐乡香草棚一个苗族农民家庭。苗族农民那坚毅、质朴的美德养育了我，使我在走上教育三尺讲台后依然保持着本色，坚定无悔地奉献在我热爱的教育事业上，坚定不移地潜心于教学教研，默默地耕耘，无私地奉献。

1993年7月，我从高等师范院校毕业以后，被分配到了麻栗坡县职业中学任教到2007年7月。2007年8月，调入麻栗坡民族中学任教至今，屈指算来，我已经走过了二十二年的教育生涯。在这二十二年的教育生涯中，我以"把每一件平凡的事做好"作为自己做事和工作的行为准则，勤勤恳恳，兢兢业业。不管是在职业中学任教，还是在民族中学任教，我都取得了显著的成绩。由于我各方面突出显著，成了县级语文学科带头人、学校初高中语文学科带头人、教学骨干、科研领头者，更值得一提的是成了学生的贴心人。

参加教育工作二十二年来，我潜心教学，专心学习，得以快速在政治上成熟，业务上精湛，科研上显著，成绩上突出。辛勤的付出，为我的教育教学教研工作奠定了坚实的基础。

# 走上岗位　情志不移

我从走上教育工作岗位的第一天起，就一直坚守在教育教学第一线，勤勤恳恳，兢兢业业，忘我地工作着。务实、能干、敬业、具有高度的责任感和事业心，这是同事们和学生及家长对我的一致评价。

我把耕耘三尺讲台作为人生最光荣、最圣洁的事业；以朴实的人生品格，踏实的工作作风，坚定的人生信念，执着的人生追求，让自己的青春变得厚重而美丽。

俗话说："校园里也有荆棘。"这话说得一点不错。教书育人，道路坎坷曲折，但对我来说，天大的困难，也挡不住我前进的脚步。我凭着作为老师的良知和"为人师表"的职业道德，以及对党的教育事业的深厚感情，即使心中泣血，肚里流泪，也照样勤勤恳恳，踏踏实实，认认真真地坚守在教育岗位上，22年如一日，风雨无阻。22年中，我的一些同学升官了，发财了，但我并不羡慕。我有几次跳槽机会，但都放弃了。

工作中，我身体力行，率先垂范，严格要求学生。不少老师见我这样做，都说我傻。但每次我听到，都会回答说："作为一名老师，最不能愧对的就是学生。"所以，我要求学生做到的，我必须首先做到，包括上课不迟到，下课不拖堂，背课文背诗词，我首先背给学生听，让学生心服口服，心悦诚服。

我是一个一旦做什么就要力求做得最好的人。我对学生有着特别的爱，对教学有着一丝不苟的精神，对教育科研有着深深的情。

# 倾注爱心　铸就师魂

走上三尺讲台22年来，我把班上的每一个学生都当成自己的孩子。我没做过父亲，却把这个角色诠释到最美，让我的学生在班级这个大家庭里感受到爱的温暖。

我每次接手一个新班级的第一节课，都会在黑板上写下鼓舞学生的话语。如：咱们班上没白眼，只有鼓励和笑脸。民族平等一家人，学海泛舟同向前。或写上：班级是个大家庭，和睦相处建友情。学习生活有困难，齐心协力定能赢。和学生相识后，与学生相遇时，我往往主动热情地喊："某某，你好！""某某，再见！"这样的主动和热情，让学生备感亲切。我的这种爱心和责任感，让我获得了学生们的喜爱。

"工作负责，爱帮助人，不计较个人得失。"我的同事们都这样评价我。说起我，同事们和学生都争先恐后地说着我的一些事迹。从中可看出同事们和学生对我由衷地敬佩，都说因为有我这样的好同事和老师而感到自豪。

学生黄祥萍，父亲早逝，家里母亲长期多病无劳动力，无经济来源供养读书，面临因家庭条件困难而辍学。我知道后，心里很难受，决定给予黄祥萍帮助，每个月资助黄祥萍 100 元的生活费，有时还给予一定的学费。一直坚持了整整 3 年时间，共资助黄祥萍 4600 余元。2012 年，黄祥萍以优异成绩考上重点大学。我高度的社会责任感和无私奉献的精神，深深感召着同事们，同事们的思想也有了很大的提高，更加自觉地为教育事业勤勤恳恳、兢兢业业地工作。

学生陆相，家境贫寒，父母 50 多岁，体弱多病，无经济来源。我知道后，从高二开始资助陆相，两年资助共计 2400 余元。陆相在我的资助下，于 2012 年高考获麻栗坡县理科状元，考取江西南昌大学医学院第一临床医学专业。每当有节日，陆相都给我发来祝福短信。回家时，也到我家看看和感谢，并说："您是我这一生中遇到的最好的老师。"

为了能帮助更多的贫困生，2009 年、2010 年、2011 年，我利用双休日到文山去补课或是利用双休日以及假期去打工，把挣得的部分钱，资助班上的贫困生。多年来，仅这一项，我就向学生捐助了 2500 元。

冬天到了，我看到一些学生被子单薄，只睡在席子上。我感到心疼，拿出自己的工资 1200 元，帮助这些学生，先后购买了 24 床棉被送给他们。用 500 余元，先后为 8 名男女生买保暖冬衣。

我说，我的学生时代是从苦难中挣扎过来的。因此，从走上教育工作岗位那天起，我就把爱心献给了每一位学生，为教育学生和服务学生尽心、尽力、尽责。

贫困生明友琼，高二第一期开学三天了还没来报到。经了解情况，她父亲早逝，并欠下很多钱，母亲无钱供她读书。我知道后，立即通知她来校报到。我不辞劳苦四处奔波找领导、找社会爱心人士，最后得到相关领导和公司企业的资助，共资助 3000 元，帮助明友琼完成高中学业，2012 年高考以 461 分考取大理学院临床医学院。

对有些家庭不幸的学生，我慷慨解囊。我跨任的初中 103 班学生王诗雅的父亲，得了尿毒症，由于长期住院，已花光了家里的积蓄。并且我听王诗雅说，医生说了，要救活父亲，至少要准备 20 万元。我得知情况后，组织自己任的高中班学生为王诗雅的父亲捐款，我捐了 300 元，并告诉王诗雅安心学习。后来，我还陆续捐了一些。当我把捐款送给王诗雅家长时，王诗雅母亲感动得流泪说："我，太感谢您了，我们会一辈子记住您的恩德的。"

学生生病没有食欲，我从家中煮上面条、鸡蛋什么的给生病的学生送去；学生生病住院，我不分白天黑夜守候在医院。2011 年 5 月，我班上有 10 多个学生感染水痘，为了不感染其他学生，我将这些学生带到自己家中，为他们熬中药，做可口的饭菜，直到学生的病痊愈；学生没生活费了，只要我知道，我要么把学生叫到自己家里吃，要么就给这个 10 元，那个 20 元……点点滴滴，如春雨润物。这份爱心，溢满每个学生，让每个学生都感受到无比的温暖。

我班上有 10 多个学生是"留守孩"。有的学生父母外出打工，半月或一个月只给孩子打一次电话，有的半年联系一次，相当多的外出打工者一年才返家一次，甚至有的父母常年在外不回来。为此，我把学生分组，利用双休日时间，用我自己的手机，让学生与家长联系，进行交流，汇报学生在校的情况。

我住的地方，与学校距离远。住校生半夜里有个头疼脑热的，我骑着助力车来学校带学生到医院是常有的事情。2011 年 11 月的一个夜晚，学生王廷贵胃痉挛，我听到消息后，立刻带着王廷贵到县医院挂急诊。其间，我跑前跑后，缴费、找大夫输液等。王廷贵输液时因某种药物致使她口渴得厉害、想喝水，我骑着助力车出去买水，那时已经 12 点多了，哪家商店还开门啊？我跑遍了医院附近的小巷，最后，在一家旅社里面买到了一瓶矿泉水。当我急速赶回输液室时，王廷贵激动得热泪盈眶、连声感谢，病情被药物和温情化解了……

多年来，我累计资助近 60 名贫困生合计 34600 余元，通过我给贫困生拉赞助累计 46 人次合计 75600 余元。我用爱心与学生交流沟通，以强烈的责任感，真诚平等对待每一位学生和学生家长，赢得学生和学生家长的尊敬。

正是这份爱心，这种责任感，让我获得了学生们的喜爱。

## 诲人不倦　激励成长

教书育人是教师的天职，我用我的智慧，激励着学生们天天成长。

我在教学中，时常把每个学生的学习放在心上。如教学中，不少学生不能按时完成古诗文的背诵，我就放弃午休，逐一领着学生读背记，直到达标为止。当学生们看到我打开快餐盒吃饭时，不知说什么好。

我教的班级里，有学生因病不能来上课，我就主动帮他补习落下的功课。有些学生因考试成绩不理想，情绪低落，我总会用自己独特的方式去关心和鼓励，帮助学生进步。学生从我那里收获的不仅是知识，更是一份情感和境界。我用自己的行动诠释着"师德"这两个沉甸甸大字的内涵。

学生韦堂飞因基础差，学习跟不上而萌生辍学的想法。一次周日下午学生到校时，韦堂飞竟将学习用品和住宿物品打好包，准备退学回家。我第一时间发现韦堂飞不在教室里，听学生说韦堂飞已收拾妥当、去意已决。我马上跑到学校大门口去追赶，苦口婆心地说，最后硬把韦堂飞拉到教室，物品放回宿舍原处，然后给韦堂飞摆明道理、做细致入微的思想工作，分析辍学的种种弊端，终于使韦堂飞回心转意、解开了思想上的小疙瘩，重新投入到紧张的学习当中去，并逐渐恢复了学习的信心。通过努力，韦堂飞于2012年考取玉溪师范学院。现在，提起这件事，我会说："如果那次没有把她拉回来，将成为我教育生涯的一个遗憾。"

学生王文杰，是典型的"网迷"。为了上网，王文杰可以整日整夜待在网吧，从不把学习放在心上。父母给他的早餐钱，几乎全部用来上网。父母非常着急，想了许多法子都无济于事，最终对孩子失去了信心，悲伤的父母甚至绝望到想轻生。我得知这情况后，把王文杰找到了身边，和王文杰谈心，试着走进王文杰的心灵。开始，由于王文杰的心理排斥，我对这个网瘾很大的学生似乎也没辙。一些好心的老师都劝我："算了，都努力了，随他去吧。"但我却沉思着更深层的问题：对学生的放弃无异于对职业操守的放弃、无异于对社会公德的漠视。于是，我暗下决心，一定要把王文杰同学拉回来。从那一刻起，午休时间、晚自习后，学生们经常看到我和王文杰娓娓交谈的身影。正是在我这种"沾衣欲湿杏花雨，吹面不寒杨柳风"的师爱与温情感化下，终于有一天，王文杰哭了，发自内心的呜咽着："老师，对不起！爸爸妈妈和其他老师都认为我是一个坏孩子，只有你还一直在乎我，关心我，谢谢您！我改，我一定改！"看着王文杰急切而真诚的笑脸，我笑了，可眼眶里却忍不住饱含着泪水，真不知道是欣慰、还是伤感。从此，王文杰像变了个人似的，性格逐渐开朗起来，心思也用在了学习上，发生了180度的大转弯，"后进生"一下子成了"优秀生"，于2012年以优异的成绩考上了二本院校。拿到通知书的那天，王文杰迫不及待地来跟我报喜："老师，没有您，我哪有今天啊！我谢谢您！"王文杰说完便给我深深鞠了个躬，师生俩不禁都热泪盈眶……

其实，这些小事，仅是我从教以来发生在我身边的一些微小事例。二十二年来，不知有多少学生在我的引导和帮助下奋发图强，成为"优秀生"，成为对社会有用的人，成为国家的栋梁，我自己从未去计算过。

我乐观向上，心中充满阳光。我觉得老师心里充满阳光，学生的心里才不会灰暗。毕业的学生送给我的绰号是"亲爱的文哥"，现在的学生亲切地称我为"爸爸"。班上的温体杰同学在日记中这样写道："我有两个爸爸，一个爸爸在家里管我的生活，一个爸爸在学校管我的学习，我很幸福"，同学们这样的称呼，让我感到很欣慰。

## 勤奋向上　成绩显著

我自1993年7月参加工作，从教二十二年来，我勤奋努力，无愧无悔地走着自己的为师之路。

我的身影总在老教师身边虚心求教；灵动的双眸总在老教师课堂上聚精会神；飞走的笔尖总在听课笔记上耕耘提炼。不管多忙多累，听课、评课、上示范课、上公开课成了我的一种坚持，也是一种习惯。

学校里每学期举行公开课和示范课，我都参加。沉稳大气而不失亲和，扎实的教学基本功，超群的综合素质让我成了公开课、示范课上一抹最靓丽的色彩，成了学校里高中语文教学骨干、高中语文学科带头人。

我常说："要么不做，要做就做到最好。"我也常对学生说："把最简单的事做好，就不简单；把最平凡的事做好，就不平凡；把小事做好，就是大事；就连扫个地，也要扫个全国第一。"我这样说，也是这样做的。我总是用动人的语言、自信的微笑、澎湃的激情述说着我作为教师在普通、平凡的岗位上不普通、不平凡的点点滴滴。学校里的卫生、纪律、班级和宿舍文化建设评比、仪表仪容检查、学校月考和县上每学期统考成绩桂冠上总写着我的名字。

我的办公桌上永远堆积着厚厚的各种教参资料，那是我每日必需的"营养品"。正是这样的滋养，才有了集体备课中我最鲜活的想法。在其他教师最头痛的说课、评课中，我常常像名师般侃侃而谈。

我鼓励先进学生，爱护后进学生，甘为人梯，"让学生在自己脊梁上攀登"。我和其他教师通力合作，在职高任教时，教育培养了高中毕业生 1500 多人，其中 300 多人考取大学。2000 年至 2004 年，我所任班主任和所教的高职考试（1）至（7）班成绩斐然，在全州高职考中连续获得语文单科平均第一名。

2007 年 9 月以来，我在教育教学道路上更是收获了累累硕果：所教初、高中语文在全县统考中，9 次获平均分和综合分排名"第一"；8 次获"第二"；6 次获"第三"；2012 年 6 月所教高三语文高考成绩获全县"第一名"；8 次被评为"优秀班主任"；7 次被评为"科研先进个人"；所任班级 6 次被评为"先进班集体"；5 次获县委、县政府表彰为"优秀教师"；1 次获县委、县政府表彰为"全县民族团结进步模范个人"；2013 年 12 月被文山州委、州政府评为"文山州第三届十大道德模范（助人为乐模范）提名奖"，被教育部语言文字应用管理司、国家语言文字工作委员会、语言文字报刊社评为"全国第三届'最美语文教师'"。先进事迹被拍成小专题片先后在麻栗坡县电视台、文山州电视台播出。

我取得这么好的教育教学成绩，主要在于我平时工作中信守三条从教原则：一是教学成绩要遥遥领先，做学生尊敬的老师；二是学生管理要年年有创优，放眼学生的未来发展；三是教学科研要年年有新突破，做教改的先行实践者。二十二年来，我不折不扣地践行着我的这三条原则。

我的这些成绩，在我从事教育的人生当中，可能显得微不足道，但这些成绩，激励着我更加忠诚党的教育事业。

## 钻研教研　成果丰硕

我除了搞好教育教学外，还认真抓好教研。我先后在《文山教育》《云南教育》《云南教工》《学语文》《语文教学之友》《语文教学与研究》《语文天地》《语文知识》《语文学刊》《现代语文》《课外语文》《中南民族大学学报》《文山学院学报》《课程教材教学研究》《中国民族教育》等近30种国家、省、州级报刊上发表论文100多篇；参编著作2部：《高中作文（技法编）》（湖南大学出版社）、《盈袖年华》（人民教育出版社）。同时还发表诗歌、散文50多篇（首），新闻300多篇（则）；20多篇论文获得国家、省、州、县级优秀论文一、二、三等奖；30多篇征文参加省、州、县级各类征文获各等次奖。

我还经常指导学生写文章，并积极投稿。近年来，我先后指导100多位学生的作文100多篇次在《老山》《麻栗坡教育》《文山日报》《文山教育》《七都晚刊》《含笑花》《春城晚报》《云南日报》等县、州、省级报刊上发表；有300多位学生的作文参加各级各类征文比赛，获得一、二、三等奖。20多位学生的作文入选全国优秀学生作文集。

我关爱学生和潜心教育教学的事迹，得到了社会的公认。我的先进事迹，先后在《文山日报》《文山教育》《文山民族》《映象文山》《七都晚刊》《云南教育》《云南教工》《云南信息报》《影响力》《语言文字报》等报刊刊登，并上了中国知网、吾喜杂志网、中国民族宗教网、维普网、新浪网、龙源期刊网、云南信息网、云南省教育厅网、文山新闻网、文山日报网等10家网站，还被转载到玉溪市人民政府网、怒江州人民政府网等20多家网站。

我无私地奉献自己，是学生的知己，是教师的楷模。我多次给本校和外校（县）学生讲演，结合自己的求学经历让学生们懂得知识改变命运，勤奋出成绩，深受学生们的好评，收到了良好的社会效果。我甘于奉献，乐于助人的精神，铭记于每一位学生的心中。

俗话说："春风有意催桃李，红烛无私放光芒。"我是一支默默发光的红烛，温暖着学生的心，温暖着我所热爱的教育事业和我所热爱的每一个学生。如今，我仍以饱满的热情和执着的敬业精神，始终以"学高身正为师，教书育人为本"为宗旨，以"功名利禄无所求，兢兢业业做小卒"为自己的人生至理名言，以"本色做人，出色做事，建立自我，追求无我"为我的人生信条之一，戒骄戒躁，进行教育观念的转变与更新，努力学习新理念、新思想、新方法、新手段、新知识，把心用在教育上，努力去打开学生的心灵之门，分担学生的悲伤，分享学生的喜悦，和学生一起成长。在帮助学生实现梦想的同时，我也圆了自己的梦想：用爱心带来温暖，用智慧传递希望。

相信，在今后的教育生涯中，我会以无私奉献的爱心、饱满的热情和执着的敬业精神，继续谱写我普通而平凡的教育人生，始终奉行自己的教育座右铭：教育静心、对党忠心、育人潜心、待人善心、助人热心、播撒爱心、业务精心、功利无心、工作尽心、无愧于心。

（本文写于 2015 年 6 月，曾发表于《映象文山》）

# 好老师需要忍受

做个好老师很难，因为好老师不好做。好老师需要忍受住一些别人不能忍受的压力。在这里，我给大家讲一个关于我的小小的教育故事。从这个故事中，大家可以看出做个好老师需要忍受。

那是一个十多年前的教育小故事了。这个小故事，我一般是不会向别人讲的。在这十多年中，我只向我教过的两届学生讲过这个小故事。这个小故事，虽不感动，但是很感人的。

十多年前，我在麻栗坡县民族职业高级中学任教，有一年，学校安排我去上一个高三班的语文课，同时兼任这个班的班主任，这个班是参加高职考的班级。

还有两个星期左右，就到高职考了。当时，班里有位女生，父母外出打工，发生意外双亡。这女生的亲戚把这个情况通过电话联系到了我。叫我通知这个女生回家处理她父母的后事。我知道后，及时向校长汇报，说如果现在把这个情况告诉给这个女生，她就会放弃高职考，不可能参加高职考了。这个女生成绩很不错，在班上，算成绩好的一类学生了。

我与校长沟通后，为了能让这个女生好好在学校学习，参加高职考。我与校长和这个女生的亲戚取得了联系，把情况向这个女生的亲戚全方位地进行了说明。亲戚还是比较爽快，答应了现在不把噩耗告诉她，同意等高职考考完后，再告诉她。

但这个女生家里还有一个10岁左右的弟弟，我与校长让这个女生的亲戚做好村寨群众的工作，管好这个女生的弟弟，在高考前不要声张这个女生父母双亡的事。在学校，我与校长想尽各种办法稳住这个学生，不让她知道父母已双亡。

随后，校长给我布置了任务：除教学看着这个女生外，随时随地跟着她关注她，对她要特别关心、照顾。每天要不停地到宿舍、教室看望她，讲明高考马上来临，不能放松，必须抓紧时间复习，争取考取好的大学。生活上，你要特别地照顾好她。这个事情，只许我与你知道，不要声张。同时，我也把自己的想法说了出来。我说："校长，万一突然对这个女生太关心、照顾，全校师生会说我闲话，会说我跟女学生谈恋爱或是关系暧昧，怎么办呢？"校长说："不怕，这个情况，等高考后，我会向全校师生解释清楚的。现在，你与我必须做到的是绝对保密。并且，你要做好接受全校师生风言风语的挑战。你家住学校里面，积极地关心、照顾好她就是了。一切呀，过后，我会为你作证解释清楚的。"

为了不让这个女生知道父母双亡的消息，从校长布置任务的那一刻起，我就认真地关心、照顾好这个女生。每天除了上课看好她，亲近她，与她交谈学习、心理情况等方面以外，还选择在午休、晚休、早起等时间段，去宿舍专门看她，关心她，买东西送她，给钱给她做生活费，让她好好学习，不要想家，让她受宠若惊。

一个星期了，这个女生对我说："项老师，怎么这个星期以来，你特别关心我，照顾我。我注意到，有时候，校长也会来班上、宿舍看我，跟我交流学习，并且嘘寒问暖的。"我说："没事，关心、照顾学生是老师的本分，这算什么呢？"

由于我每天都要去女生宿舍多次看望这个女生，引起了全校不少师生的怀疑，说我跟这个女生谈恋爱，关系太暧昧了，不注重教师形象。一时，学校风言风语四起了，并传到了社会上，我也听到了一些。我接受不了这些风言风语，去找校长诉苦。校长说："顶住，坚持住，只有一个星期左右了。不能放弃，要坚强，不要怕，还要绝对保密，过后我会帮你作证解释清楚的。全校不少师生和社会上的风言风语，你装听不见就是了。"

在校长的支持和鼓励下，我想，是的，不能让一个好学生在学业的关键时刻就葬送了。所以，我忍受着全校师生的误解，继续对这个女生很关心、照顾。就连这个女生也求我不要每天都去看她，关心、照顾她。否则她也真的接受不了我的关心、照顾了。可是，我想到只有一个星期左右的时间了，不能放弃，必须按这个女生亲戚所说的，让这个女生在学校里面，不能让她知道父母双亡的消息，这样她才会安心地学习、复习、考试。所以，我继续对这个女生很好，拿钱给她做生活费。

学校里面，依然风言风语四起。不少老师说我跟这个女生恋爱。学校党总支书记、德育处主任还找我谈话，说我要注意教师形象。大多数男女生说，我是怎么为师的，跟女生谈恋爱，太不像话了，没有教师素质。基本上，全校师生都产生了误解了。但我要像校长说的，装作听不见，顶住风言风语，做好自己该做的事就行了。

终于熬到了高职考，我和校长把这个学生送进了考场，这时，我才舒了一口气，如释重负。两天半，高考结束了。在集合学生讲高考后考生注意事项时，校长特意把这件事说了出来。

校长在说时，叫救护车在旁边等候，让我与两三个老师守在这个女生的身旁。校长说："两个星期以来，项老师对某某女生特别关心、照顾，引起全校师生的误解，现在我给他作证解释清楚，以免产生误解：这个女生的父母在两个星期以前，外出打工，发生意外事故双亡。为了不影响她参加高考，项老师与我还有她家的亲戚通过商量，隐瞒到如今才告诉大家。这是为她好。"参加高考的师生听了校长讲完，才知道为什么两个星期以来，我会对这个女生给予关心、照顾。不少当初不理解实情，对我产生很深误解的男女生在我面前跪下了，不少学生哭出了声。之后，全体师生都给我以热烈的掌声，我感动得泪流满面。

校长说出实情后，这个女生晕了过去，送进了医院。校长安排我和两三个老师以及班上的几个女生在医院守着这个女生一整个晚上。第二天，参加高职考的学生陆续回家了。校长用车来接送这个女生，加上我还有几个老师送这个女生回家。我们跟着她的亲戚陪这个女生去看她父母的坟。看完，在这个女生亲戚家吃过早饭后，校长说："项老师，你是班主任，你就留下来，陪你这个学生在她家一两天，她父母刚去世，小孩子怕不敢在家，所以，你就陪陪她姐弟俩一两天，过后我再派车来接你回学校。"校长这样说了，我只好答应了。但是到了晚上，姐弟俩睡楼上，我和这个女生的一个亲戚睡在楼下。我胆子有点小，一整个晚上，睡不着觉。我在了两天，打电话给校长，派车把我接回了学校。

后来，这个女生考取了省内的一所师范专科学校，学习教育学。由于父母双亡，她去读书的前几天，我给她送去了1000元的学费。在后来她读书的日子里，我又给她汇去了好几次，每次两三百元。三年之后，这个女生师范专科毕业了，考取了边远乡镇的一所小学，当了一名小学老师。

　　现在，这个女生，也成了家，有了孩子了。但是不管到了哪个节日，她都会提前两三天发同样的短信给我，说："项老师，你是世上最好的老师。今生今世不能做你的妻子，来生一定做你的儿女。"每次我都回复她："事情已经过去很久了，忘了它吧！对于任何事，要拿得起，放得下。好好做你的老师，做个好老师，这样就算我没白费力气，就算你对得起我了。"一年中，这个女生，会来看我四五次。每次来，她都会买一些我喜欢吃的水果。我对她充满了感激。同时，她对我也充满了感激。

（本文写于 2015 年 11 月，是参加"我的教育故事"的征文，获三等奖。）

# 令人难忘的那一幕

这几天，雨一直绵绵下着，似乎没有停过。太阳已不知跑到哪里去了，天空一片灰沉沉。凛冽的寒风，摇撼着古树的身躯，地上的小草，任它们蹂躏，地上的纸被风卷起高高翻转，人们不时发出一身的寒战。

"喂，新新，你的母亲在校门口等你，有话跟你说。"传来了班主任老师叫唤的声音。刚才还笑逐颜开的他，脸上一下沉了下来，在众多同学的逼视下，他不得不情愿地站起来，拿起那把自动伞，"哗"的一声打开，垂头丧气地慢慢走了出去，那件崭新的西服，伴着他那健壮的身体，显得格外潇洒，发亮的皮鞋，踩在水泥地板上，发出"咔哧，咔哧"的声音。

校门口，站着一位五旬上下的妇女，手拿一把破旧不堪的雨伞，身着褴褛的衣服，脚上是一双已经裂了口的解放鞋，似如鲁迅笔下的祥林嫂一样，岁月在她的脸上刻下了一道道深深的皱纹，那双迷离的眼睛正盯着过往的学生。当她的儿子出现在她的视野中的时候，她脸上泛起了一丝惊喜的笑。

他慢慢地走到母亲的身边，用冷如北冰洋一样寒冷的话语说道："你来这里找我干什么？"话语似泰山压在母亲头上，刺骨发酸。

母亲那日益消瘦的身子哆嗦了一下，那丝惊喜的微笑不知什么时候消失了，她觉得儿子的话比这天气还要冷得多得多，发紫的嘴唇嚅动了一下，慢慢地说："这几天，天气冷了，我来看看你，送件衣服给你，同时也给你带点咸菜来。"说完，母亲用那双布有血丝的手打开旧皮袍，从里面拿出那件崭新的衣服和几瓶可口的咸菜递了过来。

他接过来，愤怒地说："我不是告诉你们，给我买一件时髦的吗？怎么没给我带来。"

母亲站在那里，像小孩做错了事一样，吞吞吐吐，结结巴巴地说："这段时间，家里日子有点紧，连你妹妹住院时借的 400 元现在还没还呀，等过了几天，把家里的那两三头猪卖了，再给你买一件吧？"

他又紧接问母亲："带钱给我了吗？"母亲顿时感到一阵惊诧，好像挨了重重的一棍，"钱……钱……上个星期，你不是刚从家里带来250元吗？怎么又要钱了，你是怎么花的？"

"前几天到街上遛一转，还买了五十多块的书。"母亲用颤抖的手插进裤包，摸出还有休温的仅有的15元钱递给了他。

"只要是买书了，我就放心了，可是你要好好念书呀？"母亲说。

"念书，念书，就只知道叫我念书。"他发牢骚似的对母亲嚷道，并且用他那鄙视的目光注视着母亲。

此时此刻，校门口走出了几个衣着朴实的学生，他们向这边指手画脚，悄声耳语。他抛下母亲，离得远远的。

这时，他显得有点局促不安，急忙从裤包里，摸出手机，看了一下手机上的时间，对母亲说："以后别再来找我了，缺什么，要什么，我自己回家拿，就这样吧，快上课了，我走了。"

母亲显得更惊奇了。"刚才班主任老师不是说刚刚下课吃饭，怎么一下又上课了呢？"

"不信你自己看看。"他说着把手机抬到了母亲的眼前，挨得很近很近，看也看不清楚。此时离上课的时间还有两个小时左右，谁不知道呢？那么，他为什么要匆忙离去呢？只有他心里最明白，最清楚。

母亲呆若木鸡，站在那里一动不动，破旧的雨伞歪倒在一旁，被风吹的远远而去，雨水毫不留情的浇在她身上，浑浊的眼里尽是大颗的泪往下淌，一时分不清是雨，还是泪。可她一点也没有觉察到，只是站在那儿发呆。

他快步地走了，踩在水泥地上，"咔哧咔哧"的皮鞋声，这时也变成了"可耻可耻"的声音，留下一串引人深思的脚印。

# 忘不了她

那是发生在我高中时候的生活琐事。"怎么，把我和女生排在一个桌上，真糟糕，我讨厌这老师，更讨厌女同学。"看着走过来的她，一双明澈的眼睛，还有着一张算漂亮的圆方脸，头高高地昂着，背后的"马尾巴"不知什么时候甩到了前面，看着她那傲气十足的样子，想起自己那次因不小心碰着一个女生而遭白眼的情景，我把视线移向了窗外。

在这所学校，我人地生疏，同桌又是一个女生，每天陪伴我的，莫非是桌子、凳子和漫漫的长夜，学习提不起劲来，真是"老师领进门，上课走了神。"伏在桌子上，一会儿就进入了苏东坡所写的《登州海市》："东方云海空复空，群仙出没空明中，荡摇浮世生万象，岂有贝阙藏珠宫。"的梦幻仙境。

蒙眬中，我觉得有人碰了我一下，我把身子挪了挪，又想酣然入睡，但紧接着又是一下，便传来一个柔和的声音："老师叫你起来回答问题哩！"我吃了一惊，像触电似的立即坐好，向前看了看，哪有老师叫我回答问题，明明是同桌在骗我。我愤愤地瞪了她一眼，可她已经聚精会神地听课了，只是脸上微微泛起一片红润，嘴角露出一丝淡淡的微笑。

放学了，同学们都出去玩了，我还痴呆地坐在座位上，纹丝不动，似有稳坐泰山之势。心想，在这陌生的鬼地方，出门在外，真难呀！

"喂，出去玩吧！"又是同桌的声音，我故意装着没听见，随手拿起笔，在纸上乱画起来，正好画在我的语文书，我怒了，想冲过去揍她一顿，以解此烦闷心情，但我没有这样做，只不过是心想罢了。

最让我不能忘记的，是有一次，在教室看书，我肚子痛，如刀绞一般，实在难以忍受，一声"扑通"伏在桌上，大颗的泪珠禁不住地往下流。不知何时，只听见"咔咔咔"高跟鞋着地的声音越来越近，肚子虽然痛得厉害，但还得装得有点坚强，抬起头看了一看，又是那个讨厌的她。她走近我，匆忙从衣兜里掏出一些药来递给我说："快服下，一会儿就会好的。"虽然讨厌她，但是不服她给的药，恐怕英雄一下变成了狗熊，没命了，不管三七二十一，我服下了她给的药，几分钟后，确实好了很多，我还想对她说声"谢谢"，可是她微微一笑，扭头走出了教室。

吃了晚饭后，我又回到了教室，打开书箱，看着一堆厚厚的书，又想起了中考落榜的苦恼，心情是一般人无法理解的。为此，我胡思乱想，唉声叹气，自己能上大学吗？我是不是上大学的料，如果考不上，如何去见日益消瘦的父母，眼睛近视了，怎么去干活呢！上学真难啊！

过了一天，我发现书桌里有一张纸条，急忙展开一看，一行娟秀的字迹映入我的眼帘：逆境才能造就人才，只要努力，终会获得成功。

看着看着，我的泪水浸湿了眼睛，一定又是她，虽然没署名，但我可以肯定，一个女生有如此宽广的胸怀，而我自己呢？却是这样心胸狭窄的一个"兔崽子"。

从此，我变了，变得自信了，对自己所期望的大学生活，充满了信念和激情。在她的帮助下，我天天早起晚睡，勤学苦读，在期中、期末都取得了好成绩。当我拿着鲜红的成绩单时，眼泪禁不住地往下流，我又看见了那个讨厌的她对我的帮助。这时，我扭过头来望了望她，她那张漂亮的圆方脸，仿佛在鼓舞我前进，仍然那么一片红晕，嘴角依旧露出一丝淡淡的微笑。

# 用"团结"守护我们共有的家园

"五十六个民族，五十六枝花，五十六个兄弟姐妹是一家……"当这句歌词在耳畔响起，一幅美丽的画卷便浮现在脑海中。

不同的服饰，不同的语言，不同的民风民俗构成了我们独特的大家庭，不同的服饰为这个家庭增添了色彩，不同的语言，都在说着"我爱你"；不同的民风民俗都在用不同的表现形式展现我们这个大家庭的独特魅力。

一个个鲜活的生命个体，一张张形态各异的脸庞，构筑成我们的家庭，我们的国家，我们的地球。我们这个大家庭离开了谁都不行。

"五十六个民族，五十六枝花，五十六个兄弟姐妹是一家……"五十六个民族共同构建了我们这个和谐的大家庭，让我们拥有了一个共同的名字——中华民族。我们都有一个共同的母亲——中国。生活在这个大家庭中，各民族之间结下了血浓于水的深厚情谊，涌现出了许许多多民族团结的故事。

古代，张骞两次出使西域，为边疆和内地交流做出了巨大贡献。现如今，23岁的王燕卿为了挽救尿毒症晚期的维吾尔族学生毛兰江，用自己的无私和勇敢，完成了这场前所未有地跨民族、非亲属、活体肾移植术，把自己的一颗肾无偿捐给了素不相识的维吾尔族"弟弟"。众多故事都体现了血浓于水的亲情。

我们拥有一个共同的家，我们之间有过矛盾，也有过纷争，有过悲伤，也有过和睦后的喜忧。在这个大家庭中，需要我们用一颗宽容的心去面对每一个人。

中华人民共和国成立后，作为这个大家庭中的大哥——党委、政府，为促进民族团结和民族繁荣发展做出了突出贡献，使得这个大家庭更加团结和睦，形成了民族团结、民族繁荣，各民族共同发展的局面。

手拉手，肩并肩，我们一起战胜了艰难险阻；手拉手，肩并肩，我们创造了美好的今天；手拉手，肩并肩，我们将共同去迎接璀璨的明天。

我们共同的家，需要我们共同维护。兄弟同心，其利断金。一家人共同努力，再大的风雨也阻挡不了我们前行的步伐。携手共进，前方等待我们的便是光明的、璀璨的阳光。

五十六个兄弟姐妹一起挥洒汗水，便能汇集成一条河流，民族团结的力量就是如此强大，如汹涌的河水，势不可挡。

"五十六个民族，五十六枝花，五十六个兄弟姐妹是一家……"让我们共同维护我们共同的家吧！

# 远离"四鬼"

现在的中学生，是什么样，只要注意看，"新新人类"样，"四鬼"充斥着他们。"四鬼"是哪"四鬼"呢？下面，请听我说。

烟鬼。现在的中学生，特别是有一小部分中学生，烟瘾很大，随处可见他们抽烟。在教室里、宿舍里、食堂里、厕所里、校园僻静处，不时看见他们都在偷偷地抽烟。有时候，他们走出校园，叼着烟，大口地吸着，还自称酷、爽，真是烟鬼一个。

酒鬼。这一小部分学生，嗜酒如命，每天都要喝上一两口。有的学生，只要遇上不顺心的事，也要借酒消愁；有的学生，觉得读书学习无聊，饭后常邀上几个臭味相投的同学偷偷去喝上几口。有时，还会喝得烂醉，回到学校，在楼道上、教室中、宿舍里吐得脏兮兮的，臭气冲天，可谓酒鬼一个。

赌鬼。现在社会的赌风，已经深深地影响了我们不少学生。有不少学生，在社会上学会了赌博。他们把社会的赌风带进了学校，常常在午休、饭后、晚休等时间里，在宿舍、教室等场所暗暗地进行赌博，有的在晚上还夜战到三更，真可谓赌鬼。

懒鬼。现在的中学生，懒的表现比较突出。在学校里，有部分学生，上课趴着懒得听；听课懒得记；作业懒得做；老师的话懒得听；早操懒得上，有时老师去叫了两三遍，还不想起，还跟老师争吵；地也懒得扫；集体活动懒得参加……真是懒到了极点。

我们知道，《中学生日常行为规范》和《中学生守则》明确规定了我们中学生的行为。只要我们是中学生，就必须用《规范》和《守则》来规范我们的行为。"四鬼"害处多，对我们学生成长不利。亲爱的同学们，请保持我们中学生的本性。为了我们的健康成长，也为了少让老师为我们操心，请远离这"四鬼"吧！

# 远离侵害，创平安校园

校园是学生学习知识、学会做人的"圣地"。但一直以来，人们常常都不去注意校园的侵害，不懂得预防校园的侵害。所以，在学校里，如果不想让学生受侵害，那么教师、学生、学生家长就要重视预防校园侵害。

什么是侵害呢？简单说就是夺取别人的权利。当今的校园，侵害现象时有发生，并且无处不在。因此，我们要大力呼吁：铲除校园侵害，预防校园侵害，创建平安校园。

校园侵害时常发生在我们身边。如大同学欺负小同学；高年级学生向低年级学生索要钱财，还要求不准说出去，要是说出去，就打他；看不惯哪个同学，就收拾人家一顿；为了鸡毛蒜皮的事，邀约人打群架等。近年来报刊、网络上炒作得很热的"性侵害"，更是对学生造成极大的伤害；食品安全问题，对学生来说，也是一个很大的侵害，因为那些"物美价廉"的食物摆在小摊上，吸引着学生去食用；每天集会，很多班级在楼上，上下楼梯，你推我，我撞你，踩踏危险重重；同学玩耍，会做一些很危险的游戏；背着老师爬栏杆或翻窗户等等事件，都存在着极大的安全隐患，容易使学生受到伤害。

因此，教师要教会学生预防侵害，阻止侵害，更不能让自己加入侵害，要以实际行动"预防校园侵害，创建平安校园"。

为了给师生创建一个平安的校园环境，学校应积极做好学生安全教育工作，围绕"创建平安校园"主题，通过定期组织"安全"专题宣传栏、广播、墙报等形式，培育学生的安全意识；要通过开讲座、播放专题影片等学生感兴趣的活动，传授各种自救措施，如火中自救、触电救护、饮食中毒抢救以及消防知识等，提高师生安全防范意识和自护自救能力；举行消防、安全知识竞赛以及安全主题的作文竞赛；通过国旗下讲话、班会、板报、征文活动等多种形式，大力倡导平安校园创建活动；

遵守各项安全制度，提高警惕，远离危害侵害；当遇到危险和突发事件时，要主动救助或求救，增强学生的自我保护意识，提高自护自救能力。同时，家长应教会自己的孩子学会自护、他护和自救常识，提高自我保护能力。

校园需要平安，平安校园需要我们创建。我们要避免危险危害事故的发生，让师生安心，让家长放心，让平安伴我们。平安校园你我他，平安校园靠大家。

# 节俭从自身做起

节俭是一种高尚的品质，我们每一个人，都应结合自己的日常生活来进行节俭。

首先，节俭要从自己的吃、穿、用做起。吃剩下的饭菜，要放入冰箱保存，留着过后再吃。穿着上，要讲究朴素，只要得体就行。如一家人身上穿的衣服可以轮换着穿。用的方面，也要节俭。如我喜欢写作，A4纸正反面用后，还舍不得丢。因为打印机打出来的字，上下两行有一定间距，我就在那间距中写作。

其次，节俭要从自己的生活中做起。出行要文明，遵守文明交通行为，选择自行车、步行或搭乘公交车等绿色出行，减少出行成本，做到节俭出行。教育学生，要注意节俭。学习、生活中，不能随便浪费。如积攒下来的零花钱，可以用去资助贫困同学，寄给灾区。少用电话、微信聊天，把通信资源让给需要的人，又可以省钱。

再次，节俭要贯穿于整个生活之中。在学校上班，天大亮了，教学中要主动去关灯，节约用电。见着路灯亮着，要随手关上。水龙头的水流着，要去拧紧。在自己的家里，热天空调有时到了晚上9点后气温比较舒适了，就要关掉等等。

节俭是中华民族的传统，更是中华民族的传统美德。时代发展到了今天，节约一滴水、节约一粒米、节约一度电、节约一张纸，这些细微的行为正在引领着社会新风尚，是社会主义核心价值观的重要表现，它贯穿于整个社会治理体系之中，贯穿于每个单位、每个部门、每个家庭、每个人。每个人应成为节俭的主角，从自身做起，将美德内化于心，外化于行。

# 节俭贯穿我的生活细节

我从小受父母节俭的影响，以至工作以后，虽然生活过得好多了，但是我依然节俭。现在，国家倡导节俭养德，全民节约行动，我认为这是民族复兴的重要内容之一。作为一个国人，理应响应号召，积极行动起来，把节俭变成我们日常生活中的行为准则。这是中华民族的传统美德，是一种良好的道德品质。

因此，在日常生活中，我非常注意节俭。如每天晚上睡觉前，都要对家里进行一次彻底的检查。看水龙头是否拧紧，插座、电器的电源是否关闭。

家里面用坏的电器，我会时常地收藏着，有时用去制作教具，"变废为宝"。近年来，我用废品制作的教具，在学校教具制作比赛和县教育局教师自制教具比赛中，获得过几次奖励。因为我这样节俭，还取得了好成绩，让我感到比较自豪。

我除了节约水电，还特别喜欢"废物利用"。如买东西带回来的一些废纸、饮料瓶等，我都舍不得扔，而是利用空余时间，把它们做成了各种各样的小玩意。如用废纸做的小台灯、笔筒，用饮料瓶做的小花盆、小吊篮等。从外面收集来的一些废纸，叠成纸箱纸盒，还用旧挂历叠成纸盒，让这些东西变成了若干个垃圾盒。这些小玩意儿，制作精美，又节省材料，并可以作装饰，真是一举两得。

在教学中，我看见地上其他老师写得很短的粉笔头，随处乱丢乱扔在地上，我就随手捡起来，积极加以利用。有的粉笔头，或被学生拾出去丢掉，我都会叫他们留下，我用其他老师不愿用的短粉笔头。我这样，一是可以节俭学校的现有部分资源，告诉学生不要随便浪费资源，二是可以言传身教学生，让学生受到感染，学会节俭。

有时，我还用学生乱丢弃的精美的废书页制作出精美的小饰品送给学生。同时，我也教学生制作，让他们不乱丢纸屑，利用好资源，变废为宝。

　　记得童年时期，我家兄弟姊妹多，衣裤多是这样延续的：大哥的衣裤，洗补后二哥穿，二哥的衣裤洗补后我拾掇，如此承接。偶尔我也会穿姐姐的一两件对我来说是非常苛刻的服饰。于是，我从小似乎养成了一种美德：以穿姐姐、哥哥的衣裤、袜子、鞋为荣。工作以后，我几年才买一次衣服，一般只要还能穿，我就继续穿着。因为，童年时期，母亲是我的榜样，还有最重要的一种美德——节俭。所以，我要让节俭成为一种习惯。

　　生活中，我经常用洗脸水、洗衣服水拖地、冲厕所；洗菜水用来浇花；早睡节电且利于身体；多用圆珠笔替换芯而不是整支笔买……我这样做，是告诉家人：让节俭成为一种习惯。

　　母亲是我节俭的导师。我从母亲那里学会了节俭。节俭贯穿我的每个生活细节。我希望，每一个中国人，都要把节俭贯穿到自己的生活细节中，从一点一滴的小事做起，节约点点滴滴的东西。

# 节俭习惯养成贵在从小处着手

我今天生活在幸福的时代，日子过得红红火火，可以说是步入了小康。但我在生活上，是非常节俭的。

生活条件虽好，但我不忘节俭。我已过不惑，生活条件优越，有车有房。老家还种有百多亩杉树。可我殷实的家庭环境没有被周围朋友"吃饭穿衣亮家当"的虚荣现象所感染，数年如一日过着自家节俭朴素的小日子。

在吃上，我一点都不浪费，不管是在家里煮饭吃，或是出去外面吃饭，只要有剩的，我都收拾好打包带回家，放在冰箱里面保存过后再吃。因为，我是从农村走出来，我知道农民种植粮食之不易，我会把家人吃剩的或带回来的，当作早点早饭之类的吃了。

不管多么辛苦和忙碌，我一般也要想办法在家里做饭吃，尽量不去饭店。吃饭的人少，做饭时，尽量用小锅，煤气开成小火，这样可以节约煤气。我不主张尝鲜吃奇珍异菜和反季节蔬菜，因为那样的菜营养价值不一定高却很贵。我习惯夏天吃当地菜农在田间地头用农家肥种植的蔬菜，每天我会根据当天的需要买一些便宜又放心的蔬菜。

穿着方面，我绝对讲究干净整洁，但很少有人知道，我极少买新衣服，我穿的衣服都是自己几年前买的。有时，我两三年才给自己买一两回衣服。有时是朋友、亲戚送他们认为他们穿不着的给我穿的。我的每一件衣服、裤子，要穿上三四年才买一次新的。

我多年如一日地留着一个平头，不染不烫，坚持不进美发店，既不损伤发质又节约金钱。每次理发，都只是到 5 元店的理发店理。

在生活中，我注意节俭。如每天晚上睡觉前，都要对家里进行一次彻底的检查。看水龙头是否拧紧，看插座、电器的电源是否关闭。

我除了节约水电，还特别喜欢"废物利用"。废纸、饮料瓶等，我都舍不得扔，而是做成了各种各样的小玩意。如用废纸做的小台灯、笔筒，用饮料瓶做的小花盆、小吊篮等。我喜欢这样，一是为了节约，二是为了装饰，三是为了节省材料。

我这样节俭，是在教育学生，感染学生，节俭好比赚到，学会节俭，受益终生。

# 让节俭成为一种社会风尚

节俭是我们的传家宝，是我们中华民族的传统美德，是我们践行社会主义核心价值观的重要内容。在日常工作学习生活中，我们必须大力倡导节俭，让节俭成为一种社会风尚。怎样才能让节俭成为一种社会风尚呢？做法应是：

加强正面引导。节俭是培育和践行社会主义核心价值观的重要内容。各级党委政府和各相关部门要深入开展节俭专题宣传。要加强党一直以来艰苦奋斗的优良传统教育。要大力宣传党励精图治的光辉业绩。要宣传老一辈无产阶级革命家艰苦创业、节俭节约的崇高思想，引导人们从中获取前行力量。要创新宣传方式，广泛运用公益广告、通讯报道等形式，积极传播节俭理念，大力弘扬节俭风尚。

注重以文化人。倡导节俭的社会风尚，要以优秀的传统文化为"底料"，增强文化滋养。要深入挖掘中华传统文化中的节俭格言警句、富有教益的节俭典故，组织开展格言警句传播、节俭典故讲演、节俭征文演讲比赛等活动，使人们在传统节俭美德的熏陶中受到教育、得到提高。要大力开展群众性节俭主题教育活动，努力用群众喜闻乐见的节俭文化产品、文化活动来弘扬节俭美德。

强化日常监督。培育节俭的良好社会风尚，重要的是坚持正确导向、匡正规范行为，着力形成激浊扬清、戒奢克靡的思想道德舆论场。要加强媒体监督，加大舆论谴责，形成强大舆论压力。要创新社会监督，宣传倡导节俭理念，劝阻奢侈浪费行为。要深化行政监督，把节俭纳入文明创建活动和年终考核，推动各行业更好地贯彻落实节俭要求。

推动实践养成。倡导节俭重在实践、贵在行动。要发挥广大党员干部的带头作用，引导广大党员干部克除享乐主义和奢靡之风，自觉做节俭风尚的倡导者、以俭养德的促进者。要发挥广大青少年的生力军作用，把节俭教育融入大中小学课堂教学、校园文化、课外实践之中，教育和引导广大青少年自觉做节俭理念的传播者、节俭美德的传承者。要发挥人民群众的主体作用，紧密联系城乡居民的日常生活，广泛开展群众乐于参与、便于参与的节俭主题实践活动。要抓制度机制建设，把节俭要求贯彻到生活各细节、生产各领域、社会各方面，引导人们自觉做文明节俭风尚的建设者。

节俭作为一种社会生活方式，体现了一个人的社会理想信念、价值观念和生活态度。培育和弘扬节俭意识，有利于形成和培养质朴简约的生活美德。为了这美德，我们必须努力践行节俭，让节俭成为一种社会风尚，永远在我们身边陪伴。

学校编

# 继往开来　与时俱进
# 开创边疆民族职教新局面

## ——麻栗坡县民族职业高级中学改革发展纪实

在文山州的西南边陲——麻栗坡县城南郊区狮子山脚下，矗立着一排白墙绿树、室内外整洁敞亮的大楼，这就是 1997 年 9 月建成的麻栗坡县民族职业高级中学。

麻栗坡县民族职业高级中学距县城中心 2.5 公里，位于狮子山脚下。校园环境优美，绿草如茵。校内教学区、生活区、活动区布局合理，是学习、工作和生活的良好环境。

## 历史的回顾

麻栗坡县民族职业高级中学前身是"麻栗坡县农职业中学"，创建于 1980 年，在距县城 60 公里的八布乡江东村。1995 年县第十一届人民代表大会通过学校提出的"农职业中学搬迁进县城"的议案。随后，县委、县政府多渠道筹集资金，选校址，投入建设。由外交部牵线，香港著名爱国人士——香港华懋集团主席龚如心女士捐款人民币 200 万元，省、州投资 130 万元，向麻栗坡县对口扶贫的上海市闸北区教育局捐资 40 万元，地方政府投资 150 万元，于 1996 年 3 月破土动工，1997 年 9 月第一期工程竣工。时任国务院副总理兼外交部长钱其琛为学校题写校名。

学校创建二十五年来，共开设了农作、经作、乡医、乡企、畜牧兽医、林果、园艺、电工、建筑、缝纫、汽修、礼仪、保安、农村文秘等一、二、三产业共计 14 个专业 60 个教学班，为社会输送了 2000 多名毕业生，其中 162 名深入大学深造，400 多名被招工招干录用，1000 多名回到广阔的农村，作为素质较高的一代新型农民和科技人才，正推动着全县经济的发展，一些已成为了农村科技脱贫致富的能手，这是麻栗坡县民族职业高级中学的骄傲，同时也是一代代职中人辛勤努力结出的硕果。

现在，学校占地 238 亩（教学区 66 亩，基地 172 亩），校舍总面积 9690.86 平方米，其中教学用房 3244.25 平方米，师生用房 2738.25 平方米，实习基地用房 1327.51 平方米。学校环境优美，是读书治学的理想园地。

## 领导重视

学校的建设和发展，得到了各级党委、政府的高度重视。1995 年，麻栗坡县第十一届人民代表大会第三次全体会议通过"职业中学搬迁进县城"的议案。之后，县委、县政府多次召开常委会，多方筹资建设职中。在建设中，各级领导时常深入学校了解情况。时任外交部副部长、现为国务委员的唐家璇于 1996 年 3 月深入学校了解建设情况，时任外交部参赞、现驻韩国大使的武东和同志于 1997 年 9 月到学校看望、慰问师生。1997 年 9 月学校新校址建成，学校搬迁进新学校，时任县委书记、现任文山州委常委、州纪委书记的王承才同志，时任县长、现为文山州委常委的陈坤祥同志曾带领县委、县政府各套领导班子参加新校的第一个开学典礼。在开学典礼上，陈坤祥县长主持会议，王承才书记作重要讲话。自新校建成至今，麻栗坡县委书记赵仕永、县长马斌，副书记刘良勇、詹小江、副县长项廷超、李红等经常深入学校了解学校发展情况，关注学校师生生活，对学校发展提出良好意见和建议，并在师资、招生、就业等方面出台相应措施，为学校发展奠定良好基础。

## 改革才有出路

2000 年 12 月，杨秀洪走上校长的岗位。面对办学的萧条，杨校长开始思考边疆职中的路如何走？他感到肩上的压力很重，也感到了改革的呼声越来越紧迫。他上任后，带领广大教职工着手了一系列的改革。

改革招生专业——学校在坚持办好第一产业专业的基础上，努力开办社会急需的第二、第三产业专业。学校先后开设了电工、汽修、礼仪、缝纫、保安、建筑等专业，生源一下子从 1997 年的 42 人增加到现在每年的近 300 人。

改革招生制度——学校针对很多教师都是从乡下各中学调来的实际情况。在招生上，实行教师从哪里来，回到哪里去招生的制度，很好地保证了招生工作的顺利开展。

改革教学方法——学校要求学生在校不需要学得多少理论知识，而是要求教师要教会学生首先如何做人，学会如何动手操作，学会如何实践，学会如何使用技能知识。不要求学生个个成才，但要求学生个个成人。

改革人事制度——学校按编制设岗，竞争上岗，推行教职工全员聘任制和福利待遇分配制为主要内容的综合改革，充分调动了广大教职工的积极性和主动性。

改革毕业生制度——学校重视与省内外各企事业单位、部门积极联系，稳妥地推荐毕业生，2000 多名合格毕业生先后走出校门施展才华，大显身手，形成了以就业促招生，以招生促效益的良性循环。另外，学校积极鼓励毕业生参加高职考试。学校多种选择谋求发展，受到社会各界的广泛赞誉。

## 发展才是硬道理

经济社会的快速发展，必然需要一大批有技能的中初级实用型技术人才。近年来，国家高度重视发展中等职业教育，下大力气培养数以千万计的中初级实用型人才，学校呈现出蓬勃发展的大好形势。

天降大任，时不我待。

面对千载难逢的发展机遇，学校领导带领全校教职工解放思想，大胆探索，改革创新，团结奋进，把发展作为学校的第一要务。这个发展具体可用"七个迅速"来客观和准确地描述。

学生规模迅速扩大——在校生从 1997 年的 42 人迅速扩大到现在的 1081 人。

办学专业迅速发展——从 1997 年以前的第一产业的 4 个专业发展到现在兼顾第二、三产业的 14 个专业。

固定资产迅速增长——学校固定资产从 1997 年的 200 万元增长到现在的 800 万元。

微机数量迅速增加——从 1997 年的 0 台增加到现在的 80 台，学校各办公室管理逐步迈向无纸化办公。

师资队伍迅速加强——2004 年与 1997 年相比，教职工从 22 人增到了现在的 74 人。专任教师数量从 16 人增加到 63 人，中高职称从 1997 年的 0 人增加到现在的 5 人。教师学历合格率由 0% 增加到现在的 22%。

办学条件迅速改善——学校从 1997 年的 4 间教室迅速增加到现在的 20 间教室，4 个教学实验室，有可供 1000 名职高学生住宿的宿舍楼，有农作、花卉、林学、汽修、缝纫、电工等教学实验室。学校成了在校学生食宿、教学、实训的花园式学校。

招生就业迅速看好——近 5 年平均年度招生在 250 人左右，推荐就业率 90% 左右，学生就业遍布州内外、省内外。

## 严格管理出效率

学校的任务是围绕"教学"这个中心，想方设法提高教育教学质量，为学生提供良好的实习场所，培养学生亲自动手能力和实践操作能力，为国家、为农村输送合格的中初级实用型人才为目的。因此，如何做到教师教好，学生学好，职工服务好，把学校真正建成一所无愧于边疆民族地区的职业技术学校，成了学校领导班子的主要任务和目标。

学校领导班子在前几任领导的基础上，从加强管理工作入手，理顺学校各部门之间的关系，把学校各项工作责任落实到部门，使部门任务明确，减少扯皮现象，又把任务落实到个人，使人人对学校有份责任心。

搞好德育——对教师，学校定期或不定期召开教师会，学习贯彻《中等职业学校教师职业道德规范》《文山州师德规范》《教育法》《职业教育法》《教师法》《云南省职业技术教育条例》《未成年人保护法》《预防未成年人犯罪法》等法律法规来提高广大教师在新形势、新条件下教育工作者的使命感，加强教书育人、管理育人、环境育人、服务育人的事业心和责任感。又结合全县"老、少、边、穷、山"于一体的实际就如何办好职中，管好学校，请教职工出谋献策，出台和完善一系列的学校管理办法和规章制度。

学校领导班子本着"立足教师，履行职能，情系教工，注重实效"的原则，在各方面关心爱护教职工。政治上鼓励进步，表彰先进；生活上关心照顾，开展多种活动，增强集体荣誉感和凝聚力；业务上加强培训，提高水平，分期分批选派各科教师到州内外、省上培训，让教师们扩大视野，带回新信息。

对学生，学校先后组建了两条德育工作网络系统，充分有力地保证德育工作顺利开展。一条是由"校长—教务处—教研组—班主任"组成的行政教学网络，一条是由"党支部—政教处—团委—班委"组成的政工网络。在各个环节上，定有常规制度，使德育工作蓬勃发展，有章可循，有法可依，改变过去德育工作软任务，教学工作才是硬指标的片面思想。

学校还结合实际，针对不同专业的年级，确定专业年级德育工作的目标和内容，让学生开展社会实践活动，深入到 12 个乡镇的村委会、农村去体验生活。与此同时，学校还坚持不懈地组织学生"创文明班级"活动，对学生的思想、出勤、纪律、卫生等方面，均有良好的促进作用，为创建文明校园创造了有利条件。结合县情、乡情，寓教学于实际当中，收到良好效果。对后进生，教师做到"爱心、细心、耐心"，以换取学生的上进心，使后进生有很大的进步，达到了"润物细无声"的效果。

抓好教学——学校设置文化课、专业课和专业实习指导课三种课型。各学科教师学习、钻研、探讨教学大纲和教材，每学期开学前安排时间组织任课教师，结合地方、学生实际，制定出切实可行的教学、教研计划，由学校进行评估。落实教学目标责任制，抓好日常教学管理工作。教学活动中，教师做到心中有本，有的放矢，克服教学过程中的随意性和主观主义的散漫教学方法，有力保证了教学质量的提高。加强教研教辅工作，对教学起到了主要指导作用，教学水平得到相应提高。同时，学校还对实验室、操作室、图书室等场所落实了岗位责任制，有力保证了教学活动的正常开展。

## 重视农科效应

学校本着实际，制定了有职教特色的"爱农、学农、务农、兴农"

的"四农"教育，强化了学生"爱祖国、爱人民、爱学校、爱专业、爱家乡"的"五爱"教育，引导学生练思想，学技术，德才兼备，为全县彻底摆脱贫困打下人才基础。

学校在教学实践中，努力实施科教兴农战略，重视本地科技"示范辐射"和科技服务，充分发挥自身人才、科技优势，依托遍布村村寨寨的在校生和毕业生，组成了以学校为中心的科技辐射网，把农科技术普及到农村，服务到千家万户。近年来，学校通过实实在在的示范宣传、带动，增强了广大农民的科技意识，掀起了农民学科技、用科技的热潮，科技真正成了千家万户脱贫致富的主导力量，许多毕业生成了推进农村科技的生力军，成了脱贫致富的"领头雁"。

## 培养农村新型农民

学校通过多方面办学，对学生始终坚持"走向社会，手脑并用，提高劳动者素质"的教育，努力培养农村科技实用型人才，涌现出了一大批毕业生带头学科技、用科技，带领群众共同致富的"排头兵""领路人"、致富先锋和新型农民。大坪镇的阳本富同学，从学校农学专业毕业后，在家搞起配套种植，带动了全村的种植业发展，取得了良好的经济效益。八布乡的田维俊，毕业后在八布街上开起了兽医门诊，利用在校所学知识为当地群众的畜禽治病，解决了当地群众的一些实际困难，深受群众好评。杨万乡的龙俊吉，把在校所学兽医理论和养殖相结合，在家搞起了养殖业，年纯收入 2 万多元，成了该乡的致富先锋。一大批致富先锋的涌现，带动了全县近年来农民人均纯收入的快速增长，农业产业结构调整初见成效，有力地推动了经济社会的快速发展。

## 服务社会

努力体现学校对学生的服务。学校不仅健全了学生管理机构，而且还建立了学生就业"绿色通道"，与省内外学校联合办学，推荐就业。

努力体现学校对社会的服务。针对全县做强做大打工经济，民工外出不懂法，不懂技术和没有打工合格证书的现状，学校积极创造条件，派出教师，下到各乡镇和村委会培养农村富余人员。已先后培训 5 万多人次。

努力体现对国家的贡献。学校不仅为国家培养了 2000 多名毕业生，而且培养的学生没有在社会上滞留。更重要的是不少毕业生成了国家和企业的技术管理骨干。如麻栗坡县荣治公司总经理、董事长伍明荣，县国土资源局局长胡刚等，都是学校的毕业生。

## 喜人的教育教学教研成果

自 2000 年以来，国家开始实行高职考。四年来，学校高职考一路凯歌高奏，捷报频传，一年一个台阶，办学声誉日益提高，办学规模不断扩大。2000 年学校高职考，升学率达 83%；2001 年学校高职考，升学率达 100%；2002 年高职考，46 人参考，录取 43 人，录取率 93.5%，《文山日报》以新闻形式做了报道；2003 年高职考，79 人参考，66 人录取，录取率 85%；2004 年高职考，44 人参考，录取 33 人，录取率 75%。在教学取得喜人成绩的同时，教育管理也获得了许多荣誉。2001 年 4 月，学校被认定为县级"文明学校"，2002 年 10 月学校被认定为县级"文明单位"，2003 年学校被认定为州级"文明学校"。2003 年 9 月，学校被县教育局评为"教研先进集体"，2003 年学校被认定为"省级合格职中"。近五年来，学校有 3 名教师被评为省、州"先进教育工作者"，20 名教师被评为县级"优秀教师"。此外，教研硕果累累，30 多位教师在国家、省、州级各类刊物上发表教育教学论文 80 多篇，其中项正文老师一人就发表 40 多篇。

## 展望未来　重任在肩

近几年来，学校求实进取，取得了可喜的成绩，管理上了一个台阶，教师水平有了不同程度的提高，学生实际水平和操作能力逐年得到加强，学校渐渐地受到各方面的瞩目。学校在县委、县政府、教育局的直接领导下，不断努力，抓好硬件建设，不断克服困难，为全县经济振兴不懈地探索着。

抚今追昔，备感自豪；

展望未来，重任在肩。

回首学校走过的历程，这是全体教职工的骄傲。展望未来，任重道远。学校将一如既往，继承和发扬职中的优良传统，认真总结职中的办学经验和特色，借鉴州内外、省内外优秀职中的成功办学经验，把握全县农村致富带头人，教育为经济和社会发展服务，重视人的个性发展和创造能力等这些特征，深化教育体制改革，探索有边疆特色的职教办学模式，全面推进素质教育，适应全县经济社会发展和学生个性发展的要求，探索学校办学体制进一步改革，强化教师队伍建设和全面素质的提高。

现在，面对更大的发展机遇，更广阔的发展空间，党支部书记、校长杨秀洪满怀信心地表示：学校将以只争朝夕的精神，争取在全县中等职业技术教育模式探索方面有所作为，为全县农村经济社会发展做出更大的贡献。在学校发展方面，争取今年招生达300人，力争明年达到"省级示范性职中"，2010年达到和进入"省部级重点职中"行列。

（本文写于2005年5月）

# 边疆民族教育的奇葩

始建于 1980 年的麻栗坡县民族中学，已走过近三十年的发展历程，为麻栗坡县培养了大批优秀的民族人才，创造了不少骄人的教育教学业绩，成为边疆民族教育的一朵奇葩。

学校现有教职工 162 人，其中专任教师 121 人，中学特级教师 1 人，中高教师 23 人，中级教师 37 人；有 36 个教学班，其中高中 24 个班、初中 12 个班，在校学生 1800 余人，少数民族学生占学生总人数的 70% 以上。

学校自建校之日起，结合边疆民族地区实际，确定了"以德育为首位，以教学为中心，以质量为根本，以科研兴学校"的办学指导思想，坚定不移地把握"全面贯彻党的教育方针，全面实施素质教育，为高一级学校输送大批优秀新生，为发展边疆民族经济培养合格人才"的办学方向，严守"严谨办教兴国，勤奋求知立身"的校训，卓有成效地开展好各项工作。

学校坚持以人为本，以德育为先，以德育促教学质量兴校为宗旨，认真抓好抓实德育各项工作。依据《中学德育大纲》《云南省中学德育分年级实施意见》等德育办法，学校先后制定了《麻栗坡县民族中学德育实施办法》《麻栗坡民族中学德育量化评分办法》等 5 个德育规章制度，对师生进行了全方位、多层次的德育量化考核评比。对教师，要求做到率先垂范，以身作则，为人师表，以健康的身心、高尚的情操熏陶和感染学生，做好学生的表率；对学生以出勤、卫生、纪律三大板块 20 项内容，每天进行量化评比，每周由德育处总结汇报情况，表彰先进，鞭策后进，使全校班与班之间形成了比学习、比纪律、比出勤、比卫生的良好氛围。学校先后获得了县、州、省级的"德育先进集体"。

学校不仅抓好师生德育工作，还积极针对边疆民族学生文化基础较差的实际，确立了"以学生为本、以课堂为突破口"的教改观，着重抓好课堂教学这一主渠道。课堂教学做到"一切为了学生、为了一切学生、为了学生的一切",充分调动学生的积极性和主动性,发展学生的个性特长;另外坚持抓基础、减负担、低起点、高要求、慢速度、严施教、勤辅导、多启发的教学原则,努力做到"六个最优结合",即教师的主导作用与学生的主体作用最优结合、教法改革与学法指导最优结合、传授知识与培养能力最优结合、课堂教学与课外实践最优结合、统一要求与因材施教最优结合、传统教学手段与现代教学手段最优结合。通过优化课堂教学,使教学质量逐年提高。

教学质量的提高,还必须得益于教师素质的提高。近年来,学校为了提高教师的业务素质,不惜财力和物力,先后制定和出台了一系列关于提高教师业务素质和能力水平的措施与办法:一是先后派了56名教师到上海、广西及昆明等地进行各为期1~2个月的进修学习,接受外地先进的教学经验和教育理念;二是全校专任教师121人参加了继续教育;先后有82人次参加上级教育主管部门组织的长短期培训班培训,学校11次利用寒暑假聘请上海、昆明等发达地区中学的教育专家、学者30人次到学校对全校专任教师121人进行全员培训,使教师们的知识结构向广、博、精、深方面发展;三是学校有计划地安排教师离职进修或函授提高学历,已有2位教师获得硕士学位研究生学历,56位教师获得本科学历,31位获得专科学历,1位在读教育硕士,23位在读本科;四是教师积极搞好教研,针对教学工作中的各种教学实际,撰写心得体会。至今,学校教师已有160多篇论文在各级报刊发表,40多篇论文获各种论文竞赛一、二、三等奖。

学校针对90%的学生来自农村,贫困面大的实际,积极实行献爱心资助活动。为了解决贫困生读书难的情况,近年来,学校共为237名贫困生减免了书杂费10万余元,寻求社会资助金额累计25.8万元,用于资助520名贫困生,其中麻栗坡县盘龙砖厂厂长胡良才每年捐资6000元资助6名贫困生,65名教师捐款1.5万元,资助150名贫困生。在学校、社会和教师的资助下,田武兰、林国锋、李有许、卢波、蒋光荣等150名受助贫困生先后考取北京交通大学、国防科技大学、中央民族大学、中央财经大学、华东师范大学等全国重点名校。

二十年来,麻栗坡县民族中学广大教师认真履行教书育人职责,工作中任劳任怨，积极探索现代教育教学规律，不断提高教育教学水平，使学校取得了骄人的办学业绩。从建校至今，学校已毕业 18 届学生，共 6224 人，其中初中 3259 人，高中 2965 人；中考升学率二十年来一直名列全县所有初中第一，高考升学率 2004 年 169 人参考，上线 123 人；2005 年 152 人参考，上线 106 人；2006 年 295 人参考，上线 174 人；2007 年李有许、卢波两位同学摘取了麻栗坡县高考文科第一、二名，林国锋同学摘取了麻栗坡县高考理科第一名。一大批农村民族学生从这里进入北京交通大学、中央民族大学、中央财经大学、华东师范大学、黑龙江大学等深造。

现在，从民中毕业外出学成归来的大中专毕业生，有的成为党政领导干部，有的成为经理、厂长……为社会创造着丰富的财富，为边疆的经济建设和社会发展做出了卓越的贡献。民中的办学业绩，得到了上级党政部门和教育主管部门的充分肯定。教职工先后有 142 人次获得县、州、省级的"优秀教师""优秀共产党员""先进教育工作者"和"优秀党务工作者"称号；教师中有 406 人次在各种竞赛或各级考试中因成绩优异受到县委、县政府或教育局的表彰奖励；学校先后获得县、州、省的"民族团结进步先进集体""德育先进集体""教育教学先进集体""文明学校""五好"先进基层党总支等 86 项荣誉称号。这些荣誉已成为学校一笔巨大的精神财富，永远激励着师生员工求真务实，开拓创新，不断去创造新的辉煌。

现任校长冉正强说："现在的麻栗坡民族中学，正以新的面貌，乘着深化教育改革的春风，将日渐完善办学条件，不断提高办学效益，使民中真正成为边疆民族教育的一朵奇葩。"

（本文写于 2007 年 10 月）

# 用民族特色教育打造边疆民族教育品牌

走进麻栗坡民族中学，你可以看到不少学生穿着不同的少数民族服装走在校园里。他们会用少数民族语言跟你问好。在校园文化艺术周活动中，他们会拉着你跳彝族弦子舞、苗族芦笙舞、瑶族盘王舞……走进麻栗坡民族中学，感受民族学生坚韧、朴实、感恩的精神，你很难想象这里的民族学生有 60% 是贫困生。他们大都是祖祖辈辈没有走出山门的孩子。一双双渴求知识的大眼睛，鞭策着学校在办学中不断地提高教育教学质量，在德育上不断地塑造品德优秀、知恩感恩的新时代学生形象。本着这样坚定的信念，学校成了边疆民族特色教育的一朵奇葩。

学校创建于 1980 年，是省定公办全寄宿制民族中学，全称为"云南省麻栗坡民族中学"。学校发展至今，已有教职工近 500 人，学生 6200 余人，少数民族学生占 80%。近年来，学校围绕打造"边疆民族特色教育"为目标要求，非常注重民族特色教育的探索，始终以把少数民族学生培养成维护祖国统一、反对民族分裂、加强民族团结、立志建设祖国的人作为学校教育教学的重要任务来抓紧抓好，并站在讲政治的高度，针对少数民族学生的特点来搞好少数民族特色教育工作，使学校各项教育工作处处体现出民族特色。

## 教学管理体现民族教育特色

学校结合边疆少数民族地区的特点，结合学生来自不同民族地区，风俗习惯各异，能歌善舞的独特优势，认真开展各种内容充实、形式多样的民族特色教育建设活动。每个假期布置学生收集民族民间传说故事；每学年定期举办全校性的大型民族艺术表演活动；开办民族器乐演奏活动。通过富有民族特色教育的学校文化建设活动，让各少数民族学生在民族文化中得到了美的艺术熏陶，受到了中华民族自豪感的教育和启迪。

学校有一批优秀的本地土生土长的少数民族教师，他们懂少数民族语，会唱少数民族歌曲，熟悉民族传统体育竞技。为了更好发展民族特色教育，弘扬民族特色文化，与现代教育相结合，争创一条适合民族地区的有特色的教育发展之路。多年来，学校充分利用本土资源，本着继承和发展优秀民族文化的需要，开始了民族民间文化教育项目的实施工作——把少数民族喜闻乐见的体育运动、民族民间文化引入课堂，把民族知识教育、民族体育和民间歌舞纳入教学计划，狠抓民族艺术和民族体育教育活动。如体育老师教学生学习"吹枪""射弩""陀螺"等方法和规则。音乐教师教学生民族舞蹈，包括瑶族的"盘王舞"、彝族的"欢乐的火把节"、苗族的"踩花山"的舞曲和舞蹈动作。通过对民族传统体育艺术的教育，使学校毕业的民族学生至少会唱两三首民族歌、会跳两三个民族舞、能参加一两项民族传统体育运动。2013年12月州第九届民运会，学校苗族女生陶兴秀参加高跷竞走，取得良好成绩，获季军。

另外，学校还组织学生利用假期进行民族节日、民族风俗、民间故事等方面的社会调查。学校一年一度的文化艺术周活动，更是师生发挥特长、展示才艺的大好时机。各少数民族师生在这个舞台上尽情地展示各民族的风情、风采。现场欢歌笑语、掌声阵阵，令人如痴如醉，场面十分欢乐、祥和。

学校为了探索各民族学生教学质量的捷径，挖掘各民族学生的潜力，解决部分民族学生比较胆怯、基础薄弱的问题，把他们分配给各班科任教师进行个别辅导，克服他们的自卑心理，增强他们的自信心和自豪感，再加之他们有特别能吃苦的优点，这些学生的学习成绩进步很明显。如语文教师发现苗族学生语文成绩普遍比其他同学好，就组织大家探究这一问题。结果发现苗族群众在日常生活中特别注重孩子交往，让孩子在语言运用方面得到了很好的熏陶。这一发现，让同学们感受到了学习与生活的关系，激起了同学们学习探究问题的热情，促进了同学们学习成绩的提高。如英语教师针对彝族语言、苗族语言、壮族语言与英语的发音有相似之处的特征，鼓励彝、苗、壮族学生比较英语发音与本民族语言发音的异同，极大地激发了少数民族学生学英语的热情。

学校是寄宿制民族中学，特别注重对少数民族学生的教育管理。学校基于寄宿制的办学特色，确保校园安全，对住校民族生实行"封闭式管理",对民族生的学习、生活、饮食、起居进行 24 小时全天候管理,全体教职工"五到位",即认识到位、关心到位、教育到位、管理到位、服务到位,逐步摸索出一套寄宿制管理规律,使各少数民族学生在学校里就像在一个大家庭里,和睦相处。

## 文化建设体现民族艺术特色

学校教学楼各层走廊里悬挂着配有文字简介的 56 个民族的图片,使观者不由自主地接受多民族知识的学习,对少数民族有简单直观的了解。同时,还悬挂有学校建设发展中的功臣、名人的照片和简介,教育学生感受学校历史文化,感恩前人的努力,以学校为荣,激发学生为班级、学校以至于为社会做贡献的决心。校园内显眼的地方,雕有栩栩如生的民族人物的塑像,使走入校园的人们直观生动地了解到民族形象,加强汉族对少数民族的了解。篮球场两侧制有少数民族运动比赛场面的宣传板,使师生走在校园里时时能感受到少数民族运动的熏陶。文化长廊宣传板上展示学校的重大活动内容及各班级集体活动,让学生从中受到教育,激发学生的集体荣誉感和自豪感。

学校每个班级的少数民族学生都会一项少数民族项目表演。全校每个班级都有各自的民族表演项目。每年秋季召开民族运动会,从指导思想到具体项目设置都体现出民族艺术特点,每个班级参加集体民族项目表演,作为运动会集体表演项目参加比赛打分。每年 9 月是民族团结教育活动月,通过班会、演讲比赛、民族知识竞赛、手抄报比赛等形式,以民族团结教育为主题,学习少数民族的民俗、习惯、文体活动和生活习惯等知识。每年 12 月,学校校园文化艺术周活动上具有民族特色的文艺节目,更生动地展示了各民族的特色和不同。民族学生在老师带领下自己动手做的民族服装,在文化艺术周的现场生动地展示,赢得全校师生的喝彩。每年新生入学,组织学生唱校歌,以班级为单位参加比赛,使学生入校就感受到学校民族大家庭的和谐。入学教育里还有参观校史展览,看到过去学校的每个历史阶段的发展,使学生们从校史的参观中,对少数民族的杰出人物有一定的了解,让他们入校就对学校产生好感,更容易接受老师的教育。

## 民族团结教育体现"民族和谐教育"特色

学校打造的"民族和谐教育"特色是指：把贯彻党的教育方针与民族政策有机结合起来，以民族团结教育为核心，以培育优秀民族人才为目标；秉承"让每位教师幸福发展，让每位学生健康成长"的办学理念，积极推进民族和谐教育建设，以文化润泽师生，使各民族师生和谐共融、和谐共建、和谐发展。"民族和谐教育"有两个显性标志，一是"民族团结教育"：借助环境文化建设、课程文化建设以及行为文化建设等途径，强化民族意识、传承民族文化、培育民族情感、弘扬民族精神、树立民族责任、促进民族团结；二是"各民族师生和谐发展"：以和谐文化建设为载体，以培育具有深厚民族情怀、全面发展的合格学生为目标，使学校成为各民族师生和谐共融、健康成长的幸福乐园。

学校着力从六个方面实施民族和谐教育特色创建工作。一是精神文化建设。通过民族和谐教育特色建设，努力实现以"一训三风"为主要内容的师生思想道德素质的显著提高，实现以格调高雅、丰富多彩为基本要求的校园文化生活质量的显著提高，实现以良好的校园秩序、优美的校园环境为主要标志的校园文明程度的显著提高。二是制度文化建设。围绕学校民族和谐教育特色建设，修订、充实、完善学校行政管理、教育教学科研、工资分配及奖励等各项规章制度，促进学校特色发展。三是课程文化建设。努力构建"和谐互动、合作学习"的教学模式，创设高效和谐课堂。坚持以课程彰显特色，深入挖掘国家和地方课程中的民族教育元素，在学科德育中突出民族教育；以"民族情"为主线，积极开发开设校本课程，主要包括民族科学、民族文化、民族体育与艺术三大类，建立具有民族和谐教育特色的校本课程体系。四是行为文化建设。通过多种方式和途径，不断提高教师的民族政策水平和民族文化学识。在班集体建设中融入民族元素，以班为单位开展对不同民族既往历史、文化特色、风土人情、发展现状的研究。通过民族生十八岁成人仪式，帮助学生树立正确的世界观、人生观、价值观，形成正确的国家意识、民族意识和民族团结意识。五是环境文化建设。对学校环境进行整体设计改造，彰显特色，充分发挥环境育人的作用，增强师生的民族自豪感和民族自信心。重新命名学校现有建筑和道路，重新装饰设计教学区、办公区和实验区，做到既体现民族特色，又典雅大气，发挥好环境育人功能。对体育馆进行整体装饰设计，以民族体育运动、趣味活动为主要内容，装饰大厅和场馆内部，使民族特色更加鲜明。六是网络文化建设。进一步办好民族中学网站，增设"民族常识"等栏目，完善和丰富教育教学资源库，更好地体现民族和谐教育特色，使校园网成为传播先进校园文化、宣传学校办学特色的展示平台，成为为师生提供优秀网络文化产品、组织网络文化活动的服务平台，成为教师高效教学、学生自主学习的发展平台，成为学校与社会、教师与学生等多层面沟通的交流平台。建立民族中学网络电视台，丰富各民族师生校园文化生活，展现师生精神风采和学校办学特色。

## 办学特色体现"特色强校"特色

学校坚持走"特色强校"之路，切实加强音、体、美等特长教育，注重文化氛围构建，民族特色教育绽放异彩。

夯实基础，营造优良环境。学校先后兴建了阅览室、多媒体教室、语音室、美术室、音乐室、舞蹈室等教学设施，省教育厅配备了民族弦乐器、管乐器、葫芦丝、芦笙等少数民族器乐，教学配套设施一应俱全，进一步满足了师生学习、生活、教学和课外特长教育活动的需求。目前，特长教育器材配备已达到合格学校音、体、美教学器材配备目录的一类标准，具备了符合自身发展需要的特长教育的必备硬件。

创新思路，挖掘发展潜能。学校针对各民族学生的现状，创新思路，挖掘特色，积极开拓自己的民族特色教育之路。首先推出了符合学校实际的"全面合格＋特长，整体规划＋选择"的分层教学法。把学生分为文化层和特长层，对特长层根据学生自身爱好，组成音乐、美术、体育等特长班，让学生在展示其特长的过程中找回自信，激发学习兴趣。每天开设第二课堂，各种体育比赛、器乐队排练、健美操等在第二课堂中闪亮登场，形成了学习音、体、美的热潮。

勤教善导，拓展生存空间。音、体、美等活动在学校有深厚的基础，人才辈出。学校倡导"把职业当事业，把学科当学问"的工作理念，引导教师树立正确的教育观、质量观和人才观，不断增强教师以身立教、教书育人的社会责任感。鼓励教师以教研组为单位，开展教育教学研究，不断提升教师的教研能力和理论水平；鼓励教师业务进修，邀请专家、学者来校讲学，组织教师赴先进学校考察学习，使一批批教学能人脱颖而出。近年来，学校教师先后有 868 人次在国家、省、州、县级的教育教学竞赛和论文评选中获奖。高考有 600 多名特长生考取本科院校。

由于学校特色教育突出，成绩显著，2006 年实现历史性突破，有 7 人总分突破 600 分，最高分为 656 分。2007～2010 年 4 年间，上线率均为 95% 以上。2011 年上线率达 99.91%。2012 年、2013 年上线率达 100%。一大批民族学生从学校进入中国科技大学、中国地质大学、中国石油大学、中央财经大学、中央民族大学、中南民族大学、解放军信息工程大学、解放军理工大学等国内重点大学深造。此外，学校民族生有 500 多篇作品在国家、省、州、县级报刊上发表，169 件作品获得省、州、县中学生科技论文竞赛奖。教师参与出版教育著作 2 部，发表论文 380 余篇，146 名教师成为省、州、县级学科带头人和骨干教师。720 余人次受到全国、云南省、文山州、麻栗坡县有关部门的表彰和奖励。学校先后获省级"文明学校""德育工作先进集体"，省政府、州政府授予"民族团结进步模范集体"，州、县的"教育教学先进集体""教研先进单位""高考综合成绩第一名"等 586 项殊荣。

探索是艰辛的，也是快乐的。经过努力，学校民族特色教育终于闯出了一片光明的前景。然而，成绩只能代表过去，学校将把取得的成绩，作为前进道路上的新起点。多年来的经验和不足，亦将成为学校今后工作的航标，帮助学校把民族特色教育继续推向深入。目前，"文化立校、特色强校、创民族特色教育学校"已成为学校广大师生的共同目标。学校将坚守民族特色教育之路，走出一条灿烂的阳光大道，成为边疆民族教育一颗璀璨的明珠，成为边疆民族教育的品牌。

（本文写于 2014 年 6 月）

# 打通麻栗坡民族中学
# 教育改革的最后"一公里路"

## ——麻栗坡县人民政府与文山州第一中学合作办学纪实

近三年来，麻栗坡民族中学的教学质量究竟怎样了，怎么得不到全县广大人民群众的认可了，而且是怨声四起呢？2014年8月12日，麻栗坡县人民政府与文山州第一中学签订联合办学协议，翻开了麻栗坡民族中学办学历史上崭新的一页，意味着麻栗坡民族中学教育改革发展轨道的彻底转换。

党的十八届三中全会要求"深化教育领域综合改革"。这是党中央对我国当前教育改革发展面临的新形势、新挑战、新任务做出的重大战略判断。这个战略判断充分表明：我国当前教育改革和发展已"进入攻坚期和深水区"，面临的社会矛盾极其复杂、利益诉求极其多样、利益格局调整极其艰巨、体制机制改革任务极其繁重。

"改革是教育最大的红利"，唯有如此，别无他路。麻栗坡民族中学教学质量的下滑，引起了麻栗坡县委、县政府的高度重视。县委、县政府为了破解麻栗坡民族中学教学质量下滑的问题，加快麻栗坡民族中学教育改革发展的机遇，打通麻栗坡民族中学教育改革的最后"一公里路"，2014年7月底至8月初下大下足力气，"真刀真枪"硬碰硬推进改革。

## 学校发展——源远流长

麻栗坡民族中学，创建于1980年，是省定公办全寄宿制民族中学，全称为"云南省麻栗坡民族中学"。2005年，麻栗坡县委、县政府为突破全县高中办学"瓶颈"，切实解决县一中校舍严重不足及民中校址地质滑坡的问题，决定将县一中与民中搬迁至城南独田片区扩建办学。迁建项目于 2008 年 8 月动工建设，通过三年艰苦努力，2011 年 3 月 1 日正式投入使用，累计投资近 3 亿元，建成占地 670 余亩、建筑面积 8.7 万平方米的全州乃至全省"硬件一流"的新的麻栗坡民族中学。县一中、民中、盘龙中学、豆豉店中学于 2011 年 3 月迁入新校区合并办学，2011 年 8 月董干中学高中部并入新校区合并办学。2011 年 11 月 18 日合并后的新校区命名仍为"云南省麻栗坡民族中学"，照样属省定 19 所民族中学之一。

麻栗坡民族中学迁入新校区办学以后，学校保持教学班级在 110 个以上（高中教学班级 60 个以上，初中教学班级 50 个以上）。如今，学校已发展到 120 个教学班级，有在校学生 6200 余人，教职工近 500 人的规模。

## 改革缘起——质量下滑

随着多校合并办学，师生众多难管理等现象的层出不穷，造成了学校教学质量的快速下滑，引起了全县人民的强烈不满。虽然县委、县政府于 2008 年出台了《麻栗坡县高考成果奖励办法》，对考上一本的考生给予一次性 2000 元的奖励；2011 年出台了《麻栗坡县免除普高在校学生学费和住宿费的实施意见》，每年免除普高在校学生学费和住宿费总计 150 余万元的相关政策，但是麻栗坡优秀学生还是留不住。

2012 年、2013 年、2014 年三年来，麻栗坡民族中学高考成绩总体下滑，处在全州八县（市）下游水平，一本上线分别为 45 人、34 人、22 人，本科上线率分别为 55.8%、55.7%、40.9%。2014 年春季学期，八年级考试成绩位居全县倒数第一，九年级初中学业水平考试综合成绩位居全县倒数第一。社会各界议论纷纷："为什么民族中学本科上线率逐年下降？初中教学成绩还有几个全县倒数第一？"

有一组这样的统计数据：2012 年、2013 年两年，全县初中毕业生学业水平测试总成绩 900 分以上的分别为 529 人、458 人，在民族中学读高中的则分别只有 244 人、206 人，一半都不到；2014 年，全县初中毕业生前 150 名仅有 43 名学生填报民族中学，且全县每年都有 200 余名小学优秀毕业生到文山大同中学等学校读初中。

延伸分析不难发现，全县各族群众对麻栗坡民族中学失去了信心。虽然家门口就有全州乃至全省"硬件一流"的学校，但优秀学生还是大量外流，其父母为了照顾子女，也要申请调动，从而导致大量优秀人才流失。这一"多米诺骨牌效应"对麻栗坡县教育的危害很大，直接影响了麻栗坡县教育的发展。这些情况，也牵动了不少家长，引起了县委、县政府的高度重视。

## 广泛调研——坚定信心

2014年7月底至8月初，麻栗坡县委、县政府责成县人大、县政协对麻栗坡民族中学教育改革发展进行专题调研和视察。发现存在问题集中表现在三个方面：一是管理体系不健全。"四校"合并以后，缺乏管理经营"大学校"的方法和经验，管理粗放、机制不活，教师积极性不高；二是校园文化建设薄弱。办学理念不清晰，没有形成良好的办学观念、价值观念、生活观念和与一流高中相匹配的"学校精神"；三是优秀教师和优质生源外流严重。仅"四校一点"合并以来，优秀教师外流近60人，优秀学生外流超644人。

经广泛征求各级各部门干部职工、民族中学师生、学生家长代表、离退休干部等社会各界人士的意见建议和发放"问卷调查表"，96%以上的支持改革，特别是民族中学教师大多数拥护改革，与各族群众的迫切希望一致。

随后，县委、县政府就民族中学教育综合改革向各乡镇党委政府、县委各部委、县直机关各办局、各人民团体和企事业单位征求意见建议，下发征求意见表79份，同意改革76份，无意见3份。最终76份"同意改革"的结果接地气，反映群众真实愿望。县委、县政府下定决心，对麻栗坡民族中学进行"破冰"改革。

## 合作办学——唯一出路

2014年8月初，麻栗坡县委、县政府在广泛调研的基础上，得出了大量的全面的"第一手资料"，那就是全县广大人民要求民中教育必须改革。于是，县委、县政府决策同文山州第一中学开展联合办学。8月12日上午，举行教育合作签约仪式暨召开麻栗坡民族中学教育改革发展启动大会，县委、县政府与文山州一中签订了《麻栗坡县人民政府、文山州第一中学教育合作协议书》。

签订协议书后，县委、县政府成立了麻栗坡民族中学改革工作领导小组，万玉梁县长任组长，明确了各部门职责分工，即县政府教育督导室充分发挥督管、督教、督学的职能作用；县教育局切实加强组织协调、管理指导和服务工作；县财政局按时划拨各项资金；县人社局为自主招聘、解聘教师提供政策服务；县委宣传部大力宣传民族中学教育改革发展重大举措，让社会广泛了解、积极支持；县纪委对违反政治纪律、制造谣言蛊惑人心的，依法依纪严肃查处等。

合作签约仪式上，县委书记刘扬的讲话，代表了全县社会各界和各族群众的心声。他说："在座的各位绝大多数都是生于麻栗坡、长于麻栗坡，我们都要扪心自问，为什么民族中学的教育质量问题成为社会热议的焦点？为什么在开展党的群众路线教育实践活动征求意见中，各族群众对民族中学的办学质量反映强烈？为什么近年来县'两会'期间代表委员们提出那么多有关民族中学教育质量问题的议案提案或意见建议？为什么曾经辉煌的麻栗坡教学成绩特别是高考成绩近三年始终徘徊在全州下游水平？为什么麻栗坡的优秀教师和优质生源大量外流？为什么许多家长千方百计寻关系找门子，耗费大量的精力、财力、物力，把心爱的孩子送到外地去读书学习？为什么每年高考以后，也是举报信访最多的时候，很多信访件、举报信有关民族中学领导班子和教学管理的言辞那么尖锐？"这令人深思的"七个质问"，让与会人员思想上产生了深深的共鸣，整个会场鸦雀无声。刘扬详细分析说："冷静思考，平心而论，造成这种局面，是县委、县政府重视不够吗？应该说，县委、县政府对教育、对民族中学的重视程度在全州乃至全省都是众口称赞的；是社会各界支持不够吗？大家也都看到，只要是建设学校，社会各界都慷慨解囊、踊跃捐款，紫金钨业等重点企业还出资设立奖教助学专项基金；是师资力量不强吗？民族中学现有教职工438人，高级教师就有97人，研究生3人，在读研究生5人，本科学历多达378人；是教师待遇不落实吗？县财政供养人员中，教师占大多数且都及时足额发放；是生源质量不高吗？县一小、二小学生都在民族中学读初中。"听了刘扬的分析，大家得出一个共同结论："麻栗坡民族中学真的生病了，且病得不轻。"必须要进行教育改革，并且非改不可。

## 办学意义——影响深远

麻栗坡民族中学教学质量严重下滑，寻求的最好出路和办法，那就是开展联合办学。麻栗坡县人民政府与文山州第一中学开展高中合作办学，对麻栗坡县和麻栗坡民族中学来说，具有三点里程碑的意义，将产生深远的影响。

一是以开展第二批党的群众路线教育实践活动发力推动，直面解决高中孩子的成长、成才问题，找到精准的结合点；二是促进政府管理教育多元化向治理教育现代化转变，贯彻十八届三中全会精神达到前所未有的深度、广度和力度；三是在打造"英雄老山圣地、中国祖母绿都"两张名片的基础上，紧接推出高中合作办学，释放出县委、县政府深化改革"破冰攻坚"的强烈信号和坚强决心。

针对麻栗坡民族中学以往存在的诸多不利因素，确定改革重点主要有三个方面：一是充分体现学校办学自主权；二是完善学校管理机制；三是建立激励新机制。

针对当前社会上出现的不同声音，有些人赞同，有些人观望，有些人反对，有的甚至说教育合作是"卖校"。县委书记刘扬耐心解释说："我们不怀疑、不争论，用事实说话。我向大家说明三点，第一，县委、县政府推进改革的决心是坚定的，不会因为这样那样的言论而动摇；第二，县委、县政府的决策是经过反复研究的，不是头脑发热做出的决定。我们身边就有合作办学的成功经验，比如马关县去年与州一中合作办学，高中质量就有了明显提升，今年一本的录取人数从去年的 7 人提高到 42 人；第三，县委、县政府专门就民族中学改革问题向州委、州政府做了汇报。州委、州政府高度重视，纳杰书记、黄文武州长明确指示，必须坚持改革方向不动摇，确保麻栗坡民族中学改革取得成功。"

## 办法措施——强力推手

麻栗坡县委、县政府面对调研得来的大量的"第一手资料",深深感到麻栗坡民族中学到了十字路口,到了生死抉择的关键时刻。县委、县政府分别召开常委会和常务会专题研究,经过反复论证,一致决定改革,如果任其发展、顺其自然,将会丧失发展机遇,愧对28万父老乡亲。通过州委、州政府的支持和协调,州教育局、州一中的帮助和指导,县委、县政府最终确定民族中学改革模式,即"麻栗坡县政府与文山州第一中学开展合作办学"。

改革措施主要有四个重点,即在学校管理层设置方面:校长从州一中骨干教师中选拔,由州教育局、州一中、麻栗坡县委组织部组织考察,由县政府聘用,任职期限两轮,每轮3年,共6年,从2014年9月1日起至2020年8月31日止。校长具有中层干部的任免权,副校长由校长聘任,在国家和省、州、县政策规定和核定编制范围内,校长享有自主招聘教师和校内教师聘用权、解聘权。在建立激励机制方面:一是建立校长考核、奖励机制。采取年度聘用金与考核奖励相结合的方式兑现校长待遇,校长年度聘用金10万元,县政府与校长签订《校长考核目标责任书》,实行年度考核,超出目标任务给予奖励。副校长年度聘用金6万元,从县政府支付州一中工作补助经费中列支。二是建立教师激励机制。县政府每年安排200万元资金,用于高考奖励、高中教师培训、改革性奖励、课堂教学改革、教育科研、教研活动、招生工作等。每年安排100万元资金,用于中考奖励、初中教师培训、改革性奖励、课堂教学改革、教育科研、教研活动等。在教研教学及教师培训方面:教研活动、教学评价、各种考试等活动与州一中同步进行,选派教师到州一中挂职锻炼和短期培训,州一中安排一定数量教师到民族中学开展教学研究和上示范课,交流互动、资源共享。在支付州一中费用方面:县政府每年给予150万元的工作经费补助,主要用于教学及教研工作完成情况补助,月考、期末考试卷制作、印刷、考务,聘请国内中考、高考专家莅临指导,选派教师到州一中挂职锻炼和短期培训,以及州一中派出的副校长的年度聘用金等费用补助。

## 确定目标——提质出绩

麻栗坡县委、县政府把麻栗坡民族中学的教育发展定性为采取联合办学和完善办法措施以后，最终的结果就是明确目标，力争通过改革，使学校"提质量、上档次、出特色、创品牌"。

"提质量"即 2015 年一本上线达 50 人以上，2016 年达 70 人以上，2017 年达 80 人以上；"上档次"即争取明年最迟后年达到一级完中办学水平；"出特色"即办出麻栗坡特色，把麻栗坡民族中学打造成为西南边陲的靓丽名片；"创品牌"即全面提升麻栗坡民族中学在州内乃至省内的知名度和良好形象。

麻栗坡县委、县政府与文山州第一中学采取联合办学的模式，意味着麻栗坡民族中学教育发展轨道的彻底转换，必将极大地解放麻栗坡民族中学的教育生产力、解放麻栗坡民族中学的创造活力、解放麻栗坡民族中学学生的发展活力，必将推动麻栗坡民族中学教育改革步入健康发展的新轨道。

（本文写于 2014 年 9 月）

# 百年名校的心灵教育梦想

## ——写给文山州第一中学百年校庆

在文山州，有一所基础教育学校，从建校以来，一直是文山地区的名校。今年 11 月 12 日，这所学校，将迎来 100 岁的生日。这所学校，就是文山州第一中学。

这所学校，占地面积不大，校舍也不宏伟，但是这所学校在 2003 年以后，它的教育教学质量迅猛提升，得到了全州干群的高度认可。

我们知道，一所理想的学校，并不在于它占地面积的大小，并不在于它有多么宏伟的校舍，而在于它的教育管理是否先进，是否合理，是否得到人们的认可，在于它的教育教学质量是否得到社会的高度赞誉。

这所学校，它志存高远，尚德笃学。历经多次更名、校址变迁，永远传承百年老校励精图治的精神，并着眼未来，不断地提升教育教学质量，创造性地培养人才是它永恒的追求。

## 回眸篇

文山州第一中学创建于 1916 年，前身"文山等四县联合中学"是文山州最早的中学，当时校址在盘龙河畔五子祠，历经"云南省立第四中学""云南省立开化中学""云南省立开化简易师范学校""云南省立文山初级中学""云南省立开广中学""云南省文山中学""文山第一中学"等名称变更，1959 年定名为"文山州第一中学"，1960 年迁到西山东麓秀峰路 158 号至今。

文山州第一中学现有南门、东门、西门三个入口。在现在西门——新大门左侧挂着校名，白色做底，烫金为字，上书"云南省文山州第一中学"。同时，台阶最底台中间红色衬底，也刻着"文山州第一中学"。

校名不算太显眼，也不算太大，但它那样安静地挂和刻在那里，提醒着路人，这就是文山州内最久负盛名的中学。这所中学，建校迄今，恰满100周年。

### 较早的近代学堂

文山旧属临安三长官司地（教化、王弄、安南），地处边疆，是少数民族聚居的地区，在漫长的封建社会中，部族头人互相掠夺，兵戈相防，旧未设学。

1615年（明万历四十三年），八寨阿雅第二十六代土司龙上登奉命进京继承土司职位时，在京广交朋友、求教名宿，增长才干。经过一段时间的学习和访问，深感中原文化的繁荣和博大精深，为处于边疆之地的落后愚昧忧心，边疆要发展，一定要用文化来启迪心智。龙上登从京返回后，在五子祠立孔庙，兴教化，引进中原文化。从此，偏远边疆才有了名副其实的学校，文山各地才先后开办书院、义学、私学。

1640年（明崇祯十三年），胡璉从建水弃官回到王弄长官司地黑抹隐居设帐授徒，为文山设学之始。1667年（清康熙六年），开化首任知府刘昕在府东城内兴建大殿（今州群艺馆）初设府学。1688年，知府张仲信增建两院和明伦堂。1693年，知府沈宁改建圣宫名宦、乡贤祠。1694年知府李锡开凿泮池。1695年设训导署。1722年，知府吴文炎建棂星门、两院。

1734年（雍正十二年），知府宫尔劝、知县曹国弼重建魁阁及泮池牌坊。1880年（光绪六年），文庙迁至镇署东箭道后，旧址改建成五子祠学宫。1904年，清政府推行新政，宣布废除科举、兴办学堂，学宫改学堂。从清初建学宫到清末废除科举的240余年间，五子祠学宫共造就贡士128人、拔贡29人、举人49人、中进士6人、点翰林2人。

1907年（光绪三十三年）清政府颁布女子小学章程，分初、高两等各四年，文山首建劝学所，并于五子祠创办新学制高等小学堂，时有学生90余人。1909年（宣统元年）高等小学堂第一批毕业生：吴文瀚、欧阳宗、曾启隆、晋翘南、韩恩祺、李瀚儒等6人考入云南省优级师范、戴永萃、周永祚等二人考入云南讲武学堂。1912年（民国元年）1月1日，成立南京临时政府，4月组成中央教育部，蔡元培任教育总长。中华民国（南京）临时政府教育部公布小学校令，将学堂改为学校，废除癸卯学制，实行新学制。1913年，楚图南在五子祠学堂小学结业，离开文山到昆明求学，后经昆明联合中学毕业考入北京高等师范史地系。1916年，新学蔚然兴起，文山、西畴、马关、屏边等四县在五子祠学堂小有成就的基础上，创办"文山等四县联合中学"，学制四年，文山州第一中学前身就这样诞生。

### 百年流芳，以德育人

"辛勤耕耘百余载，独具特色育新人"。百年来，文山州第一中学为社会培养了数以万计的德、智、体、美、劳全面发展的合格毕业生，为高校输送了数以千计的优秀学生。

这所学校在创建之初，就已名声大震。据校史大事记记载，这所学校自创办之初，就是教育名人名家担任校长并精心治理学校。

不管作为这所学校的创办之人开始，还是到了后来这所学校的各任管理者，他们无论哪一个在任上，都为学校的发展勤勤恳恳，兢兢业业，一心扑在精心治理和管理学校的工作上。

虽然学校校名多次更迭，但是对于带着"发展、创新"基因而生的这所学校的每一任领导者，都注重以"德"育人，以"教"为中心，秉承"传统"精神，继而开拓创新，着力培养学生自我管理能力，渗透求实、求新、创新、发展的教育思想在不断传承。

2003年，为了更好地提高教育教学质量，文山州委、州政府率先在文山州第一中学进行了轰轰烈烈的农村基础教育综合改革，下大力气来办好文山州第一中学。时任麻栗坡县常务副县长的钟子俊同志，通过层层严格考聘，不当县长当校长，走马上任文山州第一中学校长。

站在新的起点，不仅要承前启后，更须与时俱进和开拓创新。

为此，在钟子俊上任后的领导班子集体中，通过酝酿，提出了"创多元特色，创一流品牌"的办学理念；提出了"志存高远，尚德笃学"的校训，提出了"治学严谨，启迪有方"的教风，提出了"虚心好学，严于律己"的学风；提出了"高站位决策，低重心运行，近距离服务，精细化管理"的管理理念。同时，学校给学生制定了成长五目标。第一，明确一个目标：我以德才赢未来；第二，铭记两句校训：志存高远，尚德笃学；第三，崇尚三大品德：胸怀大爱，培养大智，担当大任；第四，行为四对导航：对人宽容，对己克制，对物珍异，对事尽责；第五，树立五一形象：站立一棵松，走路一阵风，坐姿一架钟，说话一口通，学习一等功。要求学生必须遵守的行为规范：第一，自尊自爱，注重仪表；第二，真诚友爱，礼貌待人；第三，遵规守纪，勤奋学习；第四，勤劳俭朴，孝敬父母；第五，严于律己，遵守公德；第六，知荣知耻，明辨是非。

文山州第一中学，经过农村基础教育综合改革的辛勤努力，如今学校变得校园整洁，绿树成荫，现代装修一新、颜色一致的E字形教学楼图书馆教学楼与洋溢历史气息和现代气息的升旗广场、清香林相得益彰。宽敞明亮的体育馆、红绿相间的塑胶运动场、功能齐全的篮球场、温馨童趣的走廊书吧，都渗透出校园里最纯粹的静雅和美丽。

经过十多年的农村基础教育综合改革，学校经历了重生，更重要的是，学校踏上了新的探索之路和发展之路。

十多年来，围绕学校发展，围绕师生发展，学校在改革前的两三年里，冒着风险进行改革，搬掉校长的"铁交椅"，抬走教师的"大锅饭"，深化人事体制和分配体制改革，用好现有基础教育资源，充足气力夯实学校基础性课程建设（即备好每节课、上好每节课、批改好每次作业）；随后的七八年，学校展望世界，望眼未来，开始派出大批教师到先进地区学习考察教学方法，学习教学模式，重新定位学校基础性课程建设，把课程梳理成"校本课程、活动课程、必修课程和选修课程四大类"；大力开展"自主、合作、探究"的教学方式，大力开展"高效课堂"教学模式等。最近一两年，学校在认真考察了省外一些先进学校的管理理念、办学模式、教学方式后，通过全盘考虑，学习并借鉴了河北衡水中学的教育教学管理模式，使学校的教育教学质量来了一次"质"的飞跃，一次"量"的突破。

现在，学校校本课程以"阅读"与"写字"为主要特色，必修课开发了"嵌入式"课程，即课间植入体育技能训练（大课间课程）。大课间课程（跑操）和"三会一节""开学课程""毕业课程""社团课程"

为学生的课外生活和技能技巧提供了快乐的源泉和有力的保障。

十多年来，学校通过农村基础教育综合改革，精心的耕耘逐渐有了收获。如今，学校变成了文山州内最好的中学，是文山州内普通中学的窗口学校、龙头学校、骨干学校。学校通过改革，取得了办学规模扩大、教学质量提高、国有资产增值、办学步入国际化轨道的四大成果。

## 蝶变篇

从 2003 年至今，说起来只是一句话，但是对于文山州第一中学来说，它所走过的路并非一帆风顺。它的改革，在困境中起步，在艰难中前行。

2003 年，钟子俊同志走马上任文山州第一中学校长的岗位，开始实施他的治校管理方略。

### 穿越"深水区"

人事制度改革。艰难闯关，步步辛苦；群众参与，公开透明；当场评分，保证公正；接受监督，保证严肃。

教师"大流动"。教师流动彻底放开。学校自主招聘教师。教师可上可下，可去可留。

教师"大洗牌"。学校实行全员竞聘上岗，不论是教学岗位，还是工勤岗位，一律拿出来竞争。初中教师可竞聘高中教师岗位，工勤人员可竞聘教学岗位。

分配制度改革。能者上，平者让，庸者下。多劳多得，少劳少得，不劳不得。激励教师自我学习。

### 公布手机号

改革带来了不少教师的不满，引起了不少教师的抱怨。为了教师有话能找到说处，校长公布了手机号，让教师们有什么话说出来进行解决。天长日久，教师怨言从多到少，安心教书和工作了。

改革后，学校注重抓高考升学率，但为了学生全面发展，真正推行素质教育，学校在调研的基础上，掀起了活动风暴，建立起了各种各样的"兴趣小组"，培养和发展学生的爱好。不料，因为占用时间多，遭遇到家长不理解，说是"不务正业"。一些家长甚至为此去相关部门举报。于是，校长对社会公布手机号，让不理解的家长可以随时和他联系交流、沟通。

钟校长上任后，学校分部和班级，增加了开家长会的频率。家长会上，校长做了一个大胆的决定，向所有家长公布自己的手机号，"有什么问题，都可以直接找我。"

渐渐地，家长们明白过来了，矛盾也化解了，有不少家长很支持学校的教育教学改革，甚至爱上了开家长会。

允许学生说"不"。

在文山州一中，不管上课、做题和讲课，允许学生说"不"。学生答题、发言等，只要不是"天马行空"，而是言之有物，言之有理，就不能一棒子把学生打死。

"拿语文学科来说，课文中的一些观点、人物形象分析等，在不同的时代，社会对其都会有不同的认知。何况是一个高中生？所以，我们鼓励学生发表不同的意见和见解。但学生无论如何发表，得有个条件，那就是一定要有论据。"语文教师许庆如是说。

### 重拳直击"铁交椅"

改革之初，学校领导班子全体"卧倒"，先下后上。召开学校职工大会，领导进行述职，全体员工投票，最后公推领导班子候选人，进行校内公示，最后校长聘任。

### 组合拳砸碎"大锅饭"

针对学校教师"守摊子""混日子"的现象，学校进行了分配制度方面的改革，即实行三挂钩：教师待遇必须与工作责任挂钩，与工作量挂钩，与工作绩效挂钩。实现多劳多得，责大多得，优劳优酬。激发了教师工作的潜力。

### 绩效量化考核明职责

绩效量化考核，使制度的刚性化得以实现，保证了制度的严肃性和权威性，使制度之外的潜规则失去了市场。同时，以绩效量化考核为主线，实现了"以绩定酬、以量定酬、优劳优酬"的目标；解决了干多干少一个样，干好干坏一个样的问题。绩效量化明确了每个人的责任，让借口无处藏身；校长与分部主任的聘任合同，让集体的责任更加明确，形成强大的合力。

### 职称岗位管理合理化

为深化人事制度改革，建立健全岗位管理制度，实现人事管理的科学化、规范化和制度化，学校在职称岗位聘用方面制定了方案《文山州一中岗位设置定级办法》，实施"滚动式、常态化"的岗位聘用方式。虽然教师按政策确定了岗位级别，但是竞争有可能让原来的岗位级别发生变化，即低岗位级别教师有机会享受高岗位级别待遇，高岗位级别教师为了保住岗位要努力工作。建立职称岗位能上能下的长效机制，打破了职称岗位"一聘终身"制，真正让职称岗位聘用起到激励杠杆的作用。

自上而下的改革，彻底打破了原有的用人机制。"能者上，平者让，庸者下"的现实，让一批有群众基础，懂教学管理的业务骨干充实到学校管理层；"优胜劣汰"的现实，让教师队伍得到了优化；"收入能高能低"的现实，使教职工队伍的积极性得到最大限度发挥。

## 发展篇

现在，如果你身处在学校里，注意观察，你会发现不少学生在做着各种各样的活动。如果你在学校里面，花上一点时间，与学生聊上几句，你会发现学生说得最多的是各种社团的活动。

### 20 多个社团供选择

学生社团，是在学校团委领导下组织开展工作的团体活动。大多数社团是学生自发组织的。据初步统计，学校有社团20多个，包括"苗协会""壮学会""足球协会""街舞社""心音社"等各类社团。它们每周双休日下午，一般都会组织各种活动。有时，他们在寒暑假期间坚持开展社团活动。

"每学年，学生都可以自由报名，学校会通过双向选择的形式，根据学生自己的兴趣、特长选择合适的社团。学生对什么感兴趣，都可以去尝试。我们认为，对于学生来说，这个年纪就是要找到自己的爱好，在玩中学习技巧，这才有精益求精的可能。"学校团委成员冉伟老师如是说。

作为学校实施素质教育的"大舞台"，社团成立宗旨在于体现学校办学理念，开发学生艺术潜能、发展个性、增强能力、培养学生的团队合作精神和实践能力。

### 小组建设取得实效

2015年9月，学校开始实行班级小组建设，更好地体现学校班级的班风、学风管理。至今，各年级各分部各班在小组建设上，都取得了显著的成效。通过小组建设，学生培养了合作意识、团结能力、动手能力和表演能力。不少班级在班风、学风方面大为改观。

### 优先招生利于学校发展

文山州第一中学是文山州普通高中的一类学校，每年中考后属于第一批招生，是全州第一批录取的普通高级中学。面向全州招录优秀学生和定向招录优秀学生。通过十多年的教育招生优先录取权，学校基本总揽了全州的大多数优秀学生。使学校每年的高考成绩不断上升。考取清华、北大的人数从零到有，从有一两个到十多个，实现了质和量的突破。

## 创新篇

学校发展的道路，在不断地开拓，不断地创新。只有创新，才有出路。

師爱留给你

### 学习先进学校做法

2015 年下半年，学校领导和部分分部主任、教师代表先后到河北衡水中学学习先进学校的做法。回来后，进行大胆改革，首先改革课堂教学模式，实行讲授课、作业课、统练课三种课型模式。各种课型必须严格按照学校规定的方法、步骤操作。讲授课必须讲课；作业课必须让学生做作业，作业必须符合高考考试题型；统练课必须与高考试题、分值、题型吻合；作业课和统练课必须做到"四化"，即自习作业化，作业考试化，考试高考化，高考平常化。实施一个学期以来，取得显著成效。2016 年学校高考成绩骄人，23 人上清华北大线，一本上线 613 人，首次突破学校高考一本人数 600 人大关。

### 全面帮扶兄弟学校

文山州一中在取得成绩的同时，并没有孤芳自赏，而是应周边县的邀请，投入精力帮扶周边教育资源薄弱的县。

2013 年 8 月 19 日，马关县人民政府与文山州一中签订了《马关县人民政府　文山州一中教育合作协议书》，并聘任文山州一中校长助理林辉为校长。马关的教育发展从此掀开了新的一页。

2014 年 8 月 12 日，麻栗坡县为及时扭转民族中学普高质量下滑、初中质量滞后等不利局面，在掌握大量"一手资料"的基础上，经过反复论证，确定了民族中学改革的模式，即采取"麻栗坡县与文山州第一中学开展教育合作办学"的模式进行改革。麻栗坡县人民政府与文山第一中学教育合作签约仪式暨麻栗坡民族中学教育改革发展启动大会于当日在县公务大楼一楼报告厅举行。会上，麻栗坡县人民政府与文山州一中签订了《麻栗坡县人民政府、文山州第一中学教育合作协议书》。

文山州一中农村基础教育综合改革的做法和经验，已历时十多年。文山州一中的教育教学质量在改革中前进，在发展中总结，得到了前所未有的发展。文山州一中改革取得的成果及经验，将与全州各学校共享，以提高全州各高中教育教学质量，实现文山教育追赶式、跨越式发展。

教育教学质量的提升，受益的是家长和学生，群众的满意度得到了提升。现在，随着文山州一中改革工作的日益深入及新的管理、投资、分配机制的确立，一个以"改革、发展、创新"为主题的大舞台早已搭建。在这个舞台上，学校领导、教职工各司其职，在自己的岗位上各显"神通"：奉献精神、社会责任、自我价值相得益彰。特别是为"让更多的孩子受到更好的教育"而献身教育的教师们，都有着一个明确的信念在坚定地支撑着他们，这就是：农村基础教育综合改革以及教育综合发展所展示出来的那个天宽地阔的教育事业的发展空间。

凡此种种，从课堂到课外，从校内到校外，文山州一中教育改革已经历了十多年。如今，文山州一中已经完成了立体打造，不仅拥有了优美的育人环境、稳定优质的教师队伍，也取得了优异的教育教学成果、良好的社会口碑、科学成熟的办学模式，文山州一中达到了全新的高度。它的发展不仅见证着文山州教育的崛起，也为学校的优质化、精品化、特色化、内涵化发展奠定了扎实的根基。

心灵教育结硕果，团结一心书未来。文山州一中教育教学的改革、发展、探索与创新，正在续写着文山州教育改革的七彩华章。

（本文写于 2016 年 10 月）

# 农村基础教育综合改革的生动再现

## ——读钟子敬著《王金战解密文山州一中》有感

在文山州第一中学百年校庆上，我喜获钟子俊校长刚刚写完并公开出版，敬献给学校百年校庆，记录钟校长走马上任州一中以来学校发展历程的图书——《王金战解密文山州一中》。这本书，我一拿到手，心里就有一种说不出的激动，更有一种不快速读完誓不罢休的冲动。于是，我便开始利用校庆放假的空闲时间，认真阅读了这本书。读完这本书，我只用了一个晚上加一天的时间。通过阅读这本书，我从书中看到了钟校长独到的治校方略，现实性、实践性、开拓性、前瞻性强。这本书凸显了钟校长作为一位教育家在学校管理治校方面的政治远见和远大抱负。

这本书由四川少年儿童出版社 2016 年 10 月公开出版发行。钟校长是文山州农村基础教育综合改革（即文山州第一中学教育改革）的探索者、实践者、推动者和领导者，也是这一伟大教育改革过程的亲历者和见证者。该书是钟校长奉献给全省教育界的一部精品力作，是文山州农村基础教育综合改革的真实记录，生动再现了钟校长在文山州农村基础教育综合改革各方面的伟大探索和实践。书中钟校长用丰富的第一手资料回顾了他主政文山州第一中学十多年来，在进行农村教育综合改革各方面的有关重大事件，再现了他主政文山州第一中学十多年来，在进行农村教育综合改革各方面的伟大探索和实践。书中所记述的许多内容就是他主政文山州第一中学十多年来，在进行农村教育综合改革各方面的过程细节，以及十多年来所取得的成绩的故事。

该书图文并茂。前 4 页是插图，反映学校教育改革、管理模式、教学成绩等方面的图片。正文 212 页。正文前有序一、序二、目录。序一是王金战为本书作的序，序二是钟校长的自序。正文后有附录一、附录

二、附录三。正文部分分六章：一疾风暴雨；二问君能有几多愁；三敢问路在何方；四杀出血路；五冲出绝地；六我们走在大路上。每一章都有着系统的联系与关联，层层深入而又和而不同。

这本书为什么取名为《王金战解密文山州一中》？我个人认为，一是借助于名人效应解读推介学校走出去，使学校的办学思想、办学理念、办学模式等得到全社会和教育界的高度赞同和认可；二是真实记录文山州第一中学不平凡的农村基础教育综合改革的发展历程和成果，让后人记住这一历程和成果得来的艰辛与不易。

文山州第一中学的农村教育综合改革前无古人，没什么东西可借鉴，全是摸着石头过河，是一次伟大的教育探索和实践，每前进一步，都要冲破重重阻力。作为最初的试验者、开拓者、实践者，其勇气、精神、智慧、才干就格外令人尊敬。把这样一次伟大的教育开拓、实践过程记录和保存下来，也就格外珍贵。钟校长著的这本《王金战解密文山州一中》，就是文山州第一中学农村基础教育综合改革的真实历史记录。通过阅读这本书，我感觉文山州农村基础教育综合改革的历程不仅在当代，在后世也会焕发出不朽的光彩！

我读了这本书，感受颇深，这种感受包含以下三个层面。

第一个层面，这本书生动展现了文山州农村基础教育综合改革的一些重大历史事件和面貌。书的内容是作者2003年主政文山州第一中学到现在（即2016年10月）教育改革的回顾与总结。作者根据他的亲身经历，实际参与，真实地、准确地、生动地再现了文山州农村基础教育综合改革历史过程，重点阐述了学校改革思路、突破口、艰难历程、目标、任务、成果、治懒妙招、国际化教育、改革困惑、走在大路上等历史过程。

第二个层面，这本书在展现文山州农村基础教育综合改革真实面貌的同时，十分注意总结和提取文山州农村基础教育综合改革的经验。我读了这本书，里面的经验很值得回味。不少的经验成了教育管理者的至理名言。如大刀阔斧，伤筋动骨；穿越"深水"，深入禁区；优化结构，突破"瓶颈"；像抓经济一样抓教育；重拳直击"铁交椅"，组合拳砸碎"大锅饭"等。读了这本书，我看到里面很多在今天大家看得很平常的事情，在当时迈出第一步是何等的艰难！原因之一是当时不少老师反对改革，之二是社会压力很大，议论很多。在这种形势下，作者亲自出面顶住各种压力，冲破种种阻力，使改革得以顺利进展。现在读这本书，回顾作者走过的这段教育历程，我想在每位读者心中都会升起对作者的无限的敬意。

第三个层面，这本书展现了文山州农村教育综合改革这段教育改革历史的意义。当代解释学大师伽达默尔说："历史理解的真正对象不是事件，而是事件的意义。"这就是说，历史不仅限于展示历史事件的真实面貌，也不仅限于总结历史事件的经验教训，历史的最高兴趣是在于理解历史事件的意义，所以读历史"需要拉开一定的距离"。因为随着时间的推移，历史事件的内涵和意蕴会更加清晰地显露出来。距离有助于提升和强化对历史事件的理解。文山州农村基础教育综合改革这种种事件的意义何在呢？照我读这本书的体会，就是作者大刀阔斧进行"伤筋动骨"的教育改革、勇闯禁区进行超越常规的大胆尝试、"敢吃螃蟹"不当县长当校长的不平凡经历等。我读了这本书，总感到书中有一种现实感、实践感、开拓感和崇高感。我的这种感觉就是作者回忆和记录的那段教育历史的意义。作者的这本书，除了告诉读者文山州农村基础教育综合改革那段教育历史的真实面貌，除了告诉读者文山州农村基础教育综合改革那段历史的经验，更重要的是使广大读者感受和理解文山州农村基础教育综合改革那段教育历史的意义，就是感受和理解作者的改革思路、目标、任务、成果和一整套的治校方略。

以上就是我读《王金战解密文山州一中》这本书后感受而理解的三个层面。我认为，这样一本充满现实感、实践感、开拓感和崇高感的书，有一种流动的气韵，能释放出教育无穷的意味，能引导读者进到教育历史过程的内部去理解去感受，从而提升自己的精神境界。

这本书语调温厚、纯净、平和。我读了这本书，也一再感受到这种语调。为什么我在这要说语调？因为语调很重要。一本书的语调，体现作者的人生经历、文化修养、精神境界。中国古人说，文如其人。西方学者说，风格就是人。我说，看一本书的语调，就可以知道书的作者是一个什么样的人。作者写书的这种温厚、纯净、平和的语调，体现了作者丰富的治校经历，体现了作者深厚的文化修养，最终体现了作者高远的精神境界，就我个人来说，这是我向往的境界。

通过阅读《王金战解密文山州一中》，我看到了作者在文山州农村基础教育综合改革进程中的艰辛，知道了教育改革来之不易。文山州第一中学改革思路、目标、任务、成果、做法等先进教育教学管理理念，在这本书中得到最充分的体现。这本书的出彩之处很多，无法尽述。内容全面而具体，细致而尽心，处处充满着作者作为教育管理者的拳拳之心，值得每一位读者去认真阅读，去学习去借鉴。

（本文写于 2016 年 11 月）

# 以刊练笔　汲取养分　充实生活

## ——读《南天星辰》有感

　　读期刊是一种享受，更是一种提高自我的途径。一本好期刊中蕴涵着的丰富营养，或多或少都会滋补着一个人的精神世界，让这个人的视野开阔、增长见识、提高境界、知识层次逐渐垒高。《南天星辰》是文山州一中的内部资料期刊，从它诞生的第一期起到 2016 年 12 月止，已出了二十期。这二十期，我每一期都读过。并且，我收藏了从第八期到第二十期的每期期刊。我每读一期，都会感到收获颇丰。每一次读完一期，我的心灵都会受到一次次的洗涤。

　　《南天星辰》是一份由文山州一中党委主管、文山州一中团委主办的以反映文山州一中各方面风貌为重点的月刊。每年出十期（除去假期两个月）。它的办刊宗旨是全面、准确、及时地宣传学校党政工作、团委工作以及学生各方面的精神风貌。主要刊登学生创作的以反映学生生活、学习为主的文章。是一本集信息、经验、文学等于一身的月刊。

　　《南天星辰》无论栏目还是内容，都令我耳目一新。每期面世的期刊，都令我喜欢。我喜欢它的原因：

　　首先是它的封面设计每一期都很好地体现了学校的精神风貌和学生的特点。它的形式和内容都符合刊物的宗旨，很好地体现了刊物的定位和方向。

　　其次是它里面的文章内容亲切自然，平易近人。刊物给人一种极不寻常的亲切感，每一篇文章，基本上都贴近教师实际和学生生活。让人读后，感到亲切自然，平易近人。

　　再次是它里面的文章感情真挚，贴近现实。期刊里面的文章，每一篇基本上都是反映发生在我们身边的事，身边有着的事，让人真切感受到它是真实地存在于我们的身边，真实地贴近现实、贴近生活。

　　最后是它的人文情怀最能打动我和吸引我。看到封二上的各位编委教师，都是上课教师，并且都很年轻，都是在课余时间进行编辑。他们的精神难能可贵，是最值得我赞扬的。我的"小豆腐块"经常刊登于里面，都得益于他们这些编委的关心和照顾，真的很感谢各位编委。教育界有句比较流行的名言说："教育是一棵树摇动另一棵树，一朵云推动另一朵云，一个灵魂唤醒另一个灵魂。"我的文章能经常见诸此刊，就是各位编委的摇动、推动、唤醒。各位编委刊用我的"小豆腐块"，是给我最大的鼓励，激励我在今后的工作中要更加努力发奋。

《南天星辰》，虽然只是一本学校内部的刊物，但是它所承载的内容，却远远超出了内刊的含义的。是它给了我"露脸"的机会，才让我的"小豆腐块"见诸世面。在此，我要特别地感谢它。

感谢《南天星辰》，让我通过阅读它，了解到了学校的一些信息，了解到了团委的一些工作，了解到了一些学生表达心声的心路历程。

感谢《南天星辰》，是它给我提供了表达思想、倾吐心声的情感园地，是它促使我提起笔来，在文学的这块沃土上继续耕耘着，让我笔耕不辍。我想，通过它给我"露脸"的机会，我会好好地表现自己，提升自己，超越自己。

感谢《南天星辰》，是它加强、促进了我与学校、学生的沟通与交流，是它让我认识了一些素不相识的老师、学生。我从他们的文章中，了解了他们为人处事的方法，窥见了他们高尚的行为和情操。读着他们写的文章，就好像跟着他们在一起交流，感到精神倍爽，心旷神怡。

感谢《南天星辰》，是它让我坚定了写作的信念，是它让我在这块文学的沃土上继续执着地耕耘着。

《南天星辰》栏目版块丰富多彩，每个栏目版块里面的文章，都写得深刻、生动，并且有的写得还很感人。在这些众多的栏目版块里，我最喜欢的栏目有《文学园地》《诗风词韵》《园丁文艺》《校园动态》。这四个栏目的文章选得非常贴切，文章写得非常实在，现实中透露着风趣。

先说《文学园地》。这个栏目，主要刊登学校各年级各位学生所写的文学作品。在这些文学作品中，可以看出学生的生活、学习等方面的情况。

次说《诗风词韵》。这个栏目，主要刊登学校老师和学生写的各方面的诗词。当然，主要刊登师生写的有关学校各方面的诗词。诗词很好地反映了学校的面貌、师生的精神风貌。

再说《园丁文艺》。这个栏目，主要刊登学校老师写的各种类型的文学作品。常给这个栏目投稿的老师主要是罗向东、秋实、王晓岚等。

最后说《校园动态》。这个栏目，主要刊登学校的一些简讯。内容包罗万象。我很喜欢这个栏目，主要是我通过这个栏目，可以了解一个月来，学校做了哪些工作，取得了哪些成绩等。每次我读完这个栏目，都感到受益匪浅，让我工作干劲十足。

当然，《南天星辰》还有其他吸引我的栏目及文章，有些文章虽然简短，但内涵却很深邃。文中的一些观点，也都非常值得去细细品味。在此，我就不赘述了。

在我写这篇读后感的最后，我想提点个人不成熟的意见和建议：一是编排版面太占位置。有时一首小诗就占了一个版面，这样编排太浪费版面了。二是选文有些不太切合学生实际。学生读后，不能让学生受到教育和启示。三是应刊登一些先进或优秀学生、先进或优秀教师的感人事迹，对学生起到榜样示范作用。四是注意校正字，少出现错别字。

但无论如何，我希望以后的《南天星辰》越办越好，也希望它能时时伴随于我的左右，在我不顺心不开心的时候，拂去我的烦恼，扬起我飘逸的思绪，让我尽情地徜徉在它充满感情、充满真挚、充满爱的海洋里。

我记得，从我认识《南天星辰》到亲近它、走进它，我都是始终如一地爱着它的，时常翻阅它。它创刊时间虽然短，出版的期数虽然到现在只有二十期，但我把它当作我的一位良师益友。因为它以鲜明的时代性、实用性、及时性的内容供我学习、参考、借鉴、吸收，为我更好地了解、知道学校各方面的工作情况提供了许多有益的帮助。

闲暇，读着《南天星辰》，是我最快乐的时光，是我课业生活"短板"的有效补充。有《南天星辰》相伴的日子，我的教育生活、课余生活、写作生活会显得更丰富、更充实、更美妙。今后的日子里，我会一如既往地喜欢它、爱着它、读着它。

（本文写于 2017 年 1 月）

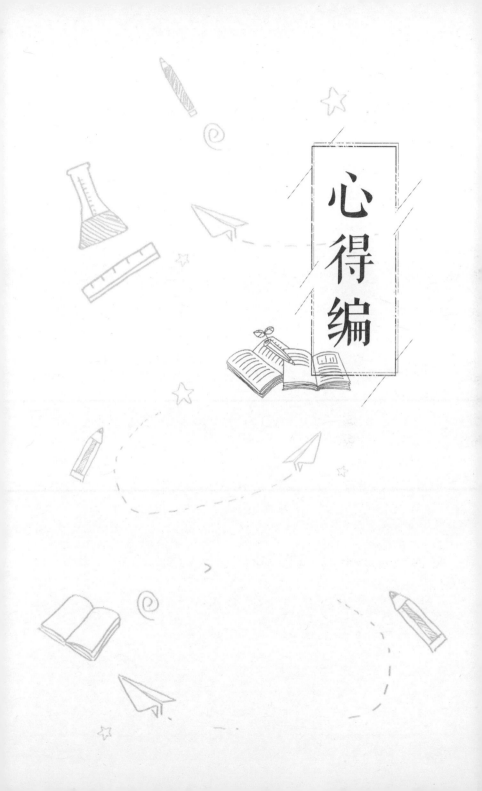

心得编

# 把自尊还给学生

想要得到别人尊重，就得先尊重别人。作为教师，面对的是学生。所以，必须懂得尊重学生。这是每个教师都应信守的事实。

但现实中，很多教师常常在有意无意中伤害学生的自尊。平常，教师教育学生要尊敬师长，见到老师要主动打招呼……很多学生学得好、做得好。但是某些教师对学生的这一最简单举止总是不应不答，爱理不理，装着没听见，无意中伤害了学生的自尊。课堂上，不少教师对学生偶尔迟到、讲小话等现象，总是阴着脸，不问青红皂白，严声训斥学生要这样这样，不要那样那样。但，又回过头来想想，不少教师上课不是常常迟到，课堂上不是偶有做其他事的吗？还有的教师，常常把自己的不悦、不满情绪带到课堂上，不分场合地批评、训斥学生，把这些不悦、不满发泄在学生的身上，故意伤害学生的自尊……

这些现象，或多或少地刺伤了学生的自尊，对学生的身心健康发展有着极其重要的影响。究其原因，主要是"师道尊严"作怪。作为教师，大家都自称为学生的长辈，但是如果漠视了学生的自尊，不懂得学生有自尊，那么教师各方面的工作就难以开展，造成师生情绪抵触，学生逆反心理、闭锁心理增强，形成学生恨老师、厌学、自卑的心理。因此，作为教师，应把自尊还给学生。很多成功的教育工作者，他们保护学生自尊的经验，充分证明了这一观点的正确性。

那么，教师要如何保护学生的自尊，把自尊还给学生呢？首先是要信任学生。教师不管叫学生去做什么，并且教师自己也可能估计到成功与否，都应抱着学生能行的心态去鼓励学生，不能无端地恶语伤害学生，说学生不行，伤害学生的自尊。其次是要爱护学生。教师对学生的过错，不要随意大发雷霆，训斥学生散漫、差、笨，说屡教不改、不可教也，傻瓜、木薯棍、猪头、脑残、智障、白痴、笨蛋等之类的话，以免伤害学生的自尊。再次是要正确理解威信。正确的威信是教师具有让学生感到尊严的信服和精神的感召力量，它是一种崇高的影响力，它靠的是教师的道德品质、学识和教艺，靠的是良好的仪表、作风、习惯和上好的人格魅力。

总之，教师要想把工作搞好，激发学生的上进心，不妨先将自尊还给学生，这至关重要。

# 不可忽视孩子发展的"缺口"

现实生活中，不少父母正在忽视或制造着孩子发展的种种"缺口"。

——小 A 显露出音乐的潜能，于是，父母尽力满足她的种种要求。对别人提醒注意孩子的全面发展置若罔闻。

——小 B 正上高中，放学一回到家，母亲就叫他帮着做一些力所能及的家务。父亲看见后，勃然大怒："不知让他做家务，会影响学习和考试成绩吗？"

——小 C 英语拔尖，可语文成绩较差。可是父母说："孩子语文不好没关系，只要英语好就行。这样，以后可去留学。"

……

这些父母很注意发展孩子的特长，但他们对孩子身心发展过程中暴露出来的种种素质缺陷，往往不予重视，结果只会延缓孩子的正常发展。

我们知道，一只木桶盛水的多少，并不是取决于最长的那块木板，而是取决于最短木板的长度。假如不注意弥补木桶的短处，即使木桶的其他木板再长，盛水量也不会增加。如果我们把这种理论引进家庭教育领域，是不难受到这样的启迪：要扬孩子之长，更要补其之短，对孩子成长过程中的缺口必须高度重视，设法堵"缺"，追求整体效应。

孩子的发展是处于动态的不平衡之中的，他们心目中的真善美与假丑恶往往相互交织，此长彼消。作为家长，只有充分引导孩子全面发展，才能使孩子整体素质提高，也才能培养其特长。相反，如果不是从整体出发，忽视孩子发展的"缺口"，那么父母辛辛苦苦在孩子身上培养出的种种素养就会从"缺口"中流失，而且"缺口"会越来越大，最终就会由量变转为质变，断送孩子的前程。

# 好老师要有仁爱之心

习近平总书记在第 30 个教师节前夕同北京师范大学师生代表座谈时，对教师提出了四点要求，第四点是"做好老师，要有仁爱之心。"他指出："教育是一门'仁而爱人'的事业，爱是教育的灵魂，没有爱就没有教育。好老师应该是仁师，没有爱心的人不可能成为好老师。好老师要用爱培育爱、激发爱、传播爱，通过真情、真心、真诚拉近同学生的距离，滋润学生的心田。好老师应该把自己的温暖和情感倾注到每一个学生身上，用欣赏增强学生的信心，用信任树立学生的自尊，让每一个学生都健康成长，让每一个学生都享受成功的喜悦。"习总书记希望广大老师都能成为"有仁爱之心"的好老师。

现实中，老师如何才能成为"有仁爱之心"的好老师？笔者认为，好老师要"有仁爱之心"，必须做到：

真诚尊重学生。老师给学生真诚尊重，学生就会百倍尊重老师。好老师一定是善于倾听学生声音，接纳学生意见和建议的老师。好老师对学生既要尊重，又要有爱心，并且经常与学生交心谈心，是学生学习生活的良师，又是学生学习生活的益友。真诚尊重学生，要求老师在日常生活中，不要谈及学生生活中的弱点，如父母离异、失去一方亲人、有残疾等这些弱点。相反，老师更要用真心去关爱这类学生，使学生时时开心，知道老师在时刻关心自己。

宽容关爱学生。宽容关爱学生不能只写在纸上，喊在口中。宽容关爱应该是从心底涌出的，并能自觉地把它融入自己的微笑、眼神和言语中，洒向工作的每一处空间、每一个时段和每一位学生。好老师应是宽容关怀学生的。学生易犯错，当学生犯错时，老师要给予学生极大地宽容关爱，要分析学生犯错的原因，教育学生下次不能再犯。宽容关爱学生是每一位老师应有的道德善性。如果老师宽容关爱学生，那么很多诸如"学生安全问题、变相体罚学生问题、歧视差生问题"等就不会发生在老师身上。老师宽容关爱学生，师生间就能建立起诚恳和谐的师生关系。好老师对常"犯规"的学生，要谆谆教诲、和风细雨，不冷嘲热讽，不电闪雷鸣。对有些家庭经济困难的学生，老师除了关心其学习，还要牵挂其疾苦，使他们感受到老师传递的温暖。

充分理解学生。"做老师要有一颗平等的心，不管是优生还是差生，他们都是你的学生。"因此，好老师应是一名充分理解学生的老师，能悉心发现每个学生身上的闪光点，给予学生肯定和鼓励的老师。学生学习差，老师要不厌弃，充满爱心，树立起"教育无差生"的思想，并想方设法给予学生更多的理解，使学生在各方面都能不断进取。学生一旦有闪光点，老师就及时表扬，一有进步，哪怕极其微小，要及时鼓励，学会做到"数子十过，不如夸子一长。"

总之，好老师就是要"有仁爱之心"。因为仁爱，可以"弥补"一切。因为仁爱，不烦恼；因为仁爱，能给学生以欢乐。一切教育，只有在仁爱的背景下，才能生效。作为好老师，必须努力做到：教育静心、对党忠心、育人潜心、待人善心、助人热心、播撒爱心、业务精心、功利无心、工作尽心、无愧于心。

# 让孩子带着梦想上路

美国篮球巨星乔丹，在很小的时候，就有了自己的篮球明星梦。一天，他把自己的梦想告诉母亲，母亲大加赞赏。为他有自己的梦想向他祝贺，并鼓励他向篮球明星学习，并不时地经常抽出时间和小乔丹一起欣赏报刊上篮球队员们驰骋球场、飞身灌球的矫健身影和飒爽英姿。同时，母亲还建议小乔丹把那些花花绿绿的图片剪下来，贴到房间的墙上去，以便时刻与偶像们朝夕相处。

同乔丹一样，不少孩子都有自己的梦想。可以说，梦想是孩子对自己未来的美好设计。很多孩子在谈到自己梦想时，往往会神采飞扬。然而，在现实生活中，不少父母却常常对孩子的梦想不屑一顾，甚至大泼冷水。有个小学四年级的女孩子曾对母亲说："长大了想要当歌星。"母亲却冰冷地说："看你现在唱的那歌，多难听，怎么成得了歌星，怕是帮歌星提鞋，人家都不想要你呢！"母亲的话一下子就伤害了孩子的心，打破了孩子的梦想。如果这位母亲，能像乔丹母亲样那样，认真对待孩子的梦想，孩子日后没准真会成为一位出名的歌星呢！

人类需要梦想。梦想是对生活积极进取的态度，是对人生深深的企盼。梦想可使孩子在学习过程中创造不辍，并获得愉悦的情感体验。

面对孩子的梦想，作为父母，哪怕有些不可思议，都应给予肯定和鼓励，让孩子带着梦想上路，让孩子在内心深处产生强劲的内驱力，从而面对各种困难，勇敢地、积极地去想办法去克服。

# 让孩子有爱心

现在的孩子，缺少同情心和爱心。如今，好像已到了靠外国的"雷锋"教育中国孩子的地步。如，有的孩子认为，父母就是为他服务的，稍有不如意，便撒泼耍赖，让父母寒心。

作为一个孩子，不懂得羞耻，就算用多少美丽的语言和方式去教育，也是显得苍白无力的。如果一个孩子不懂得什么是爱，不会抑制自己的欲望，随心所欲地发泄心中的不满，任其下去，后果令人担忧。

可以说，现在不少的孩子，没有吃过苦，只知牛奶和面包，哪里知道生活的艰辛，只知伸手向父母要钱，哪知挣钱的艰难？对照外国的经验，现在的孩子缺少的就是挫折教育。而很多家庭，对孩子，又多是无微不至的关心和照顾，这就让孩子犹如温室里的花朵。当很多家长还在为孩子在外上学担心时，外国的一个才十岁的小女孩已经一人周游世界，而她的旅费更是自己勤工俭学挣来的。想想，我们很多家长"临行密密缝，意恐迟迟归"能换来"谁言寸草心，报得三春晖"吗？

现在的孩子，除了离开父母，或是不如意时掉眼泪外，他们是很难为他人的不幸掉泪的。因此，在家庭里，或是在学校里，家长和教师都要教育孩子有爱心，让孩子在接受别人爱的同时，学会爱别人。这是家长和教师义不容辞的责任。

# 让学生给老师布置作业咋样？

今天，语文课。

快要下课了，应该说，又要到布置作业的时候了。

我望着学生们个个哀求似的眼光，大声宣布："今天老师不布置作业。"

话音未落，教室里"老师万岁"的呼声不断。

接着，我说："但我要求每位学生围绕今天我们所学的课文，请你们每人给老师布置一道作业，等到明天的语文课时，我们用 10 分钟左右的时间，老师让你们用你们经过精心思考，你们认为最好、最经典的问题提出来给老师做。但请记住，每个人的每一个问题都要附有自己的参考答案。"

学生听后，又是一片欢呼。

课后，学生们对这一课文的重点和难点表现出前所未有的兴趣和热情。他们通过多种渠道，钻研思考，自主合作，几乎每个学生都为我布置了一道高难度的作业。从来不爱做语文作业的几个学生，也显得特别认真，每人也出了一道题，好像非要把我考倒才善罢甘休。

第二天，语文课。

随着铃声响，我走进教室。"起立"，"请坐下"。我还没开口，学生们便争先恐后要求"考问"我，好像要为以前不公正的"语文待遇"雪耻似的。我说："在 10 分钟左右，老师是不能完全回答出所有同学给我布置的作业。我看，咱们这样，我给你们三分钟，你们以小组为单位，评选出你们认为最难、最有特色的问题来给老师做。但答案不许有误，好吗？"

学生们异口同声："好。"

于是，学生们又开始讨论，有的窃窃私语，唯恐被我听见；有的争执得面红耳赤……

"你的问题太简单，连我都会，怎么难倒老师？"

"你的问题不完整，还得补充……"

"你的问题……"

三分钟过去了，我宣布："时间到。"

四个小组的代表都得意扬扬地先后站起来，代表本组人员，把他们最得意的两三个问题说了出来。

说实话，我听了学生代表们说的问题后，心里暗暗想，学生下课后，真的下功夫去思考了。同时，我也确实觉得学生们提的问题，有的要到课后花一点时间去思考才能解答，也觉得学生们有的问题提得很有水平。

但由于时间有限，我对每组学生代表们提出的两三个问题，也不能个个作答。因此，我对学生们说："你们认为哪几个问题最难，我就回答哪几个？"最后，学生们选定了他们认为最难的三个问题让我做，并拭目以待，看我出丑。

第一二个问题，我迎刃而解，并询问了出题的学生。学生说我的答案完全相符。学生给了我热烈的掌声。

第三个问题，我真的拿不准，一时又不好回答。因此，我对学生们说："对不起，这个问题，老师真的回答不出来，还是请命题人回答。"我把问题抛给了命题人。

命题人胸有成竹地把问题的答案说了出来。刚说完，我接着问道："大家认为他的答案完整吗？你同意他的答案吗？"

于是，学生们又开始热烈讨论，我接着因势利导，启发学生们。结果，学生们提出了一些令我意想不到、又颇具创意的答案，使我受益匪浅，我在心中不得不暗暗佩服学生们。

一看时间，我觉得差不多了。于是说道："其他问题还需要老师回答吗？"

"不需要了"。

"为什么？"

"因为我们都会了。"

这时，学生们才明白我让他们给我布置作业的意图，个个脸上流露出喜悦的神情，投入了新课的学习。

又要下课了，我刚开口："今天老师……"，话还没说完，学生马上就接口："今天老师不给我们布置作业，我们给老师布置作业。"教室里又洋溢着欢快的气氛。

课后，通过思考，我觉得让学生给老师布置作业，改变了以前学生被动接受的过程，提升了学生自主提出问题、分析问题和解决问题的能力，增强了师生、生生之间的合作与互助。

在新课程改革中，我认为，教师不仅要关注课堂教学模式的改革，也要关注作业布置方式的改革，要将学生从繁重的作业中解放出来，让他们乐于完成作业的过程成为促进他们自身发展的过程，并让他们从中体验做作业的乐趣。

让学生给老师布置作业，能给学生创造一个良好的氛围，让学生在宽松愉快的空间里接受挑战，由被动作业变为主动作业，自觉进行自主、合作、探究学习，满足了每个学生的求知欲，大大促进了新课程理念的实施。

# 让学生远离欺凌和暴力侵害

教育部日前公布了 9 部门联合印发的《关于防治中小学生欺凌和暴力的指导意见》。《意见》强调，必须加强教育预防、依法惩戒和综合治理，切实防治学生欺凌和暴力事件的发生；对构成违法犯罪的学生，必要时可由政府收容教养，特别是对犯罪性质和情节恶劣、手段残忍、后果严重的，必须坚决依法惩处。《意见》指出，由于在落实主体责任、健全制度措施、实施教育惩戒、形成工作合力等方面还存在薄弱环节，少数地方学生之间欺凌和暴力问题仍时有发生，损害了学生身心健康，造成了不良社会影响，必须加强教育预防、依法惩戒和综合治理，切实防治学生欺凌和暴力事件发生。

那么，在现实生活中，中小学生欺凌和暴力现象，是不是常常发生呢？从媒体上经常曝光的事件来看，中小学生欺凌和暴力现象的确存在，而且有时候还非常严重。为什么中小学生欺凌和暴力现象会经常发生和曝光呢？这主要是中小学生身心发育不成熟，自我防范能力差造成的。因此，他们很容易受到来自各方面的侵害。据笔者最近从所在地区的几所中小学校的调查了解，每所学校都不同程度地存在着这样那样的欺凌和暴力侵害事件。针对这种侵害事件，我们应该怎么做呢？

## 学生：寻求法律保护

"站住，快把钱拿出来，别等我动手。"在被调查的两三所学校中，5%—8% 的学生普遍认为，在校园内外，有时遇到过这样的事，并对这样的事不陌生。但对这种事，很少有跟老师、家长说或报警的。30%—40% 的学生认为，即便遭拦路抢劫，有时也未抢到钱，或只抢到四五元钱，数额小，没必要告知老师、家长或报警。40%—50% 的学生认为，这些小事跟一般的小打小闹没有多大的区别，即使报案，公安可能也不会管，至于告知老师和家长，他们顶多说以后多加注意。这样，导致学生不报案，助长了恶习横行霸道的现象。

针对这种现象，笔者认为，学生遇到这种侵害情况时，一定要告知家长、老师和报警。

## 家长：应尽到监护义务

某生以前学习很好，后来由于受同学影响，也喜欢上了上网。该生从网络上，看了不少游戏暴力行为，整天沉迷于网吧打暴力游戏，精神萎靡不振，回到学校，老师说他，他就骂老师想打老师，同学说到他，他就拳脚相加，而且学习下降了。学校、班主任告知家长，向家长讲清情况，家长却理都不理学校反映的情况。

父母是中小学生的法定监护人，理应尽到监护义务。在调查中，20%左右的学生认为，家长很不管自己做什么，学什么，对于他们的学习如何，父母也不过问。因此，导致他们偷偷上网受到暴力、色情侵害，从社会中学会赌博、打架侵害……对于这些，学校、班主任通知家长，有的家长来校后也不过说几句就走了，或是还有点袒护自己的孩子。有的家长愚昧无知，有的家长粗心大意，有的家长放任不管……这样的家长，都没有真正尽到父母的责任。

针对这类现象，笔者认为，家长一定要积极配合学校，教育好自己的孩子，尽好自己的监护义务。

## 学校：加强防范措施

在调查的几所学校中，各学校都专门设置了安全保卫，聘请了法制机关工作人员作为法制辅导员和法制副校长，对学生进行法制教育。然而，从调查中发现，有些学校对预防侵害方面的教育，重视不够，甚至是一片空白。有学生说，在自己准备受到侵害、受侵害中及受侵害后，不知道该怎样做。

针对这方面情况，笔者认为，学校应加强学生的自我防范教育，告诉学生遇到这类事应如何应对，如何进行自我保护，并及时告知老师、家长和报警。

　　总之，保护中小学生这些未成年人，绝不仅仅是学校、家长的责任，更是全社会的责任。让我们共同努力，保护我们的孩子，让他们远离侵害，健康地成长。

# 热爱学生要常怀"四心"

当老师，起码要学会热爱学生。为什么要热爱学生呢？那是因为学生千差万别，每一个学生都是一个独一无二的个体，他们不可能做到你所要求的一切，不能做到一致。"他（们）能做到，你为什么就不能？"这是我们平常听得最多的老师责问学生的话。每每听到这话，我就非常痛心。老师们为什么要这样责问学生？如果学生反问你一句："别人能当校长，你为什么就不能？"你会怎么办？因此，对于学生犯错，老师们，你对学生"关心"了吗？你没有。你是在"关事"。你思虑过你话的重量了吗？你没有。可以说，你"粗枝大叶"得很，"敷衍了事"得很，你根本没"用心"去触及学生的心，不爱你的学生。在你责问学生时，你不要以为学生缄默不语，或是笑着回答了你："我今后一定做到"或"我今后一定听你的话"，其实，学生心里怨恨着你呢？久而久之，他们如果总达不到你的要求，你的"对事不对人"的所谓"公平教育"，就会使他们变得麻木，变得无所谓，变得冷淡，变得无动于衷。

作为老师，要学着热爱学生，给他们自尊。比如你的一位学生每次考试总分总是倒数第一，像这样的学生，老师们一般都会选择放弃，并貌似关心（假关心）地说："只要你不影响其他同学，你干什么都行。"这是什么老师的看法？老师在这里关心的不是"这一个"，而是"其他同学"。如此，这位同学还有自尊吗？一个连自尊都没有的人，我敢肯定，他的人生是黯淡的。他的总分是倒数第一，他的语文是吗？好，也是。那他的作文是吗？好，还是。那他作文中有议论、描写、抒情，其他同学有吗？几个，不多，那你就要发现，你就要表扬。我总想，不管一个学生有多差，你只要有一颗怕伤害学生的心，你总能发现他不同于别的同学的长处或优点，那你就要说出来，喊出来。如果一个学生在每两个星期里，都没有得到你一次表扬，那你的眼睛一定是近视了，你肯定不是一个有眼力的老师。

热爱学生，我是常怀"四心"：

愧疚之心：每当学生考上好的学校，家长都会请老师去喝酒庆祝。这时，我是不去的。不去，不是说我有多清高，也不是说这个学生没考好。有的考得还非常的好，但我不去。这种时候，我常在家中，仰在椅子上想：假如换作别的老师来教，假如我用别的方法来教，也许他们考上的远非今天的学校。从这个意义上说，是我害了学生。这种愧疚，我想在新一届学生到来时，化作一股更大的暖流，去浸润学生的心田。

敬畏之心：我常想，也许未来的某一天，站在天安门城楼上向祖国人民挥手致意的国家主席、国务院总理，就是我们"今天的某个学生"，或是省长、州长、县长就是我们"今天的某个学生"……你这样想着，你会骂他们吗？你会拧他们耳朵吗？你不会。因为你不敢。你不敢，是因为你敬畏他们。

不舍之心：我常对学生们说，你们调皮一点，成绩差一点，我不会怎么说你们。不怎么说你们，那是因为我与你们相处的日子最多也就三年。三年后，你们都走了，我舍不得你们。所以，我不忍心说你们。我想，作为一个老师，如果每隔一个时期，能把这话说出口，学生们是会动情的，他们是会好好争取做个好学生的。

感恩之心：学生一言一行，一颦一笑都在影响着我们。我们许多老师想做的事，比如打麻将、斗地主等，因为我们是老师，担心学生知道了会丢脸，我们就最终放弃了。从这个意义上说，是学生教育了我们。常怀这种感恩之心，我们能不爱他们吗？因为爱，你就会"蹲下身子看学生"。蹲下身子，你就觉得你比学生高不了多少，学生不懂的地方，你就不奇怪了，你就会好好跟他说：蹲下身子，再蹲下一点，你就会觉得，班上最矮的学生和你一样高了；蹲下身子，你的年龄、认识、能力、感情等就都和学生差不多了；蹲下身子，你就是他们中最棒的一个了。

总之，一个老师，你必须热爱学生。因为热爱，可以"弥补"一切。因为热爱，你不烦恼；因为热爱，你会给学生以欢乐。一切教育，只有在热爱的背景下，才能见效。

# 童心需要童语

前不久，笔者到一个朋友家玩。在闲聊中，朋友那约七岁的儿子突然问父亲："爸，课堂上，老师说我们长大后，要努力争当各种英雄。说到英雄，电视里也经常提到。我想问，'英雄'是什么？"笔者的那位朋友稍作思考后，就对他的儿子说："英雄就是在生命危急关头，挺身而出，不怕牺牲个人的生命，比如面对歹徒用刀子插进你肚子，流血不止也敢于面对或不怕，又如炸药和手榴弹要爆炸时，勇敢地扑上去……"这位朋友话还没说完，他的儿子就叫道："爸，我不当英雄了，长大后不当英雄了。"笔者听了这位朋友给孩子解释的英雄，或是说英雄形象，不是可亲、可敬的，反倒是很令人生畏。如果说英雄是这样的，那么哪个孩子还敢去学呢？笔者认为，对于孩子问的"英雄是什么？"，这位朋友应该告诉他的孩子，英雄是才能勇武过人的人，或是说不怕困难，不顾自己，为人民利益而英勇斗争，令人钦敬的人。如救人临危不惧的赖宁，助人为乐的雷锋，舍身炸碉堡的董存瑞，英勇就义的刘胡兰，还有小英雄雨来、小兵张嘎等，这些就是英雄。这样给孩子解释，孩子就容易理解和接受，就愿意去学习英雄，继承英雄优良的品质。

笔者也见一群幼儿园的孩子进行体检，老师说："孩子们，请挺胸抬头，眼睛平视。"孩子听不懂"平视"是什么意思，在那里转来转去，你看我，我看你的，一时躁动起来。老师有点生气地说，这些孩子，一点都不会听话，叫眼睛平视，怎么东转西看的，简直莫名其妙。其实，笔者觉得莫名其妙的正是这位老师。我们知道，"平视"这个词是体育、医学活动专用术语，小孩子怎能懂呢？对这种情况，要让孩子们听懂你所要说的话，应该换一种说法，说"孩子们，请你们挺胸抬头，眼睛向前看。"这样的话，孩子就听得懂，会站好做好了。

总之，像类似的事还比较多。不过从上述两例可以看出，教育孩子，无论是家长或是老师，一定要记住用童语。因为童心如泉，童言无忌。与孩子交流，尽量用孩子能够理解和接受的语言。

# 选择美丽的语言

俗话说："良言一句三冬暖，恶语伤人十年寒。"的确，这句话说得不错。在教育教学中，如果我们不注意选择美丽的语言，那么将会给学生在心理上造成或大或小的伤害。

记得曾读过一则寓言故事，说的是樵夫救了一只小熊，母熊对他感激不尽。有一天，母熊安排丰盛的晚餐款待他。翌日早晨，樵夫对母熊说："你款待的很好，但我唯一不满意的就是你身上的那股臭味。"母熊虽快快不乐，但嘴上却说："作为补偿，你用斧头砍我吧！"樵夫照它的话做了。若干年后，樵夫遇到了母熊，问母熊头上的伤好了没有。母熊答道："那次痛了一阵子，伤口愈合后，我就忘了。不过，那次你说的话，我一辈子也忘不了。"由此可见，语言伤害有时超过肉体伤害，因为它刺伤的是心，是灵魂。

读到这则寓言，我眼前突然浮现出一个女孩的形象。"这位同学最喜欢吃鸭蛋，今天老师再请她吃两个。"说到这，老师用饱蘸墨汁的毛笔在女孩眼睛周围画了两个大黑圆圈。"转过身去，叫全班同学看看！"声音里充满威严。女孩不知所措，乖乖转过身去。全班同学立时哄堂大笑。这女孩就是三毛。那年她才 13 岁。从此，她心理出现严重障碍，不肯到学校去。这种情况一直延续了 7 年。30 多年后，三毛自杀了。有识之士在研究三毛生平后指出："三毛之死，是一出性格悲剧，而在三毛心中埋下悲剧种子的就是这位老师。"三毛用生命给我们启示：在教育教学中，如果不注意选择语言，就容易对学生造成伤害，这种语言伤害对人的伤害比伤害人的肉体更严重。有时，一句侮辱性的语言，完全可以葬送一个学生的一生。所以，作为老师，要学会选择美丽的语言。那么，怎样选择美丽的语言呢？

一是选择甜蜜尊重的语言。我国著名教育家陶行知先生任育才小学校长时，曾有一天，他看到学生王友用泥块砸同学，并将他制止，责令她放学时到校长室等候。陶先生回到办公室，见王友已等在门口，陶先生立即掏出一块糖给他："这是奖励给你的，因为你比我按时到了。"接着又掏出一块糖给他："这也是奖励给你的，我不让你打同学，你立即住了手，说明你很尊重我。"王友将信将疑地接过糖。陶先生又说："据了解，你打同学，是因为他们欺负女生，说明你有正义感。"便立即掏出第三块糖给王友。这时，王友哭了："校长，我错了，同学再不对，我也不能采取这种方式。"陶先生满意地笑了，随即掏出第四块糖："你已认错了，再奖给你一块，我们的谈话也该结束了。"可见，陶先生处理学生犯错，没有用简单粗暴的方式批评学生，而是用甜蜜的语言引导学生，将学生犯错过程中不利的、消极的因素转化为有利的、积极的、合情合理的因素，给学生以自我反省的契机、自我修正的时间。这是甜蜜语言带来的教育效果。

二是选择温馨鼓励的语言。有位刚接新班的老师，去上完第一节课，正要说"下课"时，后排有位学生突然吹起了口哨。学生们看看那位学生，又看看老师，诧异中有惊慌，像是做好了迎接"火山爆发"的准备。但这时这位老师并未发火，只是很坦然地说："同学们下课。"随后走到吹口哨的学生跟前称赞道："口哨吹得不错，好好练练，说不定在这方面有所发展，必要时，我给你留点时间，为大家表演一下，好吗？"这位学生满脸惊疑地看着老师，不知所措。老师接着问："能告诉我你叫什么名字吗？"这位学生不好意思地回答。老师立即说："名字起得好，你是我在咱班记住名字的第一个学生。不过老师对你有点小要求，请你以后吹口哨时注意场合。"这个学生红着脸说："老师我错了，请相信我，以后不会再发生类似的事了。"当日，这位学生在日记里写道：我从来没有这么高兴，因为今天老师表扬了我，说我口哨吹得好。要是在以往，我肯定躲不过一顿批评。真的，我还没有受过老师的表扬……今后，我一定好好学习，绝不无事生非，扰乱课堂秩序。在以后的日子里，这位学生学习情绪高涨，认真听讲，努力学习，逐渐成了老师称赞的学生。

三是选择理解宽容的语言。苏联教育家苏霍姆林斯基在任乡村中学校长时，看到一个小女孩摘下了花房里最大的一朵玫瑰。他走过去蹲下，拉住小女孩的手，微笑着问："你能告诉我，这朵花要拿去做什么用吗？"小女孩说："奶奶病得很重，看不到这朵花，我想把它送去给奶奶看一眼就还回来。"苏霍姆林斯基被孩子的话深深感动了，他又摘下两朵大玫瑰，送给小女孩，说："这一朵是送给你的，因为你有一颗美丽善良的心；这一朵是送给你奶奶的，感谢她养育出你这样好的孩子。"这个摘花场面，可以用最简单的方式来处理，因为我们有成套的"规则"。但作为一个教育家，苏霍姆林斯基注意的是一个小女孩对老人的真挚纯洁的爱，这比忘乎所以地摘一朵花更值得予以评价。

总之，作为教育工作者，我们无论何时何地，对学生，不管好生差生，在他们犯错和违规时，一定要注意教育方法，不要因一时的冲动，恶语伤人，要注意学会选择美丽的语言，做到"随风潜入夜，润物细无声"。只有这样，才能取得良好的教育效果。

# 学会爱，才能学会教育

"爱好学生容易，爱调皮的学生难，爱调皮且学习差的学生更难。"十多年的教学生涯，我与学生之间发生的故事不少，我也同大多数普通教师一样，尤其爱好学生。但两年前的一件事，对我触动很大，甚至动摇了我十多年来的一贯做法，由此让我想了很多。

两年前，我担任了一个高二年级的班主任和语文课教师。记得那是个星期二的早上，我去上第一节课，发现又跳又差的走读生王飞没请假也没来上课，对他这个人我心中早已窝了一肚子气。这节课上到了一半，突然，门外传来怯怯的"报告"声，我拉开门一看：王飞衣冠不整，头发蓬乱，两眼通红，显出睡眠不足的样子。我的气不打一处来：又迟到了，平日学习、纪律又差，怎么近久竟将迟到当家常便饭！我本想将他拒之门外，不理他，继续上课，但不知怎的忍住了，强压心头之火，问："怎么迟到了？"他用小得不能再小的声音说："昨晚，我爸妈打架，我妈跑了，我爸去找，一个晚上都没回来，我一个人睡过了头……"他哽咽地说不下去，泪珠滚落而出。我的心一颤，幸亏我没那样做，否则会在王飞受伤的心灵上又撒了一把盐。

下课了，我走到王飞跟前，柔声问："吃早点了吗？"他摇摇头。我随手拿出两元钱递给他，说："去，吃早点。"他看着我，满脸惊讶，我轻轻拍着他的肩膀："快去，要不又上课了。"

后来，我细问才知道，王飞父母是下岗职工，为生计所迫，常吵架，甚至打架。明白了这一切，我内心好后悔：十六七岁，就要承受这么大的压力，哪还有心思学习？从那以后，我格外照顾他，他也似乎变了个人，很愿与我接近，笑声有了，学习进步了，听话多了，遵守纪律了……有时还主动找我提问题。通过这件事，我明白了一个道理：爱，是人们普遍存在的心理需要。对于正在成长的青少年，他们除了需要家人、朋友的爱之外，还特别渴望得到老师的爱。因为老师的爱如同雨露阳光，可成为他们健康成长的不可或缺的重要元素，让他们从中获取所需要的精神养分，并在感受师爱的同时学会爱周围的人。

# 学生的可爱当用心品味

比较自己做学生的那阵儿，现在的很多老师对学生是越来越看不惯了。认为现在的学生不知礼数，张狂随意、装酷扮靓、荒疏学业等，真是一无是处。留在老师心中的，除了满肚子的恨铁不成钢的郁闷，真的难以找到多少好的词汇去形容现在的学生。为此，不少老师整天怨声连天，一节课下来，心情糟透了。

其实，想想自己做学生那会儿，不也跟现在的学生差不多吗？过同样的生活，犯同样的错误，也逃课，看言情小说，谈恋爱等。几乎他们犯过的错误都可以在以前的我们身上体现，并且大多数时候比他们更甚。每每想到这些，也许，我们就该静下心来，重新打量学生。

现在的学生，也许有时嘴上叼根烟，可他们的心里其实还尚未受到社会不良风气的感染，一举手一投足都是孩子，就是上课调皮了点，做一些小动作。比如在本子上画画啊，发发消息啊，或者偷偷吃东西啊等。虽然有时让老师有些气愤，但仔细想想这才是一个正常的孩子，他们的可爱是从骨子里透出来的。

看后排一个女生，上课好半天了一直在吃小橘子。我看了她好一会儿，还以为她发现我看她了会把橘子收起来，可再过一会儿，她还在吃，我有些生气了，可毕竟是学生，更何况是女生，自尊心挺强的，总不能点名劈头盖脸地骂吧？忍了又忍，还是走到她面前笑着说："看这橘子挺新鲜的，甜的还是酸的？"她有些羞涩，可并没马上收起橘子，而是把手伸进口袋里摸出两个递给我，"老师，你尝尝。"我无语。

我批改作文，非常注重学生的错别字。一次，一个学生在作文本里写道："老师，看看你帮我们找错别字够辛苦的，我也帮你找一次，你的'言'字写错了，应该是顶上那横最长，你写反了。"我觉得自己无地自容，但也为学生的可爱而心情舒畅。

去年圣诞节那一天，很多学生把自己精心包装好的苹果和糖果作为心爱的礼物双手捧给我，一个男生还给我剥好糖，看到他们荡漾在脸上的童真，我打心眼里觉得幸福。还有一个女生更可爱，笑嘻嘻地说那天她还没来得及买糖，说第二天一定买两颗，她一颗，给我一颗。我以为她开玩笑，没想到第四天她果真气喘吁吁地跑进教室给了我一颗非常漂亮的糖果，还充满歉意地说，前两天忙考试，今天才去买的。我很感动。

一天晚上，我刚讲完课，感觉有点累了，坐在讲台上看学生上自习，突然坐在第二排的一名男同学悄悄对着同桌的耳朵说"我们老师每次一坐到讲台上看着我们就直叹气"，声音很小，但我还是听到了，我突然恍然大悟，难怪他一直看着我。后来我坐在讲台上没再看着学生叹气了。

一天，放学的时候雨下得很大，我没带伞，这时一个男生把伞让给了我，和别的同学一起用一把伞，还说他们身子小，两个人用一把就够了。一次，我生病了，学生硬不让我讲课，我说，时间紧，任务很重，不讲不行，学生拗不过我，只好让我坐着给他们讲。一次，我买东西差两元钱，正没办法，一个我根本不知道班级、姓名的学生帮我付了。一天，我正走得急，突然身后有个叫'老师好'的声音，等我转身看时，早已不见了身影……

多么可爱的学生啊！多么令人感动的可爱啊！为人师者最大的幸福莫过于此！同一件事，换一个角度，换一种心态去欣赏学生，就会发现每个学生都是可爱的。作为教师，应以一颗宽容之心去发现学生身上的真、善、美，而不是成天给学生找错，数落他们的不是。只要用心品味，学生的可爱无处不在。

记住，无论自己受了多大的委屈，也不要轻易认为自己的学生无可救药，不要动不动就冲学生发火，先冷静下来，想想学生的可爱之处，也许问题就能迎刃而解。

让我们以良好的心境，宽广的胸怀，一起去发现学生的可爱，感受学生的可爱，用自己独特的爱呵护每一朵鲜花，尽情展现我们为人师者的闪亮风采。

# 预防和减少语言暴力对学生的伤害

语言暴力是指教师对学生，或是学生对学生，或是学生对教师，或是家长对孩子，或是社会对学生等进行恶语伤人的一种现象。这种现象，在每一所学校里，在每一个教师的身上，或在每一个家庭中，或在社会的每一个角落里，都会或多或少地存在着。

语言暴力对学生会造成伤害。针对这个问题，笔者进行了调查，知道和了解了学生所受语言暴力的来源：一是教师的冷嘲热讽。主要表现在成绩差、表现差，不听话，经常惹是生非的学生身上。对于这类学生，有的老师，特别是班主任，经常用带有讽刺性、侮辱性的语言贬损学生，消极而片面地评价学生。二是同学的闲言碎语。同学之间，由于交往中会出现各种小矛盾，相互之间会使用一些不堪入耳的语言乱骂，或给别人取绰号，或取笑别人的生理缺陷等。三是家长的厉声呵斥。有的家长，素质低下，动不动就骂孩子为"狗杂种""小狗日的""混蛋""笨蛋"等；孩子成绩不好，就会破口大骂："你怎么比猪还蠢，只考了这么一丁点""你这混蛋，这么丢人，怎么会生有你这样不争气的家伙"等，以此来威胁、恐吓孩子。四是社会的讽刺挖苦。由于学生千差万别，往往做出不太合乎社会规范的行为，于是，社会就给这些学生进行评价，让不少学生蒙受语言压力。如学生三三两两出去，手拉手，似有谈恋爱之势，社会就会说："你看，这个学校出来的学生，都是人渣，只会谈恋爱。"又如，有一些学生动不动就吵架、打架、抽烟、喝酒等，社会就说："你看，那些学生就是一群垃圾"等一些歧视性的语言。

不管是老师批评学生，或是学生吵架，还是家长打骂孩子，社会评价学生，都不同程度地使用过如辱骂、鄙视、贬损、威胁、恐吓等类似的语言暴力。语言暴力会给学生带来不同程度的伤害，给他们心理带来负面的影响。主要表现在：一是使学生自尊心受挫，缺少自主心；二是导致学生自卑感增强；三是造成人际关系紧张；四是使学生产生焦虑抑郁心理；五是造成学生情绪低落。

　　语言暴力是一把"不沾血的刀"，给学生带来了悄然无声的杀伤力，给学生心理健康带来了严重的影响，究其原因：一是教师综合素质与人文精神的匮乏、薄弱。一些教师不能以平等或平常的心态去对待学生，依然扮演权威的角色，不喜欢或看不惯"另类"学生，在学生中建立语言霸权。二是学生由于年龄小、素质低等因素，会有意无意之间对同学恶语相加，造成语言伤害。三是一些家长常以讽刺或刻薄的语气辱骂孩子，给孩子的自尊心造成很大伤害。同时，孩子由于受家长的潜移默化的影响，容易把这种语言表达方式带到学校，用刻薄的语言对待周围的同学和他人。四是电视、网络、书刊中的语言暴力不断出现，对学生的健康成长构成了极大的威胁。还有不少社会上的人，在大庭广众之下，污言秽语，极其严重地影响了学生。

　　针对这些问题，我们要如何解决语言暴力对学生的影响呢？一是提高教师综合素质，转变教育观念，充分认识语言暴力对学生的危害。二是学生要学会自觉抵制语言暴力，不说带有语言暴力的语言。要多反省说暴力语言给别人造成的伤害或可能引起的后果。三是家长要注意教育孩子的方法方式，不用粗话、脏话、讽刺的话教育孩子，要与孩子平等沟通、交流，要与老师保持联系。四是全社会应关心学生的健康成长，努力营造良好的育人环境，杜绝"语言暴力"，倡导文明用语，多对学生给予认同和鼓励。

# 在孩子心中播撒阳光

现在的孩子，由于种种原因，都存在着这样那样的心理压力，从而影响学习。针对孩子存在的种种压力和问题，家长、教师和社会都要转变观念，走出一般教育孩子的误区，学会呵护孩子的心灵，在孩子的心中播撒阳光。

## 家长：保持一颗平常心

当今社会竞争强、压力大，不少家长或希望孩子将来有个好前途，或希望孩子完成自己未了的心愿，或把孩子当成炫耀的资本等等，不一而足。可是，我们知道，现在很多孩子，在学校里老师加时拖堂，回到家还得做大量的作业。有的家长，说是为了孩子的前途，不惜金钱，星期天和节假日都把孩子送到各种补习班去学习。殊不知，过量的知识超过了孩子的承受能力，往往使孩子产生厌学情绪，影响孩子的成绩。其实，家长教育孩子，要有一颗平常心，不要眼睛老盯在孩子的成绩上，要承认不同的孩子是有区别的，各有所长所短的。并且，家长也要认识到孩子的聪明也是表现在多方面的，而不是成绩上。作为一个合格的家长，应根据自己孩子的情况设定相应的期望值，善于发现孩子的长处及良好的品质，并给予鼓励。这样，才能让孩子感觉到家长对自己的理解、尊重、信任，从而使孩子身心健康，人格健全，全面发展。

## 教师：加强心理健康教育

现在，大多数学校，大多数教师，在教育教学过程中，只注重知识的传授，往往忽视思想品德教育、心理教育。在学校里，教师总是用单一的标准即学习成绩评价学生。很多学校，全凭学生考试成绩给学生编班、排座位、评优秀、评模范……长此以往，不但使那些学习成绩差的学生产生厌学、自卑、焦虑、孤僻等不良心理，而且也让那些成绩总是高居榜首的学生，心理压力非常大。特别是学习成绩好的这类学生，一旦他们原有的优越地位、优越条件失去，他们就会产生严重的心理失衡，有时还会酿成严重的后果。所以，作为教师——人类灵魂的工程师，不能太短见，太功利。在教育教学过程中，要有一颗博爱之心，不但爱那些成绩好的学生，也要对那些学习有困难、有问题的学生给予更多的关心、理解、信任和鼓励。不仅要对学生进行励志教育，更要教给他们不去苛求自己做不到的事情，让他们接纳自己，善待自己，学会缓解精神压力，学会放松和宣泄。作为教师，总的目的就是使学生保持良好的精神状态，在快乐的情绪中循序渐进地健康成长。

## 社会：给孩子提供健康成长的土壤

孩子的成长，环境的影响不容忽视，我国古代"孟母三迁"的故事就是很好的明证。现在，社会上出现种种不良现象，比如影视剧中的残暴打杀场面、地摊书籍里的粗俗低级趣味、网络游戏中的黄色扭曲变态怪异等，对孩子健康成长产生极为恶劣的影响。所以，全社会应关注这个问题，努力营造一个洁净健康的社会环境，以给孩子的成长提供较好的土壤。

总之，现在很多孩子的心理健康问题，可以说，已到了刻不容缓的地步。中小学阶段正是社会文化敏感期。作为家长、教师和社会，应做出共同努力，给孩子提供健康成长的土壤，在他们的内心深处播撒下阳光，使他们拥有快乐的心情，健康的行为。

# 做个坚守师德底线的老师

近年来，全国各地都不断发生教师违背师德规范的事件。只要在网络上随便搜索"教师违背师德事件"，便呈现一串串的案例。网络上所披露出的教师违背师德的事件，不仅败坏了教师的声誉，而且还给社会造成了恶劣的影响。

思考当前某些教师存在的问题，我们有些教师的灵魂深处究竟怎么了？问题出在哪里？是非常值得思考的问题。

我们知道，每个学期和每个时段，教育主管部门和学校党政领导都在重申"不能体罚和变相体罚学生"。但是有些教师就是不爱听和听不进去，不把这一条师德规范当回事。在教学中，经常体罚和变相体罚学生，轻者倒是没有问题，重者往往发生体罚学生的严重事件。

当老师难，当个好老师更难。但是作为一个老师，说句真心话，不需要你把学生教得最好，成绩最突出。但要求你必须做个师德高尚的老师。在当前新的教育形势下，对学生不听话、上课捣乱、睡觉，不接受批评教育、与老师顶撞等各种行为，都要求老师要有一颗平常的心、宽容的心。要看得惯学生的叛逆行为，要允许学生犯错误；要对学生有爱心，对学生要像对自己的子女一样，对非常调皮捣蛋不听话的学生，教师也要用一颗平常的心、宽容的心去对待，调节好自己的情绪，少冲动，多淡定；要善于宽容学生的过错，允许学生犯错，容忍学生的过错；要提高自己的师德修养，不能动不动就用粗暴行为体罚学生，特别是打学生的要害部位。否则一旦有事，即便教师满身是嘴，也是解释不清楚的。因此，作为一个教师，必须守住师德的底线。

面对经常出现体罚和变相体罚学生的事件，教育行政部门曾三令五申严禁发生。可是每年都有几起，这就必须要引起教育行政部门、学校、教师的深入思考。从教育行政部门讲，要加强教师入职前的严格审查，避免那些有不良行为、心理不健全的人或类似问题的一些人进入教师队伍，同时应该加强对教师的教育和监管，避免类似事情的发生。从学校角度讲，要加强学校教师职业道德教育，经常进行师德师风教育学习。从教师个人讲，一是要靠教师职业道德自律，严格遵守教师职业道德规范。二是教师要自觉遵守教育相关法律、法规和制度。三是教师对学生犯错，要有平常、宽容之心。四是要热爱学生。不仅热爱那些学习成绩优秀的学生，更要去热爱、帮助那些在学业上暂时落后的学生，还有在思想上有问题的学生。公正、公平地对待每一个学生。五是品行要端正，情趣要高尚。教师的个人道德品行、思想修养和精神风貌必须高尚且高雅。汉代教育家杨雄说："师者，人之楷模也。"教师职业的特点和性质，决定了教师要做"人之楷模"。

师德不仅是对教师个人行为的规范要求，而且也是教育学生的重要手段，起着"以身立教"的作用。一个合格的教师，除了具有相应的各种能力要求外，还必须有起码的师德底线。

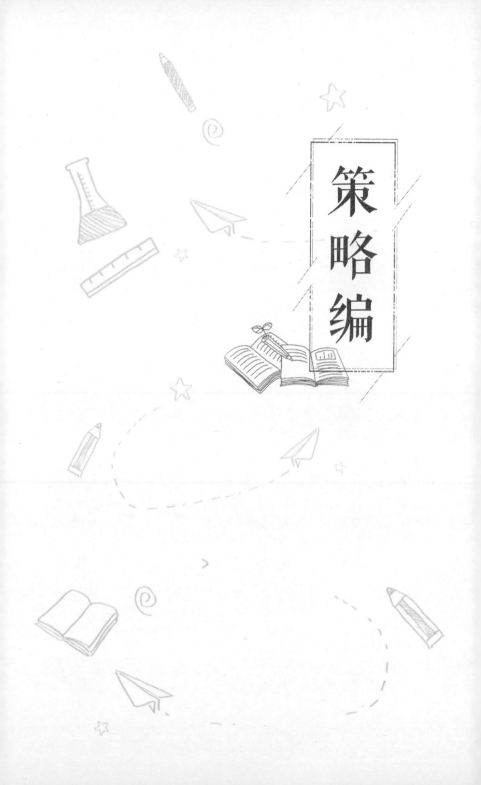

策略编

# 关注教师心理健康教育

近年来，全国各地媒体和报刊常披露校园"暴力事件"，以至人们不禁要问：教师，你的心理是否健康？

据有关资料记载，教师的心理健康水平偏低，有三分之一以上的教师感到较大的职业压力，五分之一以上的教师有较为严重的精神紧张和焦虑乃至心理疾病。这些不健康的心理表现，导致了一些恶性事件的发生。

一般来说，大多数教师心理是健康的，但也有少部分教师心理不健康。这少部分教师的不健康心理，究竟是什么原因造成的呢？可以说，因素是很多的，但归结起来，主要有两大方面：

一是外界的压力。表现在社会对教师的期望和要求太高，要求教师人格完美、倾情奉献、专业全能；教师的社会地位与实际社会地位反差太大，引起教师难以避免内心深处的角色冲突；升学率、评职晋级、奖惩制度等给教师施加了更大的压力，让教师难以应付；教育新思想、新理念、新方法层出不穷，教师不断培训、学习，不断更新自己的知识结构，加重了心理负担。

二是教师自身的因素。教师由于角色多样，喜怒哀乐常与之相伴。因此，很多教师经常感到疲惫不堪，烦躁易怒，心力交瘁……导致心事重重，心理负担过重。

那么，关注教师心理健康有什么意义呢？我们知道，教师心理健康，关系到学生心灵的塑造。教育教学中，教师必须有健康的心理，这对教育教学具有重要的意义。

一是教师心理健康与否直接影响着学生。心理健康的教师对学生的心理问题起着健康向上的引导作用。如果教师和谐、热情、耐心细致且作风民主，学生则会在潜移默化的言传身教中养成机智勇敢、刚毅沉着、活泼乐观、自信开朗的品质。如果教师缺乏健康的心理，赏罚无度，喜怒无常，冷漠无情，则容易引起学生的无所适从，情绪困扰，甚至发生心理障碍。

二是教师心理健康与否会直接影响工作效率。心理健康的教师会使其在智力、情感、意志等方面得到正常发挥，从而提高自己的工作效率，客观地评价、自如地应对客观环境，其心理倾向和社会现实的要求之间的关系基本上协调。

三是教师心理健康与否会影响自身的健康。一个教师，时时看不惯这看不惯那，抱怨这抱怨那，忧心忡忡，就会觉得社会和他人与自己格格不入，产生心理焦虑，引发身心疾病。

针对少部分教师存在的不健康心理，我们应怎样做呢？

一是认识自己。教师要正确认识自己，客观评价自己，合理要求自己，要了解自己的优、缺点，不给自己设定不可及的目标。工作中，不因他人和同行对自己的评论而影响自己的情绪。生活中，对世事中的不平、不满保持泰然处之的心态。

二是学会调适。教师要学会自我调适，合理宣泄自己的不良情绪。

三是认真学习。教师要积极参与继续教育，不断学习掌握新的知识，尽快适应新的教学观念，掌握新的教学方法，达到新的教学要求，才能寻求新的发展，真正拥有心理上的安全感。

教师们，让我们以开放的、豁达的心态对待变化和外界，给我们所有的学生营造温馨的家园，让我们的职业在阳光下焕发出灿烂的光彩。

# 关注农村"留守孩"

随着朝阳产业——打工经济的做大做强，很多农民为了生活、为了家庭、为了给子女积累教育资金，纷纷走出山门，外出打工，把孩子留在了家里。这些被留在家里的孩子，就成了"留守孩"。这些"留守孩"，家长要么把他们托付给年老体弱的父母照料，要么托付给远亲近邻帮看管。时间一长，这些"留守孩"情况怎样呢？

## 惨痛的案例

王鸿飞（化名），原本是个活泼可爱，聪明伶俐，学习成绩优秀的初二学生。自从他父母双双外出打工后，由于长时间没有感受到父母之爱和家庭的温暖，每天回到家，见到的总是爱唠叨的外婆，心里十分烦躁和孤独，继而心情忧郁，学习大幅下降，最后中考，名落孙山。

杨守荣（化名），十三岁时，父母就外出打工，身边没了父母的陪伴，他逐渐感到心头空虚和孤独，没办法，只有去找伙伴玩，但那些伙伴嫌他不会打牌，不要他一起玩。后来，为了和伙伴玩，他学会了打牌和赌博，并一发不可收拾，继而发展形成恶习。待父母知道，悔之晚矣。

刘玉丁（化名），小学五年级学生，听话本分。父母在家时，常教育他要遵守学校纪律，与同学相处要谦和，不能跟同学打架。父母外出打工后，将他托付给没有文化、嗜酒如命的外公照料。一天，外公见他哭着回家，问他为什么哭，他说在路上被别人欺负。外公便说，以后哪个欺负你，你就打他。在外公潜移默化下，他逐渐养成了粗暴的性格。一次，他与同学无理吵闹，他先动起了手，把同学打成骨折，酿成大祸。

## 沉痛的思考

从以上案例不难看出，绝大多数农村"留守孩"成长过程中，缺少家庭温暖，缺乏比较完善的家庭教育，缺少必要的监督管理。在这种背景下，农村"留守孩"常表现出孤独、放任自流等消极情绪，在学校里不努力学习，回到家里无人照管，在社会上极易走入歧途。时间稍微一长，心灵就会发生扭曲，这对他们性格形成乃至成长是十分有害的。况且，学校教育，根本替代不了家庭教育。

当今，是知识经济时代，很多农村孩子的家长，为了支撑起孩子接受高一级教育的经济平台，置孩子的家庭教育和监督管理于不顾，远离家乡外出挣钱，实属无奈之举。并非所有的农村家长都知道家庭教育和监督管理对孩子的成长意味着什么，他们也很想厮守在家，饱尝天伦之乐，给孩子提供理想的家庭教育，使孩子在精神上、心灵上得到满足和充实。然而，薄弱的经济条件在孩子面临接受高一级教育时是那样的不堪一击，这就是家长们目前置孩子的家庭教育和监督管理于不顾，去寻求经济基础的根本原因。

可以说，农村"留守孩"是一支队伍庞大的群体，在家庭教育和监督管理方面，他们处于"弱势"。目前，农村"留守孩"的家庭教育和日常监督管理跟家长外出打工形成了尖锐的矛盾，这个矛盾不解决，将影响到农村数以百万计的"留守孩"的健康成长。

## 呼唤出台新体制

农村"留守孩"的家庭教育和监督管理问题，不是一个地方，而是全国农村各地普遍存在的问题，是事关我国青少年健康成长的重要问题，是关系到我国未来社会稳定和人口素质提高程度的根本性问题。况且，每一个"留守孩"，都有接受良好家庭教育的权利。所以，对于"留守孩"的家庭教育和监督管理，不但其家长有直接责任和义务，社会有责任和义务，地方基层政府也有责任和义务。而这项工作，仅仅依靠家长个体的力量是无法解决的，这就使我们不得不去谋求新的体制。

社会发展要求有与之相适应的体制。回顾新中国的发展历程，当经济建设成为主要矛盾时，党中央及时进行了体制改革：农村责任田地承包到户，走改革开放之路……如今，面临农村"留守孩"问题，理应出台相应的体制来解决。

## 新体制框架设计

外出打工的家长，把"留守孩"的家庭教育和监督管理工作，托付给残弱老人和远亲近邻去实施是远远不够的。一方面，这一群体中大部分人文化素质偏低，难以胜任家庭教育和监督管理；另一方面，这一群体只起"托付"作用，没有一套完善的教育管理方案。

那么，能不能在当地基层政府某一职能部门的指导管理和监督下来解决上述矛盾呢？笔者认为是可行的，与此相应的体制框架设计：一是根据当地"留守孩"情况，基层政府增添相应的职能部门和人员；二是基屋政府与当地"留守孩"的家长取得联系，协商家庭教育管理事宜；三是招聘素质较高的"教育管理人员"，视需要每村安排 1 ～ 2 人，"教育管理人员"经招聘、培训后上岗，全面行使家庭教育、管理、监督职责，基层政府职能部门定期对"教育管理人员"的工作情况进行检查、考评。

以上新体制框架设计的提出，其实质是在特定阶段下的一次社会化大分工，这种分工的目的是为农村"留守孩"构建较理想的家庭教育环境，其核心是让"教育管理人员"行使"留守孩"家长的家庭教育管理职能，以确保"留守孩"在成长过程中形成优良的品质和人格。

# 关注青少年学生心理教育问题

近年来，由于种种原因，导致不少学生存在着不良心理问题。这些心理问题的存在，严重影响了学校的管理，影响了教学质量的提高，影响了部分学校在社会上的声誉。德育教育，要针对并善于调控学生的心理，才能取得良好的效果。因此，做好学生心理调适，对学校教育的发展和全民素质的整体提高，具有积极的意义。

## 学生存在不良心理类型及其思想分析

现在很多学校的学生，由于来源不同，层次也不同，有一部分学生很是调皮捣蛋，难教难管，不听从老师的话，常常违纪，加之有时学校管理松散等，还有就是他们在社会上，由于有点调皮，也会被人看不起，在同学之间，也由于这样那样的原因，使得这一小部分学生心理存在不良表现，呈现出不同的类型。笔者任教多年，通过认真了解、总结，认为这一小部分学生不良心理的表现类型，主要有以下几类：

1. 厌学型。厌学型学生平时不用功，不愿学习，学习成绩差。这部分学生，上课时打瞌睡，一到课余时间，立刻显得生龙活虎。这部分学生，不仅自己经常违反校纪校规，还给周围同学造成一定的消极影响。究其原因，这些学生有的是由于学习基础差，底子薄，上课时听老师讲课犹如听天书一般；也有的学生认为读书无用，反正上学就这么回事，"船到码头车到站"，自我轻松；还有的学生适应能力差，面对生活环境、学习条件、人际关系等变化，无所适从。这类学生精神空虚，缺乏生活热情，以冷漠、不屑一顾的态度对待一切。

2. 义气型。现在的学生，不少会表现出所谓的讲"义气"，经常三五成群，臭味相投，整天混在一起，像一群"古惑仔"。在学生发生的打架斗殴事件中，也基本上无一起不是哥们义气在作祟。几个"志同道合"的一群常自然而然地凑到一起，吃喝玩乐，打架斗殴，以强欺弱，以众凌人。再加上他们缺乏辨别能力，好坏不分，片面模仿，追求他们心目中的"英雄"偶像，追求他们心目中的"酷""爽"等行为方式，在盲目模仿的心理支配下，产生了有"拳"走遍天下的极错误的思想。这种错误的心理，不仅给一些好学生造成了巨大的心理压力和心理威胁，还给学校的教育管理带来了很大的负面影响。

3. 懒散放任型。这类学生表现为组织纪律、时间观念极差，又缺乏自我控制能力，学习上、思想上没有奋斗目标，行为上放任自流。比如，早上该起床时，他们不起床；该上早自习时，他们才起床；上正课时，迟到；上课不久后，又要请假上厕所，反正毛病多多。特别是初中生和高中生，他们还处在花季的年龄，梦想多多，容易想入非非，容易感情冲动，容易过早坠入爱河。在生活上，好吃懒做，贪图享受，穿金戴银，涂发染发，一看就像个"新新人类"，有及时行乐的心理思想。他们对老师的教育充耳不闻，我行我素，知错不改，屡教屡犯，有时还嫌老师的教育太迂腐，太陈旧，一切都不与时俱进。说什么现在是新世纪新时代，还用那套"老八股"教育他们。他们思想上怕苦、怕累、怕下功夫，对一切都抱着无所谓的态度，思想品德水准下降，学业成绩低下。

4. 逆反型。这类学生过多受到社会、家庭、亲友和周围环境的负面影响，不能树立积极的世界观、人生观和价值观，对社会不做全面地分析了解，以点代面，对未来丧失信心，认为学习无用，进而产生逆反心理。

5. 无责任型。这类学生，由于家庭条件优裕，或是家里有钱，父母文化又不高，认为孩子的学习成绩好坏无所谓；或父母有权有势，使孩子认为不管学习成绩如何，将来都会有好工作，于是学习无目的、无压力和无动力，进而对学习产生排斥心理。

以上是青少年学生存在不良心理及其思想分析中比较常见和典型的类型。当然，青少年学生不良心理类型还有很多，但上面几种是比较显现的。在教育工作中，我们一定要引起高度重视。

## 青少年学生存在不良心理表现及其问题分析

部分中国人观念上的突变，已诱发了行为的变异，现在不少学生存在心理表现，就是社会不良风气在学生心理上的渗透和体现。那么，学生存在不良心理，表现在哪些方面呢？

1. 出言不洁。作为接受文明教育的青少年学生，理应是有一定修养的人。可是不少学生，却是出言不逊，出语不洁，出口伤人，满嘴污言秽语，脏话连篇，不堪入耳。这种语言的不文明、不礼貌常常诱发人际关系紧张或冲突。事实上，语言作为交际传媒，其文明程度应是一个人内在修养的直观外现，身为有一小点教养的青少年学生，怎能经常出语不洁！这是一种很严重的不良心理表现。

2. 拉帮结派。现在的学生，由于学习不努力，双差现象逐渐严重，抵制能力减弱，是非不分，受武侠小说、影视作品及社会不良风气的熏染，使得不少青少年学生热衷于效仿那些黑社会人物，在校园里结拜金兰，组成小帮派，横行霸道，欺凌弱小，收取保护费，惹是生非。

3. 玩世不恭。处于生理、心理突变时期的青少年学生，由于幻想性较强，造成学习目的不明确，不努力学习，每天只知道玩，心里想的是只要能混一小张毕业证就行。有的学生，没有明辨是非的能力，经不住社会不良风气的侵蚀，往往导致他们对事物都不屑一顾或进行逆向认识，如对校规、法纪采取一种不严肃的态度，或与传统习惯分庭抗礼，或不满现实，进而以身试法，以此显示自己的"能耐"与魄力，有些学生因跨越法律禁区而追悔莫及。

4. 打架斗殴。这是一种影响极坏、破坏极大的恶劣行径，即便在以管理严明著称的一些学校，也难以根本杜绝。打架斗殴，就其缘由来说，有的是为争强好胜而大打出手，有的是为"争风吃醋"而大动干戈，有的是为帮派恩怨而刀光剑影，有的是为出语不洁而肆意发泄，有的是为打抱不平而引发"战火"等等。就规模而言，有大有小，小到两人较量，大到数十人参与群殴；就结果而言，轻则伤及皮肉，重则出流血命案。实际上，总是两败俱伤，也无所谓输赢，但其影响恶劣，学校必须严加管理防范，"防患于未然"，避免恶性事件发生。

5. 庸俗消费。在拜金主义、享乐主义思潮侵蚀下，不少学生恪守"人生在世，吃喝玩乐"的信条，无视校纪校规，抽烟、喝酒屡犯不止。一些家庭优裕的学生，时常蹲酒楼饭馆，胡吃海喝，或打扮入时，出入舞厅酒吧；甚至一些家庭并不宽裕的学生，也常为"撑面子""摆风度"，不惜借钱"下馆子"而负债累累，当然更不会忘了购买庸俗文艺作品，上网欣赏"裸照""裸戏"等。这种消费的庸俗化、畸形化，已很普遍。它们对学生的身心健康和成长，都是极不利的，不得不引起人们的关注。

6.赌博风行。赌博本是一种违法行为，是"腐蚀人的灵魂的麻醉剂"，也是犯罪及诸多社会问题的诱因，对社会风气具有严重的毒化作用。但是，赌博风已污染了学校这方"净土"，不少学生利用扑克、猜拳划令等等手段在校园里进行赌博，或是走出校门，通过打麻将、打台球、斗地主、玩电子游戏等进行赌博，赢者，喜形于色，手舞足蹈，"歇斯底里"；输者，无精打采，唉声叹气，脏话连篇。赌博风行，危害极大，若不严加管理，势必毒化校风、学风，造成学生不良心理的大量滋生和更严重的蔓延。

以上是青少年学生存在不良心理表现及其问题分析，通过这些，我们大体窥见了现在青少年学生存在的不良心理表现，这对我们施以教育和管理，很有帮助。

## 青少年学生不良心理形成原因分析

青少年学生不良心理形成的原因，应该说是有很多方面的。但归结起来，主要有以下方面：

### "大环境""大气候"方面

1.家庭因素。家庭因素主要是指家长的教育方法，家庭成员间的关系，以及学生在家庭中的地位。家长对子女要求过高，方法简单粗暴，会导致子女心理压力过大，容易出现恐惧、逆反心理。家庭破裂会给子女造成心理创伤和失落感。学生在家庭中得不到应有的温暖和鼓励，形成孤僻的性格，自卑的心理；过分宠爱会形成骄纵、无创造性，以自我为中心的心理。此外，家庭环境对子女也有感染作用。学生长期在不良的家庭环境中生活，充当特定的角色，容易形成特定的性格。

2.社会因素。社会因素影响十分广泛复杂，内容、形态、渠道也多种多样，但影响较为普遍的是社会舆论、社会风气和人们的思想认识。

3.学校因素。学校因素影响学生心理的因素更多，更为直接。教育的要求合理、恰当，就容易被接受；要求过高，苛刻或不合理，则会引起学生过大的心理压力和埋怨心理。同样的内容和要求，用榜样示范、暗示、激励、说理的方法启发学生思考和自我教育，就易被接受；方法简单粗暴，特别是不恰当的批评、处分，则容易伤害学生的自尊心和感情，会引起学生恐惧和逆反心理。

### 学生思想素质方面

我们知道，人的行为总是受思想意识支配的。学生的心理表现，也是其思想意识作用的结果，可这些不良思想意识本身就带有病态特征。具体说来，主要表现在：

1. 认识上的逆向性。逆向性是指在认识事物时，不是遵循事物发展的规律，按事物发展的正常方向去认识事物，而是从相反的方向凭主观意愿、个人偏好出发去辨识事物，往往逆向而动，"你把他当人看，他把你当猴要"，对社会的正常现象持否定态度，对周边的人持有戒备心理和敌视情绪。以至于常常无事生非，无理取闹，蛮横霸道，制造事端。

2. 情绪的反常性和突变性。一部分学生，心理脆弱，意志消沉，情绪多变，缺乏进取心，爱慕虚荣，因而遇事感情冲动，争强好胜，学习上则不思进取，生活中相互攀比，贪逸恶劳，追逐奢华，消费畸形。

3. 想象的空想性。一部分学生，想入非非，空想连篇，而当这种不切实际的想象受阻隔难以实现时，又表现出心理失控、情绪波动、意志消沉、逆向行为等。如不切实际地效仿行侠仗义的英雄好汉，缺乏理智地好打抱不平，脱离实际地崇拜、暗恋明星，仿效其衣着、言行，成为狂热的"追星族"，有的为捍卫偶像的"圣洁"，竟然对同学的戏谑报以拳脚，引发流血事件。

4. 需求意识的庸俗性。一部分学生认为"人生在世，吃喝玩乐"，"人不为己，天诛地灭"，导致自私自利、吃喝玩赌的倾向和风气不断扩散、变形。

综上所述，可以论断：现在一部分学生不良心理的滋生及蔓延，其危害于教于己、于国于民是十分严重的。时至今日，抑制与消除这些不良心理的滋生和蔓延，已经迫在眉睫，必须采取强有力的措施予以治理。

# 青少年学生不良心理调适的措施

针对青少年学生存在的不良心理类型和表现，我们应采取什么样的措施加以调适呢？从社会"大环境""大气候"和校园"小环境""小气候"以及学生群体来说，应该在以下一些方面加以努力：

**"大环境""大气候"方面**

1. 净化社会风气，完善法制建设。在大力发展社会生产力，构建社会风气，完善社会主义市场经济体制和社会主义和谐社会，促进物质文明进步的同时，要加强精神文明（尤其是思想道德方面）建设，即必须坚持"两手抓，两手硬"的方针，促进社会"大环境""大气候"的好转，为青少年学生以及所有的青少年的健康成长营造良好的社会氛围，建立健康向上的道德秩序，抑制一切不良社会思潮及风气的滋生、蔓延与侵蚀。当然，也包括健全和完善法制、严肃法纪、树立法制的绝对权威，建设法治的经济社会等内容。

2. 呼吁社会力量，创造良好的社会环境。社会上的腐败现象、拜金主义和享乐主义等不良风气给青少年学生造成极大的影响，含凶杀、暴力、色情等内容的书籍、影视及网络包围着青少年学生，并屡禁不止。这些内容的传播，严重影响了青少年学生及广大青少年的健康成长。社会各方面力量应该加以遏制、禁止、消除这些会给青少年成长带来严重心理影响的内容。

**"小环境""小气候"方面**

1. 加强思想道德教育。加强思想道德教育，是转化青少年学生不良心理的一种有效手段。怎样加强呢？一要明确教育的方向。邓小平曾多次告诫我们："在新时期一定要加强学校思想政治教育，包括道德教育。"根据学生的具体情况，学校要积极有效地进行革命理想和共产主义品德教育，进行中华民族优良传统教育和革命传统教育，进行革命的人生观和世界观教育，进行艰苦奋斗和勤俭创业教育，进行伦理道德审美教育，帮助学生逐步树立正确的人生观和世界观；二要健全完善德育教育网络；三要将思想道德教育融于有形的教育活动中去，让学生在活动中得到锻炼，受到教育。如学校经常组织丰富多彩的课余活动，增加学生相互交往的机会，增强同学间的参与意识，也使同学间加深相互了解，有助于消除孤独感和自卑感等。并利用文学社、学生会等学生社团组织活动，提高学生能力，增强自信心。

2. 加强心理教育，帮助学生形成健康心理。各级各类学校，要培养学生良好的个性，使学生具备良好的处事能力和人际交往能力，必须加强心理卫生教育。它包括两方面：一方面是进行心理教育，就是将心理学的有关知识结合到教育中去，使知识和思想教育工作获得最佳效果；另一方面是进行心理咨询，通过咨询，发现心理问题，及时帮助和解决。如对于自卑心理过重的学生，要给他们提供成功的机会，让他们找回自信；对于有恐惧心理的学生，要积极主动和其家庭取得联系，要取得家长的支持、理解和配合，心病要用心药医。

3. 积极开展各类活动，在活动中教育影响他们。从青少年学生心理存在的实际问题出发，抓住学生的热点、难点、疑点问题，开展丰富多彩寓教于乐的德育活动，引导学生树立正确的人生观、世界观、价值观，培养良好的兴趣和爱好。应根据不同学生的不同特点，积极鼓励他们参加各类活动，在活动中发挥其特长，看到自我存在的长处，从而帮助他们树立自信心，鼓起他们做人和学习的勇气，迈开转化的步伐。

4. 严肃校纪校规，加强防范管理。思想教育不是万能的，调适青少年学生的心理，还得靠一些严明的制度来保证，应建立一整套的行为准则和奖惩办法，对严重违纪，造成较坏影响的学生应严肃处理，决不姑息迁就，这不但有利于警示当事人，更重要的是能教育全体学生。

**教育工作者方面**

1. 加强正面引导，唤回学生失落的自信心。青少年学生中的差生，由于常被人歧视，所以他们渴求老师和同学的理解、信任和表扬，渴望别人能尊重自己。因此，教师应营造适当的环境和气氛，要一分为二地看待学生，做到有教无类、因材施教，摒弃"朽木不可雕""烂泥扶不上墙""不可教也""天生愚蠢"等歧视学生的陈旧观念，不要往他们的伤口上撒盐，而要"雪中送炭"，树立"朽木可雕""孺子可教"的教育理念，要运用多元智能理论评价学生，以贴切、客观的评价，拉近师生的距离，营造和谐的师生关系，增进师生间的沟通、理解与信任。

2. 了解学生心理，及时把握教育时机。教师要经常从学生的行动、情绪反应来了解他们的心理及其变化，发掘"闪光点"和积极因素，把握教育的时机。一般来说，当学生处于不平衡的状态，这时就是教育的良机。如自尊心受到伤害而又想自强时，自己的努力受挫而又失败时，对过去感到内疚时等，如能及时引导，向积极方面转化，进而在提高层次上求得心理平衡，就能取得最佳德育效果。

**学生自身思想素质方面**

1. 不要自卑。作为差生，面对社会、教师、学生对自己的歧视，对于同学的污言秽语，要不加理睬，要把它们当作耳边风。

2. 认识自己。青少年学生，特别是"双差生"，不要认为自己低人一等。要对照一下自己，照照镜子，衡量自己的学识、水平、能力有多少，知道自己是一块什么样子的"料子"，懂得社会需要不同行业的人，自己即便差，也只是差在某些方面。

3. 充满信心。作为学习成绩不太好的学生，不要认为自己不会成才，只能是社会的多余人。对学习、对前途，要充满信心。

作为青少年学生，具备了这些心理素质，就会少产生不良心理现象，这对于生活、学习来说，都是良好的心理表现。

总之，青少年学生不良心理调适，不是一朝一夕就可以解决的，它是一个从悲观到合理定位再到不断进取的复杂心理过程。它需要社会、学校、家庭的正确引导，更需要学生通过自身的意志和毅力不断克服各种心理障碍，总结经验教训，巩固每一点进步。只有这样，青少年学生的心理调适才能取得显著成效，才能促进心理的健康发展。

# 关注网络对青少年学生的不良影响及矫治

现在，随着信息技术的迅猛发展，网络已经深入实际生活。据统计，目前我国各类网站已有 15000 多个，网民近 2000 万，其中青少年学生占上网总人数的 20%。那么，青少年学生上网做什么呢？《北京青年报》曾做过调查，青少年学生上网 60.7% 的人在玩游戏，34.1% 的人找朋友聊天，其余的人关注文艺和体坛动态等。可见，青少年学生上网的主要目的是游戏、娱乐和交友。由于青少年学生喜欢上网，从网上接触到了一些不利于身心健康的内容，从而导致和引发了一系列的负面影响，这些影响，应该引起人们的思考。

那么，青少年学生上网，到底有哪些不良影响呢？具体说来，主要是：

影响思想道德观念趋向。网络信息为上网青少年学生的学习提供了丰富的资料，开拓了他们的视野，大大丰富了他们的课余生活。但是这些信息，有些是没有加工筛选的原始信息，良莠不齐。在各种信息、观点自由表达的网络上，个人主义、利己主义和实用主义等西方价值观，拜金主义、享乐主义、追求奢侈等腐朽生活方式以及注重感官刺激的低俗情趣，乘信息大潮汹涌而来。青少年学生的思想道德观念还没有成熟，还没构成一个较完整的体系。大量的接受这类信息，势必影响青少年学生的思想道德观念趋向，使他们逐渐认同西方民主和西方文化，并对自己民族的自尊心、自豪感产生动摇，进而动摇传统的道德规范和行为准则。另外，网络也是色情、暴力等文化垃圾生存和传播的土壤。据调查显示，上网青少年学生当中，有近八成访问过色情网站。另据《华商时报》报道，我国涉嫌性犯罪的未成年人几乎全部观看过淫秽影碟或访问过色情网站，青少年的犯罪手段也大多模仿自网络。

影响现实人际交往。青少年学生正处于青春发育时期，思维异常活跃，他们渴望获得与成年人同等的交流自由。网络正好给他们提供了交友的天地。这种交友是以网络为中介，以文字为载体，以虚拟化的交流角色为主体的交友方式，具有间接、虚拟、平等、自由的特点。这种特点使得青少年学生可以在网上宣泄自己内心真实的快乐、烦恼、孤独、痛苦。还可以根据自己的喜好扮演一个满意的角色，真实生活中的缺憾可以通过上网制造出的虚拟来弥补。而且网上交流是虚拟的平等交流，可以自由选择交流对象。这正是青少年学生内心渴望的一种交往方式，极具吸引力。青少年学生的性格尚未定型，长期迷恋网上交友，会在一定程度上弱化他们与真实世界的交往能力，严重的还会导致心理疾病。据说，一个重点中学的上网能手，自从迷上网上聊天后，一天短则二小时，长则四五个小时，花费不菲还在其次，问题是他竟像换了一个人，回到现实生活中就感到孤独，感到不再适应，不愿再与他人交往。

影响身心健康成长。青少年时代正处于一个人身心成长的关键时期，养成良好的学习、生活习惯至关重要。迷恋网络世界，一方面挤占了课余体育锻炼和参与社会实践的时间，有的甚至挤占正常的学习时间，不利于养成健康的体魄和参与社会实践的能力，也不利于学习。另一方面，长时间的上网，也易导致眼睛疲劳和神经衰弱，造成视力下降，情绪不振等疾病，影响身体发育。另外，网络传播的形象化（图、文、音、像），强化了学生"看"的接受方式，而弱化了学生"想"的思维方式。据相关资料调查，发现常"泡"在网上的青少年，其写字作文、分析综合、评论欣赏的能力，要比接受传统学习的学生差一些。

针对上述不良影响，我们应采取怎样的方法矫治呢？

做好上网青少年学生的心理疏导工作。网上世界的精彩丰富和网络文化的简单快捷，对学业重负下的青少年学生具有极大吸引力，因而也极易使之沉迷上"瘾"。我们不能因噎废食，不能因为上网会对人的心理产生障碍而禁止或阻止学生上网。相反，应积极让掌握计算机技术的学生上网，但对因上网而导致心理障碍的学生应积极疏导。首先是防患于未然，应在学生上网前就向学生传播有关上网可能导致心理障碍的信息，以及防止心理障碍产生的方法，使学生尽量避免上瘾。其次是对已患上上网心理障碍的学生进行矫治。如适当控制上网时间，要求学生在上网的同时不要忽视与同学、家长、教师的人际交往，教师应与家长保持密切联系，引导家长正确指导孩子上网等。

提高学生的选择能力和免疫力。要加强学生的政治思想教育，增强政治敏感力和鉴别力，树立对中国特色社会主义制度的优越感和民族文化的自豪感。加强对学生进行科学的世界观、人生观、价值观和道德观教育，培养他们健全的人格和高尚的道德情操，使其在西方的价值观和腐朽生活方式、黄色信息面前，能够自觉地抵制诱惑。

加大组织学生参加社会实践的力度。首先是要多让学生参与各种道德实践活动，让学生在家庭、学校、社会面对各种道德问题时能做出正确的判断，使道德行为在实践中不断提高。其次要加强对学生的写字、运算等基本功的操练。特别是对正在打基础的小学生和初中生，更不能以电脑和网络来代替写字和运算。再次是加强对学生的动手能力培养。学生在电脑面前，只要点击鼠标就能驰骋在因特网中。长此以往，由于手脚活动减少，不利于他们协调性的培养和大脑的全面发育。因此，培养和加强学生动手能力，可以弥补青少年学生在发展过程中的这一缺陷。

加强对青少年学生的网络道德教育。目前还没有成熟和有效的法律和道德规范来约束上网行为。上网人只是按照自己在信息网络中的需要来活动，这就对现实社会中主导的道德规范形成巨大的冲击，并使其约束力明显下降。为此世界各国纷纷开始研究并制定一系列相应的道德规范。美国华盛顿有一个名为"计算机伦理研究所"的组织推出了"电脑伦理十诫"。南加利福尼亚大学的网络伦理声明中，指出了六种网络不道德行为类型。这些规范都是对现实生活中的道德规范的补充和发展，使其在数量上不断积聚和扩大。当前，我们应该加强青少年学生的上网道德规范教育，使他们从一开始就能按照一定的规范行事，免得等到问题成堆后再回头来矫正。

# 孩子难教育因素与教育方法

现在的孩子，大多是独生子女，经济条件宽裕。在家里和学校里，不听父母和老师的话，难教育、难管理，这是大多家长和老师的共识。由于这些原因，使孩子存在着这样那样的严重问题。具体表现在：

一是骄奢。现在的孩子，大多家庭条件好，父母给他们创造了良好的生活环境，在教育投资上也很舍得花钱，造成他们从小一直在优越的环境中成长。但他们不知父母的辛苦，在家很娇气，在学校，也很自以为是，吃不得一点苦，稍有一点不满，就会给同学和老师脸色看，具有很强的放任性。此外，有的孩子学习成绩一般，但生活奢侈，青春是在金钱包装下和在父母的光环下做着"黄粱美梦"。所以，现在的孩子有一种骄奢感。

二是孩子容易学坏。由于现在的孩子不大听话，家长和老师监督不到位，加之孩子缺乏是非鉴别力，容易受到社会上不良生活习惯的影响。此外，现在的孩子拥有太多的零花钱。这些钱，孩子大多不花在学习上，而是花在游戏室、网吧、迪吧、茶吧等。有的孩子在外还有住房，表面上看，为学习创造了良好的条件，但实际上，有的是在外同居。父母说不了，老师管不了。

三是课堂问题突出，班级活动很难管理。现在的大多孩子，在家和在学校，不大听从师长的话，自由散漫。加之缺乏自制力，我行我素，晚上有时偷着去娱乐，导致睡眠不足，第二天课堂上没有精神，注意力不集中，在下面不是睡觉就是玩小东西、耍小动作，或在家里睡觉。还有，在班级管理上，现在的孩子存在许多问题，如他们不太参加或拒绝参加班级集体活动，往往利用班级集体活动之机溜出去玩，从而使班级活动难以开展。

以上这些是孩子难教育难管理的具体表现。针对孩子的这些具体表现，我们怎样才能教育好孩子呢？要教育好孩子，必须找到孩子难教育的症结所在。笔者认为，现在的孩子难教育的原因，一是父母管教不力。有的父母，由于忙上班、干活、经商等，无时无力管教孩子，对孩子的学习、纪律、思想、道德等从不过问，任凭孩子自由散漫，渐渐唤不动，并会染上社会恶习，造成难教育。二是父母自身不正。有的父母，常带孩子进出赌场，教孩子打麻将、打牌等，让孩子耳濡目染，养成不良品性导致难教育。三是父母教育方法不当。有的父母，过分溺爱孩子，对孩子放任自流，不说不管；有的父母，过分袒护孩子，时常盖着护着孩子，认为孩子做什么都是对的、好的；有的父母，教育孩子，采取粗暴行为，拳脚相加，打骂孩子是经常的事。四是受不良社会环境的影响。现在的孩子成熟早，对什么都容易产生好奇，也什么都想学想尝试。因此，老师和家长苦口婆心地教孩子不要这样那样，可孩子一旦走出家门校门，就不把老师和家长的话放在心上，胡作非为，天长日久，造成难教育。五是孩子自身性格和素质决定。现在的部分孩子，性格孤僻、暴躁、易怒等，或是孩子道德素质差，家长说孩子不听，老师说孩子顶撞，造成难教育。

找到了孩子难教育的症结所在，就可以对症下药，解决孩子难教育的问题了。

一是培养孩子健康的思想，学会用辩证唯物主义的观点来观察分析孩子，正确对待孩子现实生活中出现的问题，借以克服教育孩子在认识上的绝对化，防止教育上的偏激倾向。二是为孩子创造一个良好的环境。家长教育孩子要端正思想，不要认为孩子小、不懂事，处处压着孩子，使孩子时时背着沉重的包袱，造成孩子抵触情绪。家长要学会让孩子获得个性的自由发展。三是引导孩子参加有益的集体活动。让孩子在集体活动中陶冶情操，振奋精神，保持良好的心态。四是找准教育孩子的切入点。如果教育只是说教，孩子难以接受。因此，教育孩子要找好切入点。怎样找切入点呢？美国教育家卡耐基说："想钓到鱼，就要问鱼想吃什么？"

总之，要教育好孩子，父母肩负着第一责任，老师肩负着第二责任。当然，教育孩子，这还是个社会问题。因此，在教育当中，要力争通过社会、学校、家长和学生自己的共同努力参与来解决好教育的问题。

# 家长教育好孩子的三条诀窍

近几年，在学校教育的特殊地位和作用越来越受到社会普遍关注的同时，家庭教育却被忽视，导致了孩子难管理难教育。那么，作为家长，应怎样教育好孩子呢？下面，笔者谈三条诀窍。

树立正确的孩子观。"棍棒出孝子"是一种简单粗暴的封建方式，可至今还有不少人把它作为教育的"金科玉律"。在这种打、骂等简单教育方式下，孩子自控力差，当着家长的面老老实实，一离开父母就如脱缰的野马。教育子女，要如同大禹治水，宜"疏"忌"堵"，对孩子出现的问题需要"堵"，但更需要"导"。现在的孩子逆反心理比较严重，越管越是与你对着干，长此以往，就产生对立情绪。因此，作为家长，应树立正确的孩子观，要把孩子当作朋友，尊重他们的人格和自主精神，敞开心怀，彼此坦诚相待，那么，彼此之间的情就会更深，心就会更近。

给孩子做好表率。现在，许多家长存在着重智轻德的观念。只重视孩子学习的进步，不关心孩子思品的提高。其实，家长也肩负着孩子思品教育的重任。家长常和孩子在一起，举止言谈、思想作风、为人处事和态度等，时时在影响着孩子，并在孩子一生的成长过程中发挥着最为长久的影响。所以，家长必须以身作则，处处严格要求自己，给子女作表率。在这样的基础上去教育孩子，孩子就会听，易于接受。

多给孩子鼓励。对孩子，不管孩子多差，家长都应从实际出发，帮他找原因，树立自信心，永远不要对孩子失望，要用发展的眼光去发现孩子的闪光点。多鼓励，少训斥，多引导，少强制。记得有位专家说过：好孩子是夸出来的。所以，对孩子要多表扬，适时的表扬，在育人工作中是有独特魅力的。现在流行一种"赏识教育法"，就是多发现孩子的成绩、优点，多表扬，少批评，多鼓励，少指责，善于发现孩子的亮点。请相信，你对孩子有多大的爱心和希望，孩子就会有多大的出息。

# 家长如何帮助孩子学习

家长是孩子的第一责任老师，孩子的学习，在家庭教育中，家长一定要学会帮助孩子学习，这对孩子学习和成长至关重要。我们知道，现在的孩子，学习忙，任务重，在这种情况下，身为孩子的家长，学会帮助孩子学习，是多么重要的一件事。那么，在实际生活中，家长应如何帮助孩子学习呢？

帮孩子树立学习的自信心、自尊心，给孩子学习的勇气，让孩子从学习中不断地感受到学习的乐趣。曾记得在报刊上看到过这样的一则信息，说的是一个孩子的母亲去参加家长会的事。当孩子上小学时，孩子的母亲去参加家长会，老师说她的孩子学习差，上课中孩子经常动来动去的。母亲听后，感到很失望。回到家中，孩子问母亲，老师说了什么。母亲告诉孩子，老师说你是一个好孩子，只要课堂上少动一点，专心听讲，学习会更好。当孩子上初中时，母亲又去参加家长会，老师说她的孩子学习很差，看来不是读书的料。回到家中，孩子问母亲，老师说了什么。母亲告诉孩子，老师说你学习不错，是读书的料。当高中时，母亲又去参加家长会，老师说她的孩子不努力学习，看来是考不起大学的了。母亲回到家中，孩子问母亲，老师说了什么。母亲说，老师说你只要努力一点，一定能考起重点大学。这位孩子在母亲的夸赞、鼓励下，考取了清华大学。从这则信息中，我们可以看到，作为家长，一定要学会帮助孩子树立学习的自信心、自尊心，给孩子学习的勇气，多鼓励，多表扬，善于发现孩子的亮点。可见，自信心、自尊心和勇气是孩子学习进步的动力，它能促使孩子克服前进道路上的重重困难和障碍，实现孩子所追求的理想和目标。家长要适时地引导孩子树立正确的自信心和自尊心，鼓励孩子锐意进取，遨游于知识的海洋中，让孩子感受到知识的博大精深，激起孩子对未知的探索，对新知的渴求，让孩子在新知与旧知交替中闯出一条小小的路子，并取得一定的成绩。这样，孩子自然就会很乐意地去学习知识。

帮孩子在奋斗中不断瞄准新的目标，让孩子从努力中不断地体验到成功的乐趣，激发孩子的学习兴趣。现在的孩子，不管是小学生，还是中学生，每天都要做很多的作业，预习、复习很多的课程，作为家长，要适当了解孩子作业和课程的情况，帮孩子定出完成或是努力后完成的目标来。比如说，每天的学习，家长要帮孩子定出个计划，今晚作业争取在8点以前做完；早上争取6点起床早读和背书；考试力争考得更好，让孩子学习有目标、有奔头。但家长也要了解到学习是件苦差事，不要一味地让孩子苦读，如果时间长了，不见效果，孩子就会厌倦学习。因此，孩子在学习上有了点滴的进步和成功，家长要适当给予口头表扬和鼓励，让孩子从学习的进步中体验到成功的一丁点荣耀，从而激励孩子再下苦功夫去争取更大的成功。家长对于孩子，只要看到他的一丁点成功，就应该多表扬，适时地表扬，这在育人工作中是颇具魅力的。现在流行一种"赏识教育法"，就是多发现孩子的成绩、优点，多表扬，多鼓励。

帮孩子减少生活、学习中一些不必要的负担，让孩子从关心、爱护和温馨的家庭中感受到学习的乐趣。首先是孩子作业多，学习的时间紧，在条件不允许的情况下，家长不要硬逼着孩子帮自己去洗衣、洗裤、洗鞋，洗袜和洗菜、做饭等，要学会帮孩子的忙。但又不能溺爱孩子，让孩子变成了小公主、小王子。在时间允许的情况下，适当让孩子"早当家"，这是很有必要的。笔者知道某小学五年级的小王同学，父亲是政府机关工作的，母亲是个地道的农民。小王每天放学回到家中，做完作业后，母亲经常叫他学洗衣、学做饭等，但每次被父亲瞧见，父亲都责备母亲不该让孩子干这种粗活，说这样做会影响孩子的成绩。可以说，父亲这样做，对孩子的成长会产生一些不利影响。因此，作为家长，要积极学会让孩子做一些事情。其次是家长要学会让孩子休息。孩子读书、学习时间久了，要劝劝或带孩子出去走走逛逛，或是做其他事，进行适当的调节，让孩子知道家长对孩子的关心和爱护。这样，孩子才会更有信心地去学习。笔者邻居的孩子，已上初中了，每天放学回到家，做完作业，吃完饭后，常见父母带着孩子去逛马路，或是打打乒乓球、篮球、羽毛球等，双休日，还见父母领着去旅游。这是一种很好的学习调节方式，作为家长，都理应知道这样做。再次是家庭要和谐，要给孩子营造一个良好的学习环境，让孩子感受到家庭的温馨，以激起孩子更大的学习兴趣。如果父母经常吵架、打架或是离异等，都会影响孩子的正常学习。因此，在家庭教育中，家长一定要给孩子营造一个宽松、和谐、温馨的良好的学习环境，这对孩子的学习很有必要也显得非常重要。

总之，在家庭教育中，家长一定要了解孩子，要学会帮助孩子学习。请相信，你学会了帮助孩子学习，对孩子学习有多大的爱心和希望，孩子在学习上就会有多大的出息。

# 家长注意调适孩子中高考冲刺阶段的心理

　　每年中高考临近，往往牵动着无数家长的心弦。中高考，不论学生和学生家长，还是学校和老师都高度重视。中高考前冲刺阶段，学生紧张的复习、备考、迎考等，往往使学生感到压力很大。因此，老师和家长，特别是家长在督促学生抓好中高考复习、备考、迎考冲刺阶段时，要重视孩子心理健康的问题，学会合理调适和排解孩子中高考前的压力。孩子只有心理健康了，中高考成绩才可能会好。

　　中高考冲刺阶段，往往是中高考压力的集中爆发期。中高考前，孩子出现一定的紧张属于正常现象而且适度紧张有助于考试水平的正常发挥，但如果紧张过度就会产生相反的效果。正是因为意识到考试焦虑对学习的负面影响，所以许多家长在发现自己的孩子表现出焦虑症状时就急得不得了，结果却往往会因为比孩子更加紧张而增添了孩子对考试的恐惧心理。

　　那么，孩子面临中高考压力和情绪焦虑的困扰，家长要如何做呢？最基本的办法：一是家长要保持冷静，要对自己有一个好的定位，在面对孩子中高考的问题上，要时刻牢记自己只是助跑者。所以，家长只应起辅助作用，切忌喧宾夺主，避免加重孩子的压力感和焦虑感。二是不要把自己的高兴和快乐建立在孩子中高考好坏这件事上，要学会适时享受属于自己的快乐和幸福，用自己的积极情绪带动孩子的积极体验。只有家长自己放松了，才会潜移默化地带动孩子平复紧张的情绪，让孩子以一种专注的状态投入到学习中去。三是关心要适度，监督要有分寸，对孩子要心中有数，有信心，要相信孩子有一定的能力。四是家长在孩子的学习方面，要注意帮助孩子收集一些复习资料，在与孩子沟通时，要以心平气和的态度去交流，倾听孩子的心声，了解孩子最真实的想法。五是要学会运用一些心理暗示的方法，去关注和鼓励孩子，让孩子以充分的自信和良好的心态去面对中高考就可以了，切忌无理的责骂，严厉的监督，或是对孩子的学习情况不闻不问。

# 重视民族团结教育的教学

中小学开展民族团结教育是青少年教育的重要内容，具有十分重要的意义和作用。

民族团结教育依赖学校教学才能发扬光大，而中小学通过课堂灌输民族团结教育知识，才能使学生了解中华各民族在社会发展进程中，始终是团结奋进的。由于各民族的团结融合，才创造了灿烂的中华民族文化。民族团结教育旨在动员和组织中小学生通过学习教育活动，增进民族间的团结，以促进社会的稳定和发展。中小学肩负着不可推卸的责任和义务。学校通过开设民族团结教育课，使学生掌握必要的民族团结教育知识。同时，结合各地各民族的风俗民情，有针对性地开展好一系列有关民族团结教育的活动。

因此，有针对性、选择性地开设民族团结教育课，是中小学教育教学内容体系改革的重要方面。民族团结教育内容丰富、教师要学会充分利用团结教育的有利资源。不仅要聘请一些能够精通和掌握较多的民族知识的人做民族团结教育课的教师，还要利用课堂教学，让学生掌握更多的民族团结教育的知识。同时，民族团结教育资源的开发和利用，应该引起广大中小学教师足够的关注和重视。

民族团结教育资源丰富、多彩、多元。不同条件的学校要根据各自不同的实际情况，去有效地开发和利用。目前，民族团结教育资源主要有民族特色建筑，如宗教建筑、民族民居……民族民间艺术，如服饰、雕刻、图案、工艺作坊……民风民俗，如各民族节日、习俗……各学校要根据民族团结教育内容的需求，积极结合学校实际，充分利用当地的民族团结教育资源，开发好教学内容，开展好教学活动。这样，才能提高民族团结教育的质量。

民族团结教育资源的开发和利用，要结合学生兴趣，注重与实际相结合。要与广大学生不同年龄阶段的认知特征相适应，要以活泼多样的教学方式，激发他们的兴趣。只有结合他们兴趣的内容，才容易被他们接受，这是开展好民族团结教育的突破口，把学生与周围民族环境联系起来，开阔学生视野，摆脱空洞、说教的方式。

把结合教育实际的资源开发运用于教育活动之中，是广大中小学教师应尽的职责。

# 怎样保障幼女不被性侵

近久，网络和报刊上炒得最热的算是幼女性侵了。据报道，2014 年 5 月 8 日至 28 日仅 20 天时间，国内就有 8 起教育者涉嫌猥亵性侵幼女案被曝光。这仅仅是被媒体公开报道的案件。实际中，又有多少幼女被性侵？我们不得而知，我们不敢去想象。

这 8 起案件是：5 月 8 日，海南万宁市当地小学校长带 6 名女生开房，以涉嫌强奸罪被提起公诉。5 月 15 日，安徽潜山某小学校长 12 年性侵 9 名女童，以涉嫌强奸猥亵儿童罪被提起公诉。5 月 18 日，安徽舒城一 50 多岁数学老师王某某猥亵 7 岁女生被刑拘。5 月 20 日，山东青岛一幼儿园两名保安猥亵儿童被刑拘。5 月 21 日，河南桐柏县一 56 岁小学教师杨某某涉嫌性侵 10 多名小学女生被刑拘。5 月 21 日，湖南嘉禾县普满中心小学数学老师曾某某被举报猥亵多名女生被刑拘。5 月 22 日，广东雷州某小学校长性侵 2 女生被刑拘。5 月 27 日，广东深圳南山区弘基学校老师吴某猥亵 4 名女生被刑拘。

面对被曝光的 8 起幼女性侵案，我们是否知道，应怎样保障幼女的安全？这是一个值得教育行政部门、学校、家长和社会关注与认真深入思考的问题。从教育行政部门讲，要加强教师入门的严格审查，避免那些有不良行为的人或类似问题的一些人进入教师队伍，同时应该加强对教师的教育和监管，避免类似事情的发生。从学校角度讲，要加强学校教师职业道德教育，经常进行师德教育学习。在学生中，加强性侵情况举报制度。从家长角度讲，要多跟幼女交流、沟通，特别要提示幼女注意保护自己。同时，家长要有一个意识，当幼女提出类似问题，可能受到性侵问题，要及时向司法机关报案，同时要给孩子以宽慰、安抚、鼓励，避免幼女再受到伤害。从社会角度讲，要加大幼女维权体系建设力度，以保护幼女的合法权益，特别是对于幼女性侵，绝不能助长"私了"之风，应坚决依法办理。在法律惩处上，应加大打击力度，执法从严。

为了我们下一代能够健康成长，未来小花朵不会凋零、不会受到摧残，我们应该行动起来，积极监督、举报那些侵害幼女的犯罪行为，揭露那些伪善丑恶的嘴脸，与摧残幼女的人做坚决的斗争，严惩那些侵害幼女的犯罪行为人。幼女是祖国的未来，她们的身心健康关乎我们的民族发展，关乎我们每一个人的希望。对于幼女，我们作为成人应该承担起责任。

# 怎样处理好学生发生的不良行为

现在的初、高中生，有点难教育难管理。在教育教学过程中，不少老师时常会或多或少地遇到一些学生不良行为的发生，导致师生闹矛盾，致使老师无好心情去上课，发生不良行为的学生无心听课等现象。作为老师，应如何应对呢？

1. 遇事宜冷静。学生的不良行为发生时，老师必须考虑到自己激动情绪可能带来的后果，要以理智战胜情感，冷静处理，不要不问青红皂白就指责学生，骂学生个狗血淋头，造成学生产生抵触情绪，产生逆反心理。

当学生不良行为发生后，老师宜冷静。因为学生不良行为发生后，一些学生的心理脆弱，老师处理不当，容易产生更坏的后果。因此，事件发生后，老师不要急于采取行动，而要静下心来思索为什么会发生不良事件，自己在处理问题的过程中有哪些不足等。如果自己能解决，就不要找学校或家长。因为学生对动不动就找家长、找学校报告的老师最为反感。

2. 处理宜细致。学生发生不良行为事件，其背后必有隐情。老师在处理时，应深入调查了解，找出原因，对症下药，正确彻底地加以解决，决不能敷衍了事。

当不良事件发生后，如果学生的不良行为是因教师的原因而起，老师应勇于承担责任。老师应放下架子和面子，用真诚的态度去检讨自己的缺点、错误。如果主要原因在于学生，老师也要有宽宏的气量，努力寻找合适的教育方法。

3. 尺度宜宽松。有时，学生的不良行为是针对教师的，使教师受到了伤害。处理时，更要把握好尺度。有人说："有时宽容引起的道德震动比惩罚更强烈。"宽容不是放松对学生的要求，而是必须更加严格，提高要求和标准。老师的所作所为，无不以教育为目的。如果通过一件事、一句话、一个眼神达到了教育的目的,那么老师受点委屈,又算得了什么。

当然,处理学生不良行为的最好办法是防止不良事件的发生。但是要预防学生不良事件的发生,老师应该怎么做呢?

1. 加强自身修养,赢得学生尊敬。教育家加里宁说:"教师的世界观、他的品性、他的生活、他对每一种现象的态度都会这样那样地影响全体学生。如果这个教师很有威信的话,那么,这个教师的影响就会在某些学生身上留下'痕迹'。"可见,老师的一言一行,对学生有着深刻而久远的影响。所以,老师要不断提高自身修养,严于律己,品德高尚,博学多才,积极进取,能用自己良好的思想、个性、才能、情感、意志去影响学生,塑造学生。

2. 平时加强扎实细致的思想工作,对不同学生采取不同的教育方法。老师开展教育教学工作,非常重要的一环就是要了解学生。怎么了解学生呢? 老师可以通过问班主任、查学生档案资料、与学生谈心、观察学生等方式去了解每个学生的情况,了解学生的个性心理特征,了解学生的学习态度、学习习惯、学习成绩,了解学生的人际关系等。这种了解不是为了抓住学生的短处,而是为了使教育更有针对性、更合理、更容易被学生接受。这样就避免了老师在教育学生时因方法不当引起学生的反感。老师应勤与学生交流。首先,勤交流可以及时发现学生的思想动态,对不正常的心理状态及时疏导,防患于未然;其次,勤交流可以加强教师与学生的互相了解,增进感情。交流的态度要诚恳,交流的方式要多样,交流的时间、地点可不受限制。

3. 树立良好的班风。学生不良行为的发生与班级环境有很大的关系。班主任应充分利用自身积极向上的个性品质,平等待人的工作作风,风趣幽默的言谈举止调动每个学生的积极性,使积极的个体行为,像刻苦学习、遵守纪律、尊敬师长、团结同学、热爱劳动等成为榜样行为,从而构成健康、良好、和谐的班集体氛围。在这样的班级中,学生的不良行为就会大大减少。

总之,学生不良行为发生时,老师不要一味地想着处罚学生。适当采用上述方法,是可以处理好师生之间发生的矛盾的。这对师生来说,都是很有益的,不但不会使双方产生抵触、难堪、仇视的情绪,而且还会使双方和谐、友好的相处。

# 怎样处理学生之间出现的歧视行为

## 案例

我所任班主任的这个班级，是一个典型的农村班。三分之二的学生来自边远山区的农村，家庭经济条件非常差，但学生学习很刻苦认真，学习成绩很好。由于我教学和班级管理好，城里或矿区来的四五个学生家长，硬是要把孩子放在我这个班。没办法，我只有答应收下了。这四五个学生，家庭条件非常好，基本上是百万富翁家庭。开始时，我感觉不到这两种学生有什么不一样。但时间一久，什么都暴露出来了。表现为，在班里农村孩子学习好，好像很清高，不爱理富家孩子。而富家孩子由于有钱，吃穿用的都很好很高档，也有点歧视农村孩子。导致了农村学生与富家学生之间偶有因为出现歧视或排斥，发生争吵和打架的现象。更突出的是在学习上，富家孩子一般是不问农村孩子的。即便富家孩子有时间，大多农村孩子要么装不会，要么干脆不愿解答。平常同学交往不深，富家孩子也不热心帮助农村孩子。针对这些现象，我作为班主任，该怎么办呢？

## 措施

针对学生之间存在的这些现象，我在全面了解的基础上，在班上认真做好全体学生思想教育工作。要求学生之间不能互相歧视，要团结互助。只有懂得理解和尊重别人，才会赢得别人的理解和尊重。歧视别人，是不道德的。在同一个班里，友谊比什么都珍贵。班级历史要靠每一个同学去书写，是轻薄还是雄浑，每一个同学都要做出理智的选择等等。通过经常性的思想教育，自然会对学生的心理产生良性冲击波，从而使学生努力去校正心态，规范言行。我特别强调家庭经济条件较好的同学，对家庭一般或还处于贫困线以下的同学更是不能歧视，以钱压人、以势欺人，出钱雇人欺侮贫困同学，以显示自己的高人一等。农村贫困同学，也不要以自己学习好，就歧视富家同学的学习。大家要互相关心，互相帮助，团结一致，才能使整个班级充满奋发向上的精气神儿。

这样认真进行思想教育还不够，还得把思想教育工作细化到平时的学生行为之中。如在编座位时，我安排歧视双方坐在一起，给他们以更多的接触机会；在课堂提问时，让他们共同回答一个问题，相互补充；在劳动时，把他们分在一组，协同作业，以增进友谊；在开展校园活动过程中（如文艺会演、运动会），让双方积极合作，共同致力于班级活动，为班级争取更多的荣誉。同时，创设一些集体和团体活动，如拔河、下象棋比赛、小组知识竞赛、团体跳绳比赛等，让双方在团队的意识中忘却过去的恩怨，培养大家的班级情感，使双方由"陌生"变得更加熟悉起来，在心理上产生和解的渴望，并顺其自然地在团体活动的合作过程中感染合作意识和团队精神，这样为双方和好如初奠定良好的心理基础，从而培养大家的友谊，创设班级的和谐。

针对个别歧视现象，我坚持疏导教育。当歧视行为发生时，我不在班级里点名批评双方学生，而且尽量避免直接批评，注意保护学生的自尊心，采取以柔克刚的教育方式。办法就是把发生歧视双方叫到办公室，与学生交谈时动之以情，晓之以理，耐心说理，让学生之间意识到自己的错误，并愿意主动地去改正。在班会上，多强调班级的团队精神，怎样帮助同学，如何处理人际关系等问题。

还有就是积极成立班干部学生会，协调解决同学之间产生的歧视行为，让大家认识到有点歧视行为属正常现象，但是当歧视行为产生时要冷静，要多站在对方的角度想想，要相互谦让，宽容大度，不斤斤计较，不能动辄就用拳脚来解决。要学会把大事化小，小事化了。班干部学生会确实解决不了的，就寻求班主任我来解决。

学生之间出现歧视行为是客观存在的，不必谈"歧"色变。学生多数是处于人生的转型期，情感丰富多变，可塑性大。只要我们注重德育的力量，多关注学生之间的异常现象，多走进学生的心理世界，采取科学的方法加以正确引导，完全可以消除学生之间的歧视行为的。我们有理由相信："精诚所至、金石为开"，其乐融融、相敬如宾的优秀班集体一定会形成。

# 为青少年健康成长营造良好环境

青少年时期是一个人形成良好道德品质的关键时期，很好地了解和掌握青少年的思想道德状况，有针对性地加强教育，这对于青少年的健康成长和成才具有非常重要的意义。

当前，广大青少年是很好的，但也有相当一部分青少年，行为及表现与社会规范格格不入，比如吸毒、卖淫、抢劫、偷窃、未婚先孕等情况屡见不鲜，迟到、早退、打架、不敬等教育问题也十分突出。如果教育工作者不加以关注，势必影响到国家的长治久安和未来社会的发展问题。下面，结合对青少年教育管理工作的实际，笔者就从影响青少年成长的因素入手进行分析，最终提出应如何为青少年健康成长营造良好的环境？

## 影响青少年健康成长的不利因素

### 社会负面文化的侵蚀

现在的青少年，具有强烈的求知欲，对什么都感兴趣。但是，由于他们缺乏判断是非的能力，面对泥沙俱下、良莠不分的社会的负面影响，他们不加分析，任意接受。主要表现：

1.社会传媒的误导。社会传媒对青少年的成长起着十分重要的作用。一些文化传媒对青少年的价值观、世界观和生活方式起着错误的导向作用，如鼓吹利己主义、享乐主义；渲染金钱至上、性解放；宣扬高消费、讲排场。文化出版业的市场化，又使得一些人在金钱的驱使下，利用开放的文化市场制售凶杀、色情、暴力书刊及音像制品，有些娱乐场所成为黄、赌、毒营地等等。这些，都给成长中的青少年带来极大的影响和危害。

2.网络的魔力。目前，电脑已经逐渐普及，很多青少年已经学会了使用电脑和上网。这是件很好的事。但是，由于网上的东西良莠不齐，很多青少年抵制力不强，抵制不住网络的诱惑，往往被网上的"病毒"吸引而荒废学业，成为社会不良少年。

### 家庭教育的不当

中共中央国务院关于《进一步加强和改进未成年人思想道德建设的若干意见》中指出："家庭教育在未成年人思想道德建设中具有重要的作用。"这说明，家庭教育对青少年成长的重要。现在，青少年存在这样那样的问题，除了社会负面影响造成的外，重要的一个原因，就是家庭。

1. 残缺家庭。残缺家庭父母一方放弃家庭，放弃对孩子的教育，给青少年情感、精神造成伤害。父母感情不和，家庭关系紧张，孩子终日带着抑郁走进学校，看到同学在父母的呵护下生活，就会产生自卑情绪。长期无人关爱、监督，必然会滋生散漫和放纵的性格，痛恨父母，嫉妒他人，不满现实，形成一种反社会的心理。

2. 不和睦家庭。家庭夫妻之间常充斥着吵骂、指责、揭短、厮打，孩子没有欢乐，享受不到家庭的温暖，孩子就会恐惧、忧虑和失望。这种家庭成长的青少年孩子，往往性格孤僻自卑。孩子为逃避不祥和的家庭气氛，极易离家出走，流落街头，一旦受到不良因素影响，就会走上邪路。

3. 过于贫困家庭。由于父母自己工作压力较大或父母双方都下岗，家庭过于贫困，容易使孩子在同龄人中产生自卑感，形成孤僻、内向的性格。为了满足自己从家庭中无法得到的物质欲望，往往铤而走险。家庭居住的环境和周边条件不良，周边人员的职业道德素质、治安管理、文明程度等差，都是影响孩子成长的因素。这样的环境中，孩子容易受周围不良青年的影响。

4. 教育失当家庭。主要表现为三种类型：一是家教不当。①溺爱型。在这样的家庭中，父母视孩子如掌上明珠，孩子犹如小公主、小皇帝，呼风唤雨，唯我独尊，养成贪吃懒做的不良品性，一旦需要得不到满足，就无视校纪校规。②棍棒型。这样的家庭亲情淡薄，对孩子态度粗暴、蛮横，动辄拳脚相加，使孩子失去家庭的亲情和温暖。③袒护型。这样的家庭总认为自己的孩子是好的、对的。二是管教不力。不少家庭父母忙于上班、经商，将孩子放给老人或乡友帮忙照顾和带领，形成无力管教。三是自身不正。有的家庭成员常带孩子出入赌场、教孩子打麻将、进舞厅，孩子耳濡目染，慢慢心术不正，行为不端，误入歧途。

### 学校教育的缺陷

中小学教育成败对青少年能否健康成长起着非常重要的作用。近年来，青少年不良行为表现和犯罪居高不下，学校教育缺陷是一个重原因，主要表现：

1. 教育目的与内容缺陷。由于受应试教育和中、高考分数录取线的影响，学校高喊素质教育，但行的是应试教育，只注重分数和升学率，忽略对学生思想品德教育。培养出来的人，只是一些具有考试能力的人，素质没有得到全面发展。

2. 教育方法缺陷。主要表现：①方法的单一性。本来教育方法是丰富多彩的，但很多教师为了迅速取得教学成效，往往采用"满堂灌"和"题海战术"的方法。②体罚或变相体罚学生时有发生。③因材施教少，针对性差。驱赶或变相驱赶成绩差、纪律差的学生的现象在很多学校依然存在。教育方法的缺陷，具有一定的普遍性，直接阻碍了青少年的心理、性格等方面的发展。

3. 教育管理缺陷。主要表现：①教育腐败。②对青少年学生学校住宿、学习管理不当，社会人员混进学校殴打学生。③出钱买分数。有些稍好一点的中小学校，自定录取分数，若分数不够，按欠分多少自掏腰包上学。

4. 教师素质缺陷。主要表现：①品德欠佳。有的教师师德不好。②文化综合素质差。知识全面性不够，不愿接受对新知识的学习。

## 努力营造青少年健康成长良好环境的办法

社会环境是青少年健康成长的土壤和气候，如果没有适宜的环境和气候，再好的家庭教育和学校教育，青少年这棵幼苗也容易受到不良习气的影响和"病毒"侵入。只有把社会环境、家庭教育和学校教育结合起来，齐抓共管，形成"三位一体"的教育防范机制，才能使青少年健康成长。

**就社会环境来说，要抓好以下方面工作：**

1. 各级党政领导要非常关注青少年的教育和成长，要采取多形式、多途径、多方法开展适宜青少年的各种活动，坚决遏制不良社会风气对青少年的毒害、滋生和蔓延，营造好一个积极、健康、向上，适宜青少年成长的良好环境。

2. 社会各职能部门应结合各行业实际，全方位、多角度地开展好预防青少年违法犯罪的活动。

3. 要加强文化市场、娱乐场所管理和学校周边环境的整治，开展好违法网吧，电子游戏，非法图书、音像制品专项整治行动，清理整顿校园周边及周边各种非法经营活动，打击学校及周边违法犯罪分子，铲除社会环境中的不良影响，为青少年的健康成长扫清障碍。

**就家庭教育来说，要抓好以下方面工作：**

1. 家长应当约束和管制自己的言行，自觉遵纪守法，为自己的孩子做好榜样，立好示范。

2. 家长应避免过分溺爱或是虐待孩子，要正确对待孩子，注意教育的方式方法。

3. 家长要密切注意孩子的交友情况，防止孩子交上不三不四的朋友而跟着学坏。

4. 家长要努力营造温馨、和谐的家庭，让孩子体会到家庭的温暖，给孩子一个健康成长的良好环境。

**就学校教育来说，应抓好以下方面工作：**

1. 开好法制课。法制教育应从青少年开始抓起，提高青少年的法律意识。教育工作者要充分认识到法制教育对青少年健康成长的重要性，切实开好、上好法制课。

2. 运用教育法规来规范学生的行为，保护青少年健康成长。近十几年来，我国先后颁布了《中华人民共和国教育法》《中华人民共和国未成年人保护法》《中华人民共和国预防未成年人犯罪法》等法律法规来保护青少年的身心健康，促使青少年德、智、体等方面全面发展，积极预防青少年犯罪。

3.教育工作者要注意运用法律知识引导青少年树立正确的世界观和积极的人生观，学会抵制社会的不良影响。

4.加强教师队伍建设。严格中小学教师准入制和淘汰制。大力采取措施惩治教育腐败。杜绝体罚或变相体罚学生的事件发生。随着教师队伍素质的提高，教师队伍中存在的不利于青少年全面发展的因素将会减少。

5.对有不良行为的青少年，做好教育和转化工作。要将不良行为学生的转化工作作为教师考评的一个重要指标，明确职责，责任到人。

6.进一步健全和完善学校的各项规章制度，加强校园的安全防范工作，创建平安校园、安全文明校园。

总之，处于成长发育阶段的青少年，最易受外界的干扰和影响，也最具有可塑性。把握好对青少年的教育，关注青少年健康成长，这是社会、家庭和学校不容推卸的责任和义务。为了广大青少年的健康成长，全社会要共同努力，营造好一个适宜青少年健康成长的良好环境，让青少年健康成长路上充满阳光。

# 学校平安建设存在问题与对策

学校平安建设是学校的一项基础性工作，是学校实践科学发展观、构建和谐校园的重要举措。近年来，学校在平安建设工作中，虽然取得了一些显著的成绩，但是从中也窥见了学校平安建设中存在的一些问题。

## 学校平安建设存在的问题

在当今社会背景下，各学校都非常重视学校平安建设工作，并把它当作一项政治任务来抓紧、抓好、抓到位。但是在抓的过程中和实行的过程，也存在着一些问题，主要表现在以下方面：

### 重视程度不够，行动迟缓

有一些学校和老师，对校园平安建设的重要意义认识不足、态度不够积极；对这项工作的组织领导不够到位，安排部署不够及时，认为建设与不建设区别不大，主动性不够，靠上级点名硬推才做，有的只是挂在嘴边，说和做的不一样。

### 建设工作不够认真、扎实

有的学校习惯于一般号召，满足于做表面文章，没有结合实际制定切实可行的学校平安建设工作方案，重点不太突出，措施不太到位，要求不太明确；有的敷衍了事，重大隐患长期存在，甚至学校经常提平安建设，但是边提边发生事故。少数学校校园平安创建工作还不够扎实，人员和资金投入不足。个别已建得较好的校园平安建设没有及时巩固发展，有隐患回流现象。

### 方法不得当，效率不高

从整体情况看，校园平安建设不太平衡，确实存在一些差距。主要是一些学校和教师的思想没有开动起来，特别是在向教育主管部门及时汇报、争取支持以及加强与相关部门的沟通协调方面，做得还很不够，牵头作用没有得到很好的发挥。

### 基础设施差，人员素质低

有的学校尽管在校园平安建设中做了不少工作，但由于校园存在着各种客观以及主观的问题，事故隐患还是存在着，不能及时根除和排除。加之一些学校领导和教师只注重抓文化基础教育，有点忽视平安建设，导致后劲不足，创新内容不多。

## 解决学校平安建设存在问题的对策

针对学校平安建设存在的上述一些问题，我们需要采取哪些措施来加以解决呢？

### 抓认识，在思想上努力克服"三种不良倾向"

一是克服"理论上重视，实践中忽略"的现象，牢固树立科学发展观。从提高党的执政能力的高度，从构建和谐社会、服务我国改革发展的高度，充分认识建设"平安校园"的重要性和紧迫性。认识到稳定是发展的重要环境和条件，发展是硬道理，稳定是硬任务；发展代表人民的根本利益，稳定也代表人民的根本利益。二是克服"与己无关"的思想，树立"人人有责"的意识。学校各处室要牢固树立"平安建设"人人有责的意识，自觉把本处室工作放在建设"平安校园"的大局中去思考、去谋划、去开展、去提高，找准学校开展平安建设的切入点，从履行本处室职能职责出发，努力从源头上抑制和消除产生各种不平安不稳定的因素，共创校园平安大局。三是克服"消极应付"的情绪，树立有所作为的信心，要有打持久战的准备。要充分认识到，与平安建设相关的校园建设安全、师生安全都是一个学校综合水平的反映，是一个学校政治文明、物质文明和精神文明发展的重要组成部分。

### 强化组织领导，全面落实平安校园责任制

各学校要建立健全学校平安责任制和责任追究制，健全学校平安建设考核制度。要按制度和计划开展工作，做到层层签订责任书，形成各负其责、一级抓一级的责任体系；确保各项任务、每个环节、每项措施都有专人负责并落实，做到任务明确、责任到人、措施有力、工作到位。

### 强化宣传，营造平安校园良好氛围

各学校要充分利用新闻媒体和校园广播、橱窗、墙报、板报、安全宣传栏、固定标语以及通过举办校园安全讲座等形式，广泛深入地开展校园安全宣传教育活动，使校园安全意识深入师生心中。在校园平安建设宣传上，要努力实现"五化"：一是宣传规划要系统化。要把宣传"平安校园"的任务，纳入年度宣传规划，每一主题宣传内容相衔接，长计划，短安排，同部署、同指导、同检查、同落实。二是宣传内容要人性化。要精心选取体裁，融教育、启迪和警示为一体，提高宣传工作的吸引力和感染力，以人为本，贴近生活。三是宣传形式要多样化。不拘一格，大胆创新，除了原来已有的媒体、广告、宣传栏等阵地外，组织开展各种形式的宣传活动。四是宣传手段要立体化。图文并茂、声像同期。广泛运用广播、电视、报刊、互联网、手机短信、公益广告等各种手段，深入宣传，不断拓展"平安校园"的宣传空间。五是宣传活动要经常化。宣传长流水，不断线。要把创建宣传工作作为平安建设的重要内容，对每一年度、每一时段的宣传内容、重点、形式、活动等都精心策划，统筹安排，并制订具体实施计划，力求每个阶段都有主题、内容、载体和相应的活动形式。

### 强化监督检查，净化平安校园环境

各学校要结合"创建平安校园"活动，切实组织好平安校园督查组，监督检查学校平安建设工作。对学校有危险的地方要及时进行认真排查，净化校园环境，最大限度地消除校园事故特别是重特大校园事故隐患。

### 强化协调，形成安全工作合力

各学校要加大协调力度，积极争取当地党委、政府的重视和有关部

门的大力支持，努力形成"政府负责、学校主抓、部门支持、社会共同参与"的学校平安建设管理工作新格局。积极探索和建立学校、公安、安监、交通等部门的联合执法机制，加强对学校的安全监管工作，加强与相关部门在信息通报、事故处理、安全检查等方面的沟通配合。

### 健全治保组织，加大打击力度

根据学校综治工作思路，应继续完善学校治保组织网络，发挥基层组织的功能，督促各部门落实和履行综治责任和义务，发动学生群众中的骨干分子参与治安防范活动，共同维护学校治安秩序。同时，尽力配合公安部门查破各类案件，开展专项整治，降低各类案件的发生，增强师生员工的安全感。

总之，学校平安建设存在的问题还有许多，解决的对策也有许多。上面所列举出来的，只是学校平安建设中经常见到和遇到的一些方面。解决好了这些方面，学校平安建设就会抓好了。学校平安建设工作抓好了，学校的安全工作就落实到位了，各项工作就会顺利开展得好了。平安是福，平安是金。参与学校平安建设就是从学校的每一项工作做起，从自己身边的小事做起，遵纪守法、恪守公德、立足本职岗位，增强自身安全意识，提高自身防范能力，这些都是在为平安建设出力。平安建设不是一朝一夕的事，需要我们每一个人的共同参与和努力。

# 如何教育引导好班级里的特殊学生

任何一个班集体，都是由几十人组成的。由于组成班集体的每一个学生性格、气质等不同，因而各个学生各有各的兴趣、爱好和性格。作为班主任，应学会根据学生的不同性格，采用不同的教育方法，做到因人施教，管好每个学生，特别是班级里的特殊学生，更应特别注意管好，教育引导好。我们知道，能在班级里起带头作用的学生，必定是具有某种特长和长处的学生。对这类特殊学生，如果不注意加以教育引导，他们就可能对班级产生某种不良的影响。

那么，针对这类特殊学生，在教育过程中，班主任如何进行正确的教育引导呢？

以真挚的感情热爱学生。作为班主任，要热爱学生，尤其是对于那些被人们称为"受到病虫侵袭的花朵"会起反面作用的具有带头作用的学生，更加需要班主任满腔热情，倍加爱护，悉心为之"除虫祛病"。通常情况下，对待起带头作用的这一类学生，根本的方法就是以热烈真诚的爱，无限的关怀，以高尚的师德情操，与他们建立起情感上的联系，逐步使他们感到班主任可亲可近。在此基础上，再对他们进行适当的教育引导。当他们冲破心理障碍，愿意与班主任透露真实思想、谈真心话时，正是他们发生转变的重要契机。这个时候，班主任一定要从爱护、关怀、理解出发，耐心听取，并抓住时机，具体地帮助他们解脱苦恼，使他们转变认识，力争起到良好的带头作用。

善于发现特殊学生的闪光点。作为一个班主任，要注意根据每一个学生的不同特点，采用不同的教育引导方法。其中很重要的一种方法，就是深入细致地了解学生，摸清他们的情况和特点。因为学生有各自不同的性格、气质、能力、兴趣、爱好，所以教育中不能采用同一套方法。通常情况下，起负面作用学生的缺点错误和多种多样的不足，是容易表露或者是很明显的，表面上他们似乎"一无是处"。其实，这类学生身

215

上都潜藏着不少"闪光点"。只不过这些闪光点，不太容易被发现，连这部分学生自己也茫然。因此，在教育这类学生过程中，掌握教育艺术的班主任，会千方百计地，去寻找他们身上潜藏着的"闪光点"，巧妙地发挥这些"闪光点"，然后采用"逐步接近法"，一步步鼓励引导他们前进。班主任一旦指明他们前进的方向，并且说服了他们，他们就会产生巨大的力量，勇敢地去战胜各种困难，逐步起到好的带头作用，这也就是我们平常所说的扬长避短，长善救失。

有正确的教育思想。作为一个班主任，在教育学生过程中，要坚持"以爱动其心，以爱导其行"对学生进行教育引导，而不能一味打骂。要知道人都是具有自尊心的，学生也不例外。对起带头作用的学生，更应多下苦功。千万别和学生形成对立关系，而应是一种友好的师生关系。这种坚定信念是建立在"人是可以改变的"辩证唯物主义的观点上的。作为一个班主任，只有具有了坚定正确的教育信仰，才会有博大的胸怀，在遇到困难时，才能毫不动摇、坚定不移地继续前进。

联合多种力量教育好特殊学生。针对班级里的特殊学生，作为班主任，要学会根据不同的情况，调整好教育的内容，改进好教育方法，使这类学生自觉克服差的方面，转向好的方面。教育者要用发展的眼光，看待问题，循循善诱，有的放矢的教育这类学生。俗话说"心急吃不了热豆腐"，看来就是这个道理。教育者一定要有耐心，要善于制造机会去教育他们，让这类学生在不断的受教育、受感动中成长。教育这类特殊学生，还应注意发挥班集体的作用，取得各科任教师的配合，并积极争取家长、社会以及各种教育力量共同参与，采取合理措施，满怀信心，坚持不懈，就一定能取得良好的效果。

"问渠哪得清如许？为有源头活水来。"只要我们班主任真诚付出，就能教育好这类特殊学生，使他们不断进步，健康茁壮成长，成为祖国未来的栋梁之材。

# 农村娃，为何放下书包去挣钱？

现在，不少农村地区都存在孩子放弃读书外出打工挣钱的现象，这已是一个不争的事实了。并且这种现象，好像越来越突出了。为什么会出现这种不好的现象呢？笔者通过对所在地区农村一些中小学的调查了解，认为主要有两点原因：

一是读书无用论在广大农村死灰复燃。现在广大农村地区，学校建得好好的，但是没有多少学生读书，这是一个事实。因为深入广大农村地区调查了解到，不少农民还是认为在当今社会下，读书没有多少用处，还不如早早地让孩子出去打工挣钱。不少农村地区老师也感到在广大农村地区"读书无用论"有所抬头。如笔者的家乡，曾走出中国地质大学、中央民族大学、中央财经大学、东北大学、云南师范大学等高校几十名大学生。过去，家乡人为孩子考上大学而津津乐道。但现在笔者每次回到家乡，在与众多家长闲聊时，家长们都不无感叹地说："咱们这个地方出了不少大学生，都已毕业了，没见有哪个人干出多大的成就，甚至很多人还不如出去打工的人挣的钱多。看看，某某出去打工三四年，挣了几万元甚至几十万元回来，盖了新房，买了小车，当起了小老板……"鉴于种种原因，家乡人近几年大多提前让孩子辍学外出打工，对上学和上大学已经感到很失望了。

我们知道，农民的经济来源主要靠田地和打工，收入有限。在这种社会环境下，要供出一个大学生是非常艰难的。在家乡，如果谁家有大学生，那么谁家基本就是贫困户，这也是一个不争的事实。

倾家荡产供出一个大学生，理所当然地希望能有高回报。但是在我国这种高等教育大众化背景下，农村出来的大学生，大部分人并没有如家乡人所期待的那样出人头地，而是在城市里找了一份普通的工作，无力反哺供养自己多年的家庭不说，在购房、结婚等各方面还需年迈的父母再接济。相比之下，还不如一早就辍学出去打工的过得好。

上学或上大学曾是农家子弟跃出农门的重要途径。现今，这条路越来越难走，希望也越来越渺茫。所以，农村娃，只好趁早辍学外出打工。

二是校点撤并使农村娃上学难，家长更是难上加难。"再苦不能苦孩子，再穷不能穷教育。"这句标语，在我印象中，曾刷遍农村的每一个角落。如果只取这句话的前半句，就现在农村校点撤并这个问题来说，这句话的内涵是不太符合实际的。

2013年5月4日，《京华时报》报道了"布局调整带来部分农村地区学生上学路途变远，交通、寄宿等教育支出相应增加。受就学距离远和负担重影响，辍学人数由2006年的3963人上升到2011年的8352人，增加了1.1倍。"

看到这则新闻，我也有一些感慨。现在，在一些地方，特别是广大农村地区的中小学，进行校点撤并，不切实际搞"一刀切"，弄得不少边远山区农村村寨没有一所小学，孩子读书要到离村寨几公里甚至十几公里的村委会小学读。这种"一刀切"的做法，违背了"因地制宜"和义务教育法中规定的"就近入学"的要求

保障适龄儿童少年就近入学是政府的法定责任。然而，审计署昨天发布的1185个县农村中小学布局调整情况专项审计调查结果显示，部分地区片面将办学规模和学校数量作为调整的主要依据，搞简单"撤并"或"一刀切"，苦了众多农村娃。（5月4日，《京华时报》）

这种不"因地制宜"的校点撤并，不但苦了孩子，还苦了家长。孩子上学，由于路途遥远，有的家长每天早晚要接送，耗时耗力耗经济。有的孩子在学校住宿，家长比以前还要付出更多的精力和财力。如孩子突然生病，老师就只知道通知家长来学校带孩子到乡镇卫生院看病。家长离学校几公里或十几公里，来到学校把孩子带到乡镇卫生院又要几公里或十几公里。一两个来回，真是苦了孩子，苦了家长。有时候，是冬季，还是晚上，那就更是苦了孩子和家长。而作为一个家长，让只有几岁的孩子远离家庭住宿读书，随时都得提心吊胆，坐卧不安。时间一长，这种担心加剧，有时就产生了让孩子辍学的念头。久而久之，最后只好让孩子辍学在家或是外出打工了。

然而，撤并校点，还有一个更大的问题，那就是安全隐患。如果家长不接送孩子，孩子上学有的要走几公里甚至十几公里的山路，山高坡

陡，沟深水急，万一在上学途中出了什么意外，谁来承担这个责任。住宿安全事故时有发生，谁又为这个责任买单？

国家"因地制宜调整农村义务教育学校布局，按照小学就近入学、初中相对集中、优化教育资源配置的原则，合理规划和调整学校布局"的政策并无不妥。现在，随着学龄人口的减少，撤点并校也是大势所趋。但一些地方实行"一刀切"，弄得广大边远山区村寨没有一所小学，这就违背了"因地制宜"和义务教育规定中的"就近入学"的要求。如笔者所在的学校，就是一所由五所中学撤并而来。未撤并前，各学校教学竞争激烈，教学质量居高不下。撤并以后，学生人数未比以前增多，反而呈下降趋势。教学质量也没上升，反而显得开始下滑。师生关系恶化，教学管理问题层出不穷。这是撤并校点带来的后果。

# 怎样克服高三备考复习中的"高原现象"

尊敬的项老师：

您好！从进入高三到现在，我们除了紧张地备考复习外，还不断地进行考试。考试，已经考了无数次了。最初，我们感觉成绩都还不错。但是不知怎么的，现在是考试成绩一次比一次不好了。有时，我们的成绩还呈直线下降的趋势。面对备考复习的紧迫时间，我们的成绩又这样，心里紧张得很。我们该怎么办呢？

云南省麻栗坡县民族中学高三部分学生

亲爱的同学们：

你们好！很高兴收到你们的来信。其实像你们的这种现象，在全国所有高中学校的高三学生身上，都会或多或少的存在，只不过是表现得突出或不突出而已。你们的这种现象，心理学上称之为"高原现象"。针对这种现象，只要发现及时，及早预防，适时纠正，是可以尽快让你们转入正轨的。

高考越来越近，备考步伐就会越来越快。这样就会导致你们当中的一些学生感到课时紧、压力大、休息少、任务重等，形成焦虑郁闷、担惊受怕、心事重重，平时表现为觉睡不好、饭吃不香、学不进去、记不住知识，每次模考成绩平平，并呈现下降趋势。这种现象，心理学上称为"高原现象"。

"高原现象"是指在学习或技能的形成过程中，出现的暂时停顿或下降的现象。这种现象，在高三复习备考中，是经常发生的。在高三紧张的备考复习中，你们出现了"高原现象"，老师要怎样去帮助你们克服呢？

# 分析"高原现象"产生的原因

高三学生容易产生"高原现象",这是正常现象。但学生产生"高原现象"后,教师要积极进行分析产生的原因,然后采取切实可行的办法帮助解决。高三学生产生"高原现象"的原因,根据经常教学高三备考复习的情况进行分析、归纳、总结,概括起来,主要表现在以下方面:

1. 学习方法不当。高三学生的各科教学,前后教学的情况,是不一样的。在不同的教学阶段,因内容不同,学习方法也就不同。高考备考的教学,往往需要知识上的综合训练,这就要求学生要把知识融会贯通,注意提高综合运用知识的分析能力、解决问题的能力。若学生学习方法前后阶段一样,就会显得不当,学习效率便会降低,就会走进高原期,产生"高原现象"。

2. 学习目的不清。高三学生,如果在复习中没有理清思路,对做过的习题没有及时加以归纳、总结、比较、掌握易错点,整天只知道做题,除了做题还是做题,那么可能题做得越多,心里就越没有底,越没有底,就越容易导致"高原现象"的产生。

3. 学习缺乏动力。高三阶段,有的学生学习没有动力,学习目的不明确,态度不端正,对自己要求不高,抱着过一天算一天的态度,不求上进,安于现状;有的学生则把学习目标定得过高,脱离实际,无论如何努力学习,成绩就是上不去,从而烦躁不安,疲惫不堪,学习效率低下,最后没动力,从而出现"高原现象"。

4. 身心疲劳。高三阶段,由于长时间的加班加点上各科课程,晚上还要长时间的苦读熬夜,加之缺乏体育锻炼,使学生的身体机能减弱。有的学生睡眠不足,出现了情绪倦怠,食欲不振,记忆力衰退、思维迟钝等现象,学习的效率明显下降,必然会产生"今不如昔"的停止感和倒退感,进入"高原现象"。

5. 知识存在漏洞。高三每个班的学生和数量是不一样的,学生的基础千差万别,教师在教学中,不可能照顾到全体学生。整个教学过程,只能按照"人人均等"的方式进行。有的学生自身缺乏自主学习的习惯,满足于完成作业及上课听讲，课后没有及时进行复习巩固，这就使得本来掌握得较好的知识点和能力点不断被重复，其结果必然是一方面做着大量的无效劳动，另一方面是自己的"弱点"却难以得到强化，从而最终导致总成绩的徘徊不前，甚至下降，出现"高原现象"。

6. 外界因素影响。学生面对诸多课程，家长的经常"提醒"，学校和老师制造的紧张气氛等，给学生复习带来了负面影响，产生不同程度的学习压力。学习压力与考试经常焦虑伴随而行，导致经常考试效果不佳，出现"高原现象"。

## 怎样帮助学生克服"高原现象"

分析和了解高三学生产生"高原现象"的原因，就可以"对症下药"了。总结帮助学生克服"高原现象"的做法，具体方法，概括起来，主要有以下方面：

1. 调整学习方法。高三学生在复习中，原有的学习方法不够科学合理而未被发现，没有得到及时更换，当成绩提高到一定程度时，这些方法的缺陷就暴露出来了，成了产生"高原现象"的原因和度过"高原阶段"的障碍。由于以前方法习惯成为自然，一下难以得到改变，成绩又提不高。这时，教师就需要教会学生要寻找采用适合自己的新的方法去争取学习成绩上的提高。学习在不同阶段，复习内容是不同的，学习方法也应当不同，越是临近高考越需要知识上的综合，使知识融会贯通，这就需要加强综合能力训练。如果再用前面阶段的学习方法来进行后面阶段的学习，用过去习惯性的思维去对待后阶段的学习，这就与学习内容不相适应了。因此，高三学生要学会适时地调整学习方法，努力提高思维广度和知识联系的跨度，真正做到知识的融会贯通。

2. 打牢基础、找出弱点。在高三总复习中，有的学生基础欠佳，知识点没弄清，有缺漏差的情况，总复习中不能及时补上，则日积月累，就永远赶不上了。因此，这部分学生，自己要有自觉性，同时教师要督促好，要让学生抓紧时机，不要使问题城堆。要学会自己定点训练，学会提高，寻找突破口。

3. 树立信心。高三学生，经常考试，周考、月考是平常事，偶有一两次考得不理想，不要灰心，要对自己有信心，要有一种不服输的精神。要把每天所学的知识点或考查点当成"美差"，学会从简单入手，悉心研读，进行揣摩，有所收获，尝到甜头，那么信心就会更足。

4. 释放心理压力。高三阶段，由于外界影响以及学生自己自信心不足，会产生不当的压力与考试焦虑。在这种情况下，学生自己要学会正常的表达情感和自主。如离开不快的环境；转移到高兴的情景或事情上来；做自己喜欢做的事，如听歌、打球等，忘却烦恼；或走入大自然，排遣心中的郁闷，改变自己的阴郁心情等。

5. 劳逸结合。高三各科复习紧张，试卷堆积如山，怎么做也做不完，累得要命。有时，试卷做得越多，心中越没有底，造成学习成绩不能提高，学习效率降低，出现"高原现象"。对于这种情况，老师要指导学习集中精力和时间"精做高考题，做精模拟题"，不需数量多，每种三至五套就行。做完后，教师详细讲解，让每个学生掌握考试的知识点，知道如何设题，教会怎样解答，掌握每个考点答题的方法和技巧，从而提高学习效率。同时，学生要学会劳逸结合，保证每天有足够的睡眠时间，合理的饮食，适当的体育锻炼。只有有了强健的体魄，充沛的精力，快乐的心情，才能保证自己"日有所获"，"高原现象"也才会逐步被克服。

总之，在高三备考复习过程中，出现"高原现象"是不足为奇的。在平时，学生和老师知道"高原现象"产生后，及时弄清"高原现象"产生的原因，寻求好解决的方法，那么，学生是绝对能从"山重水尽疑无路"的困境中走向"柳暗花明又一村"的平坦之路的。

# 怎样处理好学生的情绪障碍

学生情绪障碍是指班主任在进行班级工作管理过程中，由于种种原因，学生对班主任工作产生的某种抵触、对立的情绪。这种情绪，往往影响班级工作的正常开展。作为班主任，要随时了解学生的情况，分析学生可能产生情绪障碍的原因，及时修正自己的工作方法，消除学生的抵触、对立情绪，才能开展好班级管理工作。

在学校教育教学工作中，学生情绪障碍产生的原因是多方面的。根据笔者当班主任近二十年的经验，笔者认为来自班主任的原因有以下几方面：

1. 偏见，处事不公。任何一个班级里面，学生都有好、中、差之分。有的班主任，特别器重、偏爱好学生，对中、差学生，往往嫌弃，尤其是差生，更是厌恶。这样，就造成了学生心理上的不平衡。如果好、中、差生之间闹矛盾，班主任总是不分青红皂白地把事情的源起和恶果强加在中、差学生的份上，造成对中、差学生自尊的伤害。轻者，使中、差生失去自信，产生自卑，不求上进；重者，使中、差生对班主任产生怨恨、对立和抵触情绪。

2. 个性粗劣。一个班级，免不了会出现这样那样的事情。有的班主任，一旦班上出现了不如意的事，他不作具体分析就无端责怪学生，横加指责，态度粗暴，甚至恶语伤人，或是辱骂学生。班主任这种个性，在学生心目中，即是"爱屋及乌"。如果一个班级遇到这样的班主任，班干部就不会真心实意地去为班主任组织好班上的工作，使班主任失去组织工作的"心理市场"。

3. 懒散，责任心不强。在学校，学生经常会在班与班、班主任与班主任之间相互比较，有的班主任工作懒散，不常抓班上管理。学生一旦发现班上纪律差，学习落后，自然归咎于班主任，于是学生对班主任失去信心，把班主任看贬看轻。

4. 同一问题，观点不一致。班主任与学生之间，意识层次、心理环境不同，对同一问题看法，常有分歧。如班主任认为揭发学生错误是正当的，学生却认为这是"出卖朋友"；班主任认为在一个班集体中不能拉帮结派，分裂集体意识，学生却认为这是有益的小群体，是一种具体的感情依靠……诸如此类问题，班主任固执己见，强制驯服，甚至训斥学生，学生就会产生逆反心理和对立情绪。

针对上述原因，班主任在工作过程中，如何排除学生情绪障碍呢？办法是：

1. 加强师德修养。班主任是班级管理的组织者和领导者，是学生的学习榜样，人类灵魂的塑造者。因此，心胸要开阔，工作责任心要强，处事要公道，言行要一致；要处处为人师表，树立自身在学生中的楷模形象，提高自己在学生心目中的地位，占领"意识市场"的主导地位。

2. 多接触和了解学生。班主任要多接触学生，了解学生心理因素及状况，深入到学生中去把握已发生事情的真相及实质，排除因工作失误而导致的情绪障碍，同时还要沟通学生的心灵，通过心理渠道缩短师生双方的心理距离。

3. 爱护学生。一是关心帮助学生，二是维护学生人权，尊重学生人格。当学生受到困难、打击、挫折、无助的时候，班主任要给他们一点爱心和关怀，以增强他们的自尊心和自信心，让他们成为克服困难、努力学习的动力，对学生的人权和人格，班主任不要在无意和不理智的情况下犯不易觉察的错误。

4. 谈话艺术。班主任找学生做思想工作，要注意谈话艺术。首先要"和气"，不强制，不武断，和风细雨，创造一种和谐的心理氛围和良好的接受效应；其次是"真诚"，不欺骗，坦诚交谈，缩短心理距离，增强学生的信任度，使良药不苦口，忠言不逆耳；再次是因人、因时、因势把握谈话时机，观察对方反应态度，掌握对方心理。

5. 言而有信。班主任由于某种原因偏失偏颇，也要昭之于众，明之于理，消除学生误解，补救信任危机，提高班主任的信誉度。只有这样，班主任的工作，才能被学生全方位高质量地接受。

总之，班主任工作的对象是班级中的学生群体，这决定了班主任工作是一项复杂、微妙的工作，需要班主任不断提高自身素质，探求工作方法，施予大量细致的工作。